봄의 신부

봄의 신부

지은이 | 장정옥

초판 발행 | 2020년 10월 25일

펴낸이 | 신중현
펴낸곳 | 도서출판 학이사
출판등록 | 제25100-2005-28호

대구광역시 달서구 문화회관11안길 22-1(장동)
전화_(053) 554-3431, 3432 팩시밀리_(053) 554-3433
홈페이지_http://www.학이사.kr
이메일_hes3431@naver.com

ISBN_979-11-5854-259-7   03810

" 이 책은 대구출판산업지원센터의 '2020년 작가·출판사·서점 연계 지원
사업' 에 선정되어 발행 되었습니다.'

* 이 글의 모든 설정은 상상력을 가미한 소설임을 밝혀둔다.

장정옥 소설집

봄의 신부

學而思 | 학이사

차례

봄의 신부

그의 이름은 지석. 친구와 팬들이 모두 그를 GS라고 불렀어. 지금 그의 등에 곡을 만들 때 쓰는 어쿠스틱 기타가 매달려 있어. 희귀 악기점에서 90년생 펜더를 사던 날 그는 '로키'라는 이름을 생각해냈어. 로키를 연주할 때마다 그는 인체를 이루는 206개의 뼈를 어루만지는 느낌이 들곤 해. 거북이 등껍질처럼 신체의 일부가 되어 헤아릴 수 없이 많은 음악을 길어 올리는데도 그는 기타가 전하는 음악을 다 들을 수 없어서 안타까워. 그것은 사랑하는 유나를 안고도 그녀를 그리워하던 것과 같은 이치라고 할까. 한 번도 그를 떠난 적 없으면서도 늘 테두리 밖에 존재하기 때문에 한 번도 그들을 온전히 가지지 못했어.

2월 18일 그날, 중앙로역으로 가던 중에 그는 이상한 광경을 보았어. 까만 연기 속에서 환하게 치솟는 그것이 불길인 걸 알아채기도 전에 열차가 중앙로역으로 들어갔어. 저게 뭐지? 하고 의아해할 사이도 없었어. 불이 난 곳은 건물이 아니라 열차였어. 생각지도 않은 변수가 생기는 게 인생인지. 불이 난 열차를 획 지나쳤으면 했는데, 화마 곁에 멈추고 말더군. 이글거리는 불꽃이 붉은 혀로 창을 핥더군.

문이 열리고 사람들이 내리기 시작했어. 누군가 뒤에서 그의 기타를 잡아당겼어. 기타를 당기는 손길이 완강했어. 기타를 벗어던질까 망설이던 그는 꽉 잡고 있던 출입문을 놓았어. 뒷걸음질로 딸려 들어가는데 문이 닫혔어. 화염덩어리가 된 1079호 열차의 불길이 방금 들어온 1080호 열차로 옮겨 붙었어. 바람을 탄 불길이 폭발하듯이 1080호 열차를 삼켰어. 열차 안에 연기가 차오르고, 불길이 빠르게 번지는 데도 출입문이 열리지 않아. 열차 안에 꽉 차 있던 사람들이 휴대폰을 잡고 울었어. 그는 유나의 전화번호를 눌렀어. 중앙로역에서 그녀를 만나기로 했거든. 그녀가 열차 안에 갇혔을지도 모른다는 생각이 자꾸 번호를 누르게 했어. 전화가 꺼져 있다는 메시지가 흘러나왔어. 몇 번이나 눌러도 마찬가지야.

'약속 시간에 좀 늦을지도 몰라.'

집을 나서기 전에 기다려 달라는 문자가 왔어. 기다리는 중이라고 말하려는데 통화가 되지 않아. 퍽, 하는 소리와 함께 정전이 되었어. 어둠을 밝히는 불길. 두 대의 열차를 삼킨 불길이 악마의 춤사위 같았어. 유나의 손가락에 결혼반지를 끼워주기 위해서라도 유명한 가수가 되어야 했어. 타오르는 불길을 보니 그 약속조차 재가 되고 말 것 같아. 파랗게 이는 불길이 기괴하고도 아름다워. 닫힌 문은 꿈쩍도 않고, 탈출할 가능성은 제로. 어째서 지하철본부 통제실에서 문을 열어주지 않을까. 출입문 열리기를 기다리는 사람이 수백 명인데.

"유나야, 제발 전화 좀 받아."

사람들이 하나둘 쓰러지고, 그가 들고 있던 노란 장미 꽃다발에 불이 붙었어. 꽃을 껴안았어. 장미는 활활 타오르는 중에도 마지막 숨결인 듯 강렬한 체취를 내뿜었어. 꽃송이가 불티처럼 화르르 날리고 마네. 불길이 사람들을 집어삼킬 때 들었던 음악이 이니그마의 메아 쿨파mea culpa였어. '내 탓이오!'로 해석되는 그 말이 죽어가는 이들의 원망과 슬픔, 삶의 애착과 비탄을 진공청소기처럼 빨아들였어. 생각해 보니 메아 쿨파는 너무도 슬픈 말이었어. 모든 불행의 책임을 떠안은 말이거든. 세트 리스트에 들어 있던 곡도 아닌데 어째서 메아 쿨파가 그의 음악파일에 들어 있었는지 모르겠어.

'금방 지나갈 거야.'

시간은 멈추는 법이 없으니. 몹시 괴롭고 고통스러운데도 그는 꽃처럼 활활 타오르는 불을 퍼포먼스의 한 장면인 듯 무심히 바라보았어. 영혼과 육체가 분리되는 놀라운 순간에 음악이 끊겼어. 뭔가가 터지는 소리가 들렸지만 그건 불필요한 소음에 불과해. 진짜 소리는 음의 높낮이가 있고, 목소리의 강약이 있고, 리듬이 있는 노랫소리라고 해야겠지. 사람만이 낼 수 있는 신비로운 소리, 자연의 소리, 태내에서 들었던 물의 소리. 음악의 궁극적인 목표가 바로 그 태곳적의 소리를 대변하는 것이었어. 그 기적의 소리는 사람만이 낼 수 있지. 신이 인간을 아껴야 할 가장 큰 이유이기도 해. 신의 제단에 아름다운 음악을 바치는 이 역시 사람뿐이니. 사람만큼 아름다운 악기는 없어. 세상에서 노래가 사라졌다고 생각해 봐. 그보다 더 적막하고 음산할 수 있을까.

열차를 벗어난 사람도 바깥으로 나갈 곳을 찾지 못하기는 마찬가지였어. 지옥을 빠져나가야 하는데 방화벽이 그들의 앞을 가로막고 있어. 방화벽을 흔들지만 꿈쩍도 하지 않아. 두 대의 열차는 인간을 장작으로 삼아서 활활 타오르고 있어. 서로를 증오의 눈길로 노려보며. 그토록 격렬하게 타오르는 불길을 그는 처음 보았어. 수백 명을 한꺼번에 삼켜버리고도 아무렇지 않게 타오르는 저 불의 뻔뻔함을 보고 하데스가 뭐라고 변명할지 궁금했어.

연기 자욱한 역사에 허수아비처럼 서 있는 청년의 팔을 누군가가 잡아 당겼어. 청년은 등에 기타를 메고 보따리처럼 끌려갔어. 중년의 남자가 '기어!' 하고 명령했어. 중년 남자를 따라 청년은 선로에 엎드려 기었어. 그의 등에 매달려 있는 기타도 덩달아 기었어. 죽기 싫으면 보아구렁이의 뱃속 같은 터널을 기어야 했거든. 어둠이 너무 짙어서 그는 광활한 우주에서 헤엄치는 느낌이었어. 가슴을 누르는 압박감 때문에 숨이 잘 쉬어지지 않는지 그의 팔을 당긴 사내가 연신 기침을 해댔어. 선로는 끝이 없고 어둠은 절벽처럼 높고 깊었어. 얼마나 기었을까.

"올라갑시다."

역사의 계단을 오르고서야 오십 대의 중년 남자를 자세히 볼 수 있었어. 그가 아버지처럼 엄한 목소리로 청년을 나무랐어. 왜 피하지 않고 연기 속에 서 있었느냐고. 청년은 중앙로역에서 약혼녀를 만나기로 했는데 통화가 되지 않는다며 울었어. 그러자 중년 남자가 말했어. 급할 때는 우선 피하고 보는 거라고.

"살아 있어야 친구도 만나고 그러는 거요."

중년 남자는 특전사 소령으로 근무하며 수많은 위험을 경험했지만 오늘 같은 악몽은 처음이라며 울고 있는 청년의 어깨를 두드려 주었어. 중년 남자가 청년을 보며 고개를 갸웃거렸어. 커다란 손이 어이없이 허공을 긋고 있었거든. 중년 남자의 풍채 좋은 얼굴에 아버지 같은 넉넉함이 어려 있었어. 청년은 불타는 열차 안에 사랑하는 여자가 있을지 모른다는 말을 못했어. 말이 씨가 될까 봐 두려웠던 거야. 살아 있어야 사람도 만난다는 메아리 같은 말이 청년의 마음을 울렸어. 울고 있는 청년이 남 같지 않아서 중년 남자가 다시 한번 어깨를 두드려 주었는데 손에 아무 감각이 없어서 놀라더군. 뭐, 그럴 수도 있지. 때때로 몸이 영혼을 버리거나 영혼이 몸을 버리기도 하니까. 간혹 지구가 자전을 멈춰버린 것 같은 날이 있더라고. 청년에게는 2.18 그날이 바로 그런 날이었어.

뒤따라온 어느 부인은 전화로 사고 경위를 전달하기에 바빴고, 등산복 차림의 중년 남자는 잊지 못할 경험을 한 특별한 날이니 술이나 한잔 해야겠다며 휴대폰을 열더군. 누군가는 살아난 기념으로 축하주를 마시러 가고, 닫힌 문 안의 사람들은 삶의 정점을 넘어서는 거야. 중년 남자가 손을 저으며 출입구로 향했어. 청년은 지친 듯 계단을 오르는 그의 뒷모습을 멍하니 바라보았어. 조금 전에 자신이 뭘 보고 왔는지, 꿈인지 생시인지 구분이 되지 않았어. 사람들이 떠난 그곳에서 청년은 갈 곳을 모르고 늑대 울음소리를 내며 서 있었어. 실컷 울고 난 그가 금방이라도 쓰러질 듯 휘청거리며 계단을 오르더군. 연기처럼 흩어질 것 같은 모습이 몹시 위태로워 보였어.

미몽,
선이 없는 길

안개 자욱한 길을 걸었다. 사방이 안개 천지여서 지척을 분간하기 어려웠다. 안개바다 너머에 산봉우리만 둥실 떠 있을 뿐 길도 나무도 보이지 않았다. 내 옆에 낯선 이가 있는데, 그 역시 앞을 보고 걷기만 했다. 어디로 가느냐고 물어도 길 안내자는 아무런 대답이 없었다. 우리가 안개 속에 서 있는 나무나 돌 같았다. 어째서 나는, 모르는 이를 따라 낯선 길을 걷고 있는지. 말없이 걷기만 하던 길 그가 마침내 걸음을 멈추었다. 선착장이었다. 물 냄새도 없었고 물새 울음소리도 없었지만 그곳이 강인 것을 느낌으로 알았다. 그는 곧 배가 올 거라고 했다. 한참 후에 찰랑대며 물소리가 들려서 배가 오고 있는 것을 알았다.

내가 걸어온 길을 돌아보았다. 안개에 가려 보이지 않지만 거기 길이 있다는 것을 알고 있었다. 마침내 배가 선착장에 닿았고, 기다리던 이들이 하나둘 배에 올랐다. 나는 배에 발을 올리려다 말고 돌아섰다. 왔던 길을 향해 걸으려니 길 안내자가 등 뒤에서 소리쳤다. 지금 그대로 가버리면 영원히 돌아올 길을 잃게 될 거라고. 그렇게 되어도 어쩔 수 없다고 했다. 내게는 마지막 공연이 남아 있고, 그 일을 끝내기 전에는 아무 데도 못 간다고 못을 박았다. 그가 펄쩍 뛰었다.

"이 마당에 공연이라니."

"난 가수라고요, GS."

"그게 무슨 소용이야, 허깨비 주제에."

"벌여놓은 일은 매듭지어야죠. 그 공연 기다리는 사람이 몇 명인데."

"이봐, 그건 저쪽 세상일이란 말이야. 여긴 시작도 끝도 없는 곳이라구."

"그런 건 모르겠고, 제게 말미를 주세요."

이대로는 억울해서 못 간다고 우겼다. 고집스럽게 왔던 길을 되돌아가는 내 앞을 가로막으며 길 안내자는 떼쓸 일이 따로 있다고 했다. 말미를 달라고 애원했다. 그는 여태 이런 일은 처음이라서 생각을 좀 해봐야겠다며, 되돌아가서 뭘 어쩔 생각이냐고 물었다. 몸 없이 할 수 있는 일이 뭐냐고.

"콘서트만 하고 올게요."

콘서트가 무산되면 뒤에 남은 멤버들이 감당해야 할 피해가 너무 크다며, 그걸 막지는 못 하더라도 그들의 재기를 도와야 한다고 우겼다. 나 때문에 보이저가 무너진다면 너무 슬플 것 같아서 못 가겠다니까 길 안내자는 허깨비 하나 더 있다고 상황이 달라지겠느냐며, 운명은 이미 지나간 물살이라고 했다. 형체도 없고 목소리도 없어서 아무도 GS를 알아보지 못할 거라고. 그래도 누군가는 알아볼지 모른다고 우겼다. 방법이 있을 거라고. 나는 우리가 보이저를 어떻게 만들었는지 자세히 들려주었다. 열여덟 살에 만나서 이제 겨우 날개를 펴기 시작했는데, 내가 돌아가지 않으면 멤버들이 다 흩어지고 말 거라니까 길 안내자가 한숨을 쉬며 말했다.

"한 달이면 돼?"

"충분해요."

"참 딱한 영혼이군. 아무도 자네를 못 알아본다니까."

"느끼게 하면 되죠. 내가 돌아왔다는 걸 느끼기만 해도 힘내서 일어설 걸요."

"그래, 말미를 주면 나한테 뭘 해줄 건데?"

"노래를 불러줄게요. 전 가수예요."

"노래야 나도 하지. 옛날에 가수지망생이었거든."

"내 노래는 특별해요."

길 안내자는 노래를 들어보고 결정하겠다고 했다. 약간의 말미를 얻기 위해 내가 아는 노래를 전부 불러주었다. 할 줄 아는 게 노래뿐이었다. 노래를 듣고 있던 그가 그만하면 되었다며, 딱 49일의 말미를 줄 테니 그 안에 콘서트를 끝내라고 했다. 49일 안에 콘서트를 못 하더라도 돌아와야 한다고. 나는 힘차게 고개를 끄덕였다. 신나게 노래를 부르며 돌아왔다. 열차에 불만 나지 않았어도, 아니 어느 정신 나간 늙은이가 열차에 불만 지르지 않았어도 공연 무대에서 불렀을 노래들이었다. 풀도 나무도 없는 길을 얼마나 걸었을까. 물이 마른 강가에서 도요새를 발견했다. 도요새가 나를 빤히 쳐다보았다. 도요새에게 자랑스럽게 말했다.

"49일의 말미를 얻었어."

"눈을 몇 번 깜박이면 끝날 시간이네."

"놀려도 좋아. 지금 내가 얼마나 기쁜지 안다면 그런 말을 못 하지."

뽕뽕 날갯짓을 하는 도요새를 따라갔다. 뱀도 만나고 배고픈 살쾡이도 만났지만 아무도 나를 건드리지 않았다. 배가 부른가 보았다. 전혀 배가 고파 보이지 않는 그들에게 노래를 불러주었다. 다섯 마리의 떠돌이들을 모아놓고 노래를 불렀던 것처럼.

'사람들은~ ♫

아름다운 순간을 얼마나 오래 기억할까~~♫ ♪'

멀리 아파트가 보이는 곳에서 도요새와 헤어졌다. 돌아오는 길에 또 만났으면 좋겠다고 얘기했다. 도요새가 아무 대답도 하지 않고 포르릉 날아갔다.

혼자 노래를 부르며 간 곳이 이서의 아파트였다. 그의 집은 아파트의 꼭대기 층이었다. 치매병동에 있던 어머니가 돌아가신 후 이서는 열쇠를 복사해서 보이저 멤버들에게 하나씩 나누어주었다. 언제든 찾아와서 편안히 쉴 곳이 있다는 사실이 멤버들에게 큰 안도감을 주었다. 문 앞에 쪼그리고 앉아서 이서를 기다렸다. 살아 있을 때 느끼지 못했던 감정이지만 지금의 내게는 그 기다림마저 달콤했다. 이서는 늦은 밤에 지친 모습으로 돌아왔다. 그를 깜짝 놀라게 해주려고 문 뒤에 숨어 있다 왁, 하고 얼굴을 들이밀었다. 그러자 그가 나를 지나쳐 안으로 쏙 들어갔다. 그가 나를 지나가는데도 아무 느낌이 없다니, 참 이상한 기분이었다. 형제보다 각별한 우정도 영혼만으로는 서로 만나지도 느끼지도 못하는 것인지. 재즈카페에서 늦도록 일을 하고 오는 그와 어깨동무를 하고 집 안으로 들어갔다.

체온도, 질감도, 깊은 숲이 품고 있는 더덕향 같은 체취도 느끼지 못하는 접촉이지만 함께 있다는 사실에 만족하기로 했다. 슈나우저 수컷이 달려와 나를 맞았다. 월이 나를 보고 왈왈 짖었다.

'개 눈에는 내가 보이나 보네.'

신기해서 월의 눈을 들여다보았다. 개가 앞발을 들어 내 얼굴을 할퀴었다. 개에게 영혼을 보는 눈이 있는지 월이 내 무릎에 기어올랐다. 예전에는 좋다고 달려드는 개를 귀찮다며 발로 밀어내곤 했다. 그 메마른 정서로 여자를 어떻게 사랑하는지 모르겠다며 이서가 놀리곤 했다. 해평면의 떠돌이들은 잘 있는지. 내게 이런 일이 일어날 줄 알고 떠돌이들이 차례대로 집을 나간 것인지. 한 마리씩 슬그머니 사라지더니 나중에는 고양이까지 집을 나갔다.

"희한한 녀석이네. 뭘 보고 있는 것처럼 짖고 까부네."

중얼거리는 이서의 표정이 재미있었다. 시도 때도 없이 놀아달라고 보채는 월을 발로 밀고 다락으로 올라갔다. 다락이 내 방이었다. 내가 긁적인 낙서와 전설적인 기타리스트 게리 무어, 지미 핸드릭스, 잭 화이트, 지미 페이지, 마크 노플러 등의 캐리커처와 보이저의 공연 포스터가 천장과 벽을 빈틈없이 메우고 있었다. 그들이 내게 집에 온 느낌을 살려주었다.

다락방의 베란다 창으로 파란 하늘이 성큼 다가왔다. 꼭대기 층에만 있는 특혜였다. 아파트 내에서 가장 마음에 드는 곳이었다. 햇빛이 잘 드는 베란다에 상추가 한 잎 자라고 있었다. 물을 언제 줬는지 잎이 말라서 새들거렸다. 일부러 키웠다기보다 남아 있던 뿌리에서 잎이 돋은 것 같았다. 예전에 이서의 어머니가 키우던 것이지만 이젠 상추나 고추를 키울 사람이 없다. 천변풍경이 훤히 보였다. 천변 잔디밭에서 모자를 거꾸로 쓴 사람이 춤을 추고 있었다. 운동하던 사람들이 모여서 구경을 했다. '제이도 여전하네.' 그는 지금 춤으로 관객과 소통하는 중이었다. 스튜디오에서도 연습을 하지만 제이는 관객이 그리울 때마다 거리로 뛰어나갔다. 그렇게 나가서 한 시간 동안 노래를 부르거나 춤을 추었다. 나는 제이의 그 광기를 이해한다. 나도 그랬다.

이서는 제 방에 불도 켜지 않은 채로 음악을 듣고 있다. 나를 대신해서 앓고 있는 듯 그 아득한 낙담을 더한 고독의 깊이가 내 것 같았다. 캄캄한 어둠이 고뇌를 감추지만 내게는 그의 눈물 자국까지 선명하게 보인다. 보이저 3집까지 다 듣고 나서야 속이 풀리는지, 그가 다섯 권의 노트를 무릎에 올려놓으며 노트북에 USB를 꽂았다. 내가 마지막 날 정리했던 파일이었다.

"어디 볼까? 지석이가 뭘 만들었는지."

'이니그마' 라는 파일을 열자 아기코끼리가 힘들게 걷는 모습이 화면에 비쳤다. 뒤뚱거리며 걷던 아기코끼리가 쓰러졌다. 너무 먼 길을 달려왔기 때문에 아기코끼리는 더 걸을 힘이 없었다. 어미코끼리가 아기코끼리를 일으키려 애썼다. 앞서 가던 동물들이 하얀 먼지를 일으키며 멀리까지 가버렸다. 아기코끼리가 숨을 헐떡였다. 어미코끼리는 기다란 코로 새끼를 쓰다듬었다. 어딘가 물이 있을까 주위를 둘러보지만 밀림을 덮친 긴 가뭄으로 강이 바닥을 드러낸 지 오래였고, 강 유역에서 시작된 불이 두 달째 계속되고 있었다. 어미코끼리는 연기가 자욱한 밀림을 불안한 눈길로 둘러보았다.

탐욕스러운 불길이 정글의 초록색 지붕을 걷어내고 있었다. 불길이 걷잡을 수 없는 속도로 번지며 동물들이 이동을 시작했다. 원주민들은 기세 좋게 타오르는 불길을 보며 불안에 떨었다. 그들은 더 이상 별을 노래하지 않았고, 소와 염소들은 굶주림으로 죽어갔다. 원주민들은 남은 풀밭을 지키기 위해 수로를 파고 총을 들었다. 별과 기도와 노래가 떠난 자리에 생존의 문제만 남았다.

영상 속의 동물들은 어디로 가야 할지도 모른 채 앞만

보고 달렸다. 대초원도 그들의 안식처가 되지 못했다. 바람을 업은 불길이 초원을 그냥 두지 않았다. 원숭이가 달리고, 기린이 달리고, 얼룩말이 달리고, 사자가 달리고, 표범, 치타도 달렸다. 그칠 줄 모르는 연기가 하늘을 자욱하게 덮었다. 불길 속에 서 있는 어미코끼리의 울음소리가 불타는 정글에 울려 퍼졌다. 이서는 어미코끼리의 영상을 잡아서 정지시켰다. 이니그마의 다른 파일을 열자 직선과 곡선을 연결해서 만든 동물들이 저벅저벅 걸어 나왔다. 캐릭터로 변신한 동물들의 불안과 슬픔이 우화적으로 변신했다. 이서가 인디언 깃털 모자처럼 뾰족뾰족하게 그린 불의 형상을 보며 말했다.

"애들에게 눈을 그려주면 어떨까?"

'화룡점정이라고, 눈 뜨고 다 도망가게?'

"차라리 눈을 부릅뜨고 안전한 곳으로 이동했으면 좋겠다."

모딜리아니도 그림에 눈동자를 그리지 않았고, 양나라의 장승요도 안락사 벽에 그린 용의 그림에 눈을 그려주지 않았다. 눈을 그려주었더니 용이 하늘로 승천해 버리더라고 했다. 도형으로 희화화된 동물들에게 이서가 눈을 그려주었다.

"어디서든 살아 있기만 해라."

'그럴게. 그럴 거야.'

태풍의 중심을 벗어나기 위해서라도 눈이 필요했다. 배경음악으로 깔아둔 레닌그라드의 작은북 소리를 키우고 인코딩 속도를 2배속으로 올렸다. 크고 작은 눈을 가진 코끼리와 사자, 타조, 사슴들이 신나게 달렸다. 슬픔과 기쁨이 손바닥과 손등처럼 서로 등을 맞대고 있다는 사실이 아이러니했다. 동물들의 빠른 움직임을 지켜보며 이서가 물었다.

"이거 유서 삼아서 보낸 거야? 책임지라고."

'본의 아니게 그렇게 되었네.'

"나쁜 놈!"

더 심한 욕을 해도 괜찮은데 이서는 나쁜 놈을 뱉고 입을 다물었다. 동물 캐릭터는 취미로 누드크로키 교실을 다니며 그려둔 도형이었다. 별 생각 없이 구경이나 하라고 보냈는데, 결과적으로 미리 쓴 유서가 되고 말았다.

"사고는 우연이고, 넌 생각지도 않게 나쁜 일을 당한 거야."

'나도 잘 모르겠어. 내게 무슨 일이 일어났는지.'

"이걸 보낼 때는 공연에 쓰라고 보낸 거지? 공연하자, 지석아!"

재생되는 영상에서 동물들이 달리고 또 달렸다. 영상을

보던 이서가 눈을 감았다. 불길에 갇힌 아기 코끼리를 생각했는지도 모르지. 살거나 죽거나, 비가 와서 불이 꺼지지 않으면 동물들은 생명이 다하는 순간까지 불이 없는 곳으로 달아나야 한다. 보다 못한 이서가 바탕에 녹색 풀을 깔고 강줄기를 당겨 넣었다. 화면에 광활한 초원이 펼쳐지며 동물들이 풀밭에서 뛰노는 모습으로 변했다. 이서가 탄식처럼 쓸쓸하게 한마디 던졌다.

"저렇게 달리는 게 네 마음이었구나."

'그땐 그랬어.'

이서는 노트북에 깔려 있는 여러 가지 영상을 열었다.

"달라진 건 아무것도 없어. 우리가 공연을 하는데 네놈이 모른 척 할 리가 없잖아. 마지막 콘서트 멋지게 해내자."

'해야지. 그것 때문에 돌아왔는데.'

이서는 달리는 동물 영상을 보며 비틀즈의 노래 The Long And Winding Road를 불렀다. '바람 부는 밤… 왜 날 여기 세워 두고 떠났나. 나를 기다리게 하지 마요.' 이서의 노래를 들으며 그의 어깨를 안아주었다. 그의 기다란 손이 내 손등을 덮었다. 영혼이 영혼을 읽는다는 건 한 편의 아름다운 시를 읽는 것과 같다. 이서가 나를 읽었다. 내 영혼의 책을.

2003년 2월 21일, 사고 사흘째. 지석이 돌아오기를 기다린 날도 사흘이었다. 이서는 거미줄 같은 기다림을 내려놓고 이동통신사에 지석의 통화내역을 의뢰했다. 2월 18일 오전 9시 반쯤에 지석이 거기 그 자리에 있었다는 사실을 증명하기 위해. 마지막 통화에서 지석은 보이저를 꼭 지켜달라고 부탁했다. 어디냐고 묻는데 통화가 끊겼다. 거기만은 있지 말아달라는 이서의 바람에 아랑곳없이 지석은 불타는 열차 안에서 십여 통의 전화를 했다. 누나에게, 이서에게, 그리고 끝내 전화를 받지 않은 여자에게. 지석이 간절하게 부른 여자는 끝내 응답이 없었다. 이서는 이동통신사에서 출력한 지석의 통화내역서를 희생자 관리본부로 가져갔다. 그것으로 지석의 죽음이 증명되었다.

'유나는 왜 끝까지 전화를 받지 않았을까?'

차라리 약속 장소에 못 나간다고 했으면 지석이 그 열차를 타지도 않았을 걸. 이서는 지석이 갑자기 사라진 이유와 난데없는 유나의 결혼소식이 영 석연치 않았다. 지석이 설마 유나의 변심을 몰랐을까. 몇 사람만 통하면 속사정이 훤해지겠지만 이서는 납득이 가지 않는 두 사람의 책을 구석에 밀어두기로 했다. 읽고 싶지 않은 책도 있으니.

사방이 검은 재로 덮인 지하묘지에 참배객이 줄을 이었다. 아침 햇살이 퍼지기 전부터 늦은 밤까지, 참배객들은 기차를 타거나 관광버스를 타고 끝없이 몰려왔다. 성지 순례를 하듯이 엄숙한 표정으로 실종자 사진 앞에 꽃을 놓고 인증사진을 찍기도 했다. 이서는 왠지 모르게 그 소란이 민망하고도 참혹하게 느껴졌다. 일어나서는 안 될 일이 일어났다는 사실 자체가 그냥 부끄러웠다. '불 지르는 그 손을 좀 말리지 그러셨어요.' 이서는 어느 실종자 가족이 벽에 붙여둔 예수님의 사진을 원망스럽게 바라보았다.

'저더러 이 소란과 지석의 죽음을 사실로 믿으라고요? 중병에 걸린 것도 아니고, 누구와 싸웠거나 살인강도를 당한 것도 아니고, 마약이나 도박으로 멤버들을 실망시킨 일도 없고, 심지어 돈을 떼어먹었다거나 남의 여자를 넘겨본 일도 없는 녀석이 교통사고도 아니고, 심장마비도 아니고, 화재참사라뇨. 이렇게 가혹한 일이 어딨습니까.'

이서는 사진에서 눈을 떼고 줄 지어 들어오는 참배객들을 보았다. '무슨 좋은 구경났다고.' 위로도 추모도 공연 프레임에 따른 리허설 같았다. 이 믿기지 않는 현실이 언제 끝나려는지. 공연은 무산되었고, 보컬이 없는 그룹을 어떻게 일으키며, 뒷일을 어떻게 감당해야 할지. 이서는 그동안 힘들게 쌓아온 노력이 절망으로 와르르 무너지는 기분이었다. 지하 역사의 천장을 받치는 기둥이, 검은 옷을 입고 저승사자처럼 묵묵히 서 있다. 1800도의 화염에 천장이 녹아내릴 때도 굳건히 버티고 서서 역사를 지탱해주었다. 화재를 끝까지 지켜본 그 기둥이 마치 지석의 모습 같아서 이서는 한바탕 껴안고 마주 얼굴을 비비고 싶었다.

'얼마나 무서웠냐.'

꿈속까지 따라오는 뜨거움이 이서를 잠 못 들게 몰아붙였다. 불에 탄 기둥을 영구보존한다는 얘기를 들었다. 역 내의 재를 다 벗겨도 그 기둥만은 영구적으로 보존해서 아픈 역사의 거울로 삼겠다고. 유족들의 요구나 사회의 따가운 시선이 아녔으면 깨끗하게 페인트로 지워졌을 기둥이었다.

붉은 가사를 걸친 십여 명의 스님들이 지하철 역사로 내려왔다. 징과 목탁을 든 비구승 사이에 하얀 박사고깔을 쓴 비구니 스님이 섞여 있었다. 애초에 불순물이라고는 섞여본 적도 없는 순수 본연의 흰빛이 처연하도록 눈부셨다. 박사고깔이 창백하게 빛나고 바라가 금빛 광채를 뿌렸다. 큰 스님이 까맣게 그을린 지하 역사의 벽에 괘불을 걸었다. 추모객들이 스님들을 반원형으로 둘러쌌다. 하품으로 지루함을 견디던 실종자가족 김 의원이 추모객들 사이에

껴들었다. 침향이 한 줄기 연기를 피우며 타올랐다. 사람을 찾는 벽보가 지하 역사의 벽을 가득 메우고, 그 아래 양초가 어둠을 쫓고 있었다. 무채색 그림자를 거느린 추모객의 움직임에 촛불이 파닥거렸다. 똑또그르르, 목탁소리가 울려 퍼지자 장내가 조용해졌다.

스님들이 법문을 읊기 시작했다. 십여 명의 스님이 한 목소리로 경을 읊고, 맨 앞줄의 스님이 규칙적으로 목탁을 두드렸다. 목탁의 울림이 지하 역사를 가득 채웠다. 이승의 미련과 집착을 끊어버리라는 무상법문이 지하묘지에 떠도는 슬픈 원혼을 위로해 주었다. 자신이 죽었다는 사실조차 깨닫지 못한 가엾은 원혼들이 길을 잃고 헤맬까봐 천도재를 올려주는 거라고, 재를 지내기 전에 큰스님이 말했다. 뜻밖의 사고로 죽은 원혼이 꿈같은 몸 생각을 버리고 좋은 곳에서 다시 태어나도록 길을 갈라주는 의식이라고. '꿈같은 몸 생각!' 이서는 환각지 현상을 떠올렸다. 사고로 다리를 잃은 사람이 그 사실을 받아들이지 못하고 상상의 다리로 걸으려 하는 것처럼, 불시에 죽음을 맞은 원혼 역시 신체의 상실을 인식하지 못하고 상상의 몸으로 살아 있다고 착각하지 않을지. 갑자기 죽으면 누구라도 자신의 죽음을 인식하지 못할 것 같았다.

박사고깔을 쓴 비구니 스님이 금빛 바라를 울리며 흰 나비처럼 춤을 추었다. 쨍, 하고 울리는 바라의 금속성 굉음에 침울하게 가라앉아 있던 대기실이 화들짝 깨어났다. 가사자락의 순결한 빛이 자아내는 춤사위가 매우 정성스러웠다. 양손에 든 바라를 반쯤 포개어 살짝 두드리는가 하면 머리 위로 들어 올리는 비구니 스님의 움직임이 장삼자락 날리듯 가벼워 보였다. 외씨버선 속에 감춘 발을 들어 올릴 때마다 바라가 쩌렁쩌렁 울렸다.

"앗따, 그 스님 춤 한 번 곱게 추네. 바라소리에 귀신도 얼이 빠지겠는기라."

김 의원은 수백 명의 영혼을 한꺼번에 구원하려면 시간이 좀 걸리지 않겠느냐고 중얼거렸다. 그러자 옆에 서 있던 할머니가 조용히 하라며 그를 나무랐다. 김 의원이 입을 삐죽거렸다. 추모객 중에 괘불을 향해 108배를 하는 사람이 여럿이었다.

우주만물이 그렇듯 사람의 신체 역시 인연에 의한 생성이라던가. 인연으로 맺어진 물상이 어느 순간 연기처럼 사라지는 현상을 두고 몸이 있어도 없는 것과 같다고 하는 것인지. 이서는 사람을 점점 모르겠다는 생각이 들었다. 공연 준비에 열중해 있는 동안 지석이 혼자 무슨 일을 겪고 있는지도 몰랐다. 관심이 없었다기보다 지석이 워낙 티를 내지 않았다. 유나와 헤어진 것 역시 사고가 나고 알았다.

여러 개로
나누지 못하는

벨소리가 들렸다. 문 앞에 두 사람이 서 있었다. 이서는 샤샤와 광석을 한꺼번에 껴안았다. 세 사람은 할 말을 잃고 한참을 그러고 있었다. 뒤에서 나 또한 그들을 그렇게 껴안았다. 세 사람은 말없이 아파트로 들어갔다. 사고 이후 첫 만남이었다. 자리에 앉자마자 이서가 본론부터 꺼냈다. 월이 내 무릎에 올라앉았다. 그러자 월이 정말 보이저의 다섯 번째 멤버 같았다.

"EXCO 공연 준비하자고 불렀다."

광석은 부족한 멤버부터 영입하자고 했다.

"세 명은 약하잖아."

"오디션을 봐야지."

"제이는 어때?"

샤샤가 제이를 들먹였다. 기타도 되고 보컬도 된다는 말에 광석도 찬성했다. 이서는 오디션 날짜나 일러주라고 했다. 본인의 선택에 맡기자고. 어느 누구에게도 특혜는 안 된다는 것이 이서의 방침이었다. 네 사람 모두 멤버들 앞에서 노래를 부르고 관문을 통과한 사람들이었다. 광석이 소속사에 공문을 띄워 보컬 오디션을 알렸다. 크릴호반 공연이 새 보컬의 첫 무대가 될 거라는 소식과 함께. 광석은 제이에게 메시지를 보냈다. 소속사 사장이 하루라도 빨리 보컬을 찾는 게 팀워크에도 도움이 된다고 했다. 실이 풀려 달아난 단추를 새 것으로 채워넣듯이 내 자리도 그렇게 채워질 터였다. 콘서트가 좌절되고 세 사람은 하루도 편한 날이 없었다. 공연이 거론되자 침울하던 표정이 밝아지고 가라앉았던 목소리가 생기로 푸들푸들 살아났다. 광석이 애써 담담한 목소리로 말했다.

"까짓 해보자구, 살풀이든 굿이든."

그 말에 샤샤와 이서가 말을 받았다.

"우리가 처져 있으면 지석이도 슬플 거야."

"아마 지금쯤 보이저가 해체될까 봐 마음을 졸이고 있을 걸."

"그러면 안 되지. 어떻게 만든 그룹인데."

이서가 두 사람을 위해 밥을 지었다. 밥이 끓을 동안 샤샤는 김치찌개를 끓이고 광석이 식탁을 차렸다. 반찬이래야 포장 김과 마트에서 사온 김치가 전부였다. 콩나물을 한 줌 집어넣고 햄을 두껍게 썰어 넣은 김치찌개가 식탁에 올랐다. 내가 할 줄 아는 유일한 요리였는데 이서는 김치 찌개에 라면을 넣어 푸짐하게 끓여내고, 파를 숭숭 썰어서 계란찜도 했다. 급히 차려낸 밥상에 둘러앉으며 이서가 숟가락과 젓가락을 내 자리에 놓았다. 월이 내 무릎에 올라앉았다.

"저 녀석 아주 한 자리를 차지하고 앉네."

"놔둬라, 혹시 지석이가 와 있는지도 모르니."

"정말 그럴까?"

세 사람은 말없이 밥을 먹었다. 모락모락 김이 오르는 밥을 보며 냄새를 상상했다. 아무런 냄새도 나지 않았다. 뭔지 모르게 억울한 느낌이 들었다. 삶은 냄새로 완성되는데 나는 경계 너머에서 코만 킁킁대고 있으니. 그러고 보니 냄새도 다분히 물질적인 것 같다. 냄새가 육체의 영역이 아니고 영혼의 영역이었으면 당연히 내게도 느껴졌겠지. 안타깝게도 내 앞을 가로막고 있는 장막을 걷어낼 방법이 없다. 개를 통하는 방법밖에는. 보이저의 보컬이 기껏 개의 몸을 빌린다는 게 너무 치졸해서 참기로 했다. 그래봤자 마지막 공연만 치르면 떠나야 하는 걸. 그 말미 얻자고 저승길 안내자 앞에서 콘서트를 했다. 알고 보니 그도 살아 있을 때 가수지망생이었다. 이서는 오렌지와 귤을 꺼내고 커피를 내렸다. 이서가 내 몫으로 달달한 믹스커피를 타주었다.

"미워서 에스프레소로 뽑아주려다 참는다."

월이 입을 가져가자 광석이 꿀밤을 먹였다. "우리 보컬 화낸다, 녀석아." 순 애들 입맛이었다며 광석이 나를 놀렸다. 그러자 이서도 한마디 거들었다. 반찬도 계란프라이나 햄, 김 같은 것만 좋아하고, 커피도 캐러멜 마끼아또나 믹스커피를 즐겼다고. 샤샤는 내 몫으로 달달한 비스킷을 접시에 담아주며 커피에 적셔 먹으라고 했다. 그러고도 살이 안 찌는 걸 보면 신기하다며 저희들끼리 키들거렸다. 어릴 때 아버지가 퇴근할 때마다 과자를 사오셨다. 누나와 나란히 앉아서 티브이를 보며 먹었다. 내가 명이 짧은 건 아버지를 닮았나 보다. 아버지가 음주운전 차량에 부딪쳐 돌아가신 후 어머니가 재혼하고, 누나와 나는 할머니 할아버지와 함께 살았다. 어머니에 대한 관심을 깨끗이 지웠다. 연락을 먼저 끊은 사람은 어머니였다.

광석이 기타 한 대 들고 지산 록페에 참가한 얘기로 한 시간을 떠들었다. 바람이나 쐴까 하고 갔다가 여기저기 기웃거리며 솔로공연을 했는데, 팝송 리메이크 곡과 보이저의 히트곡을 섞어 불렀더니 밴드 만들자는 사람이 있더라고 자랑을 늘어놓았다. 보이저 해체되지 않았느냐는 물음에, 여행자들은 영원하다고 호언장담을 해주었다고. 타인의 입으로 듣는 해체가 그렇게 슬픈 말인 줄 몰랐다며 씁쓸한 웃음을 지었다. 보이저는 절대로 부서지지 않는다며, 이서는 늙어 죽도록 무대에서 기타치고 노래 부르며 살다가자고 힘 있는 목소리로 말했다. 보이저는 영원하다고. 세 사람이 공연준비로 머리를 맞대는 걸 보고 마음을 놓았다. 창단 초기의 열정을 보는 것 같았다. 지산 록페 여행은 광석이 솔로 데뷔의 가능성을 측정해 본 시간이기도 했다. 그럴 만했다. 2.18 이후 보이저는 난파선이 되어 떠돌고 있으니. 이서와 샤샤, 광석이 각자 살 길을 찾아다녔다. 서로를 고통 없이 바라보는 게 쉽지 않은 탓이었다. 광석이 차를 마시며 샤샤에게 물었다.

"선물가게는 언제 치울 생각이야?"

"이러는 나도 답답하다."

기타 들고 길거리로 나갈 거 아니면 뭐라도 해야 할 거 아니냐며, 샤샤는 이번에도 실패하면 미국으로 가버리겠다고 했다. 거기 샤샤의 양부모님과 입양한 두 형제들이 살고 있었다. 샤샤는 다섯 살에 입양되어 열여덟 살까지 캘리포니아에서 살았다. 어릴 때 길을 잃었다. 고교 마지막 과정을 앞두고 친부모를 찾으러 고국에 왔다가 여행자들을 만나며 음악을 시작했다. 샤샤를 만나기 위해 여행자들이 성당까지 그를 찾아갔다. 서로 말은 안 통했지만 음악은 경계가 없었다. 그는 이번에 돌아가면 다시는 한국으로 안 들어온다고 했다. 마음에 없는 말이다. 샤샤가 한국을 얼마나 사랑하는데. 미국인이면서 이방인으로 사는 게 얼마나 외로운지 아느냐고 물었던 사람이었다. 한국인으로 살겠다고 한국어도 배우고, 한국 여자와 결혼하겠다고 한 녀석인데, 한국을 떠나면 다시는 안 들어온다고? 모르긴 해도 반년도 안 되어 뛰어오고 말 걸. 음악 아니면 이 땅에 머물 이유가 없다고 시니컬하게 내뱉지만 그 말은 곧, 음악 때문에 이 땅에 머무를 수밖에 없다는 고백이기도 했다.

피붙이를 아직 못 찾았다. 유전자 등록을 해놓고 기다리는데도 연락이 없는 걸 보니 어머니와 형제들이 자신을 찾을 생각이 없나 보다며 풀이 죽었다. 보이저 공연 중에 샤샤의 자작곡 '가을 우체국 앞에서' 라는 노래를 부르게 하는 건 부모형제를 찾게 해주려는 의도였다. 부모형제를 향한 그리움을 담은 노래였다. 샤샤의 유일한 기억이 노란 은행잎과 빨간 우체통이었다. 그가 수크레 인형과 예쁜 편지지, 초, 액세서리를 파는 선물가게의 창에 어릴 적의 사진을 붙여놓은 것도 부모형제를 찾기 위해서였다. 샤샤는 언젠가는 만나게 될 피붙이를 위해 노래를 지었다. 가늘어 보이는 샤샤의 뒷목을 보면 마음이 슬퍼진다. 너무 외로워 보여서. 선물가게에 청소년 팬들이 몰려든다는 말을 듣고 몹시 기뻤다.

  방금까지 명랑하게 들까불던 개가 소파에 가만히 엎드려 있는 것이 이상한지, 샤샤가 왜 이렇게 힘이 없느냐며 월을 안아주었다. 내가 다락방에 올라온 탓이었다. 이서는 개가 조울증을 앓는 것 같다며 자주 그런다고 했다. 광석이 개를 안고 쓰다듬었다.
  "네가 무슨 고민이 있다고 조울증을 앓아?"
  "개라고 고민이 없겠냐?"
  "저보고 음악을 하래 장사를 하래. 아프지 말고 잘 놀기만 하라는데 그것도 못해?"
  개도 분위기를 타는 것 같다는 말에 광석이 기타를 꺼냈다. 이서는 우울증도 전염되는 것 같다며 근래 들어 불면증이 심했는데 개도 따라 하더란다. 광석이 우울증을 쫓는 특효약이 있다며 기타를 들었다.
  "같은 남자끼리 남자 개가 뭘 필요로 하는지도 모르니."
  "무슨 소리야."
  "지금 월에게 필요한 건 같이 놀아줄 여자 친구이고 음악이라고."

월은 사춘기가 지나도록 아파트에만 갇혀 있다. 바깥에 나가야 여자 친구도 만들고 사랑도 할 텐데, 주인도 개를 데리고 다닐 시간이 없지만 바깥에 나돌아 다니는 개가 없다. 몸의 변화를 인식할 때였다. 개가 자꾸 밖으로 나가자고 조르는 것은 몸의 요구에 따른 반응이었다. 광석은 몸의 요구는 못 들어줘도 노래 정도야 얼마든지 불러줄 수 있다며, 개가 노래 부르는 걸 보게 해주겠다고 했다. 개든 사람이든 음악이 없으면 영혼이 고통을 느끼기는 마찬가지라고.

"밤에 시간마다 깨는 것이 노래를 못 불러서 그런가?"

"당연하지. 나도 그런 걸."

"살풀이라도 해야겠네."

이서의 말에 광석은 공연을 하고 나면 괜찮을 거라고 장담했다. 월은 물론이고 세 명의 보이저 멤버들에게 절실히 필요한 것도 음악이라고 광석이 처방을 내렸다. 사흘 동안 뜬눈으로 새고 나니 정신줄이 끊어질 것 같아서 록페로 달려갔다며, 누가 듣거나 말거나 목이 아프도록 실컷 내지르고 나니까 가슴이 뻥 뚫려 숨쉬기가 편해지더라고 했다. 그날 밤 한 번도 깨지 않고 잤다고. 이게 모두 광대팔자를 타고 난 탓이라며 생긴대로 살자고 다독였다. 광석의 처방이 괜한 게 아니다. 언젠가 다섯 마리의 떠돌이들을 모아 놓고 노래를 부른 적이 있다. 개들이 눈을 반짝이며 듣는 가 싶더니 푸들이 목을 길게 뽑아 우~ 하고 노래를 부르자 나머지도 서로 질세라 따라하던 모습이 볼만했다. 모든 생 물은 동일한 종의 소리와 움직임 속에서 안정을 얻는다지 않는가. 사람이나 동물이나 껍질을 벗으면 모두 거기서 거 기다.

그런 의미에서 오랫만에 노래나 불러보자며 이서가 젓 가락 장단을 맞추었다. 샤샤가 좋지, 하며 젬베를 두드리 자 광석이 허유아야이아~ 오아야이야~ 하며 이니그마의 Return to innocence(순수로의 회귀)를 부르기 시작했다. 광 석이 인디언의 주문 같은 후렴구를 부르자 이서가 젓가락 으로 술병을 두드리며 노래를 시작했다. 나도 나지막이 그 들의 노래를 따라 불렀다. 큰 소리로 부르면 방이 폭발하 고 말 것 같아서 입안엣 소리로 조용히. 자칫 유리벽을 깨 뜨리려다 아파트 전체를 무너뜨리면 곤란하다. 좁은 방에 서 듣는 여행자들의 목소리가 이니그마의 음악과 잘 어울 렸다. 흉성과 두성의 폭이 넓어서 누구도 흉내 내지 못하 는 깊은 소리라고 음악비평가의 칭찬을 받았던 내 목소리 를 들려주지 못하는 것이 안타까웠다. 거실 가득 여행자들 의 노랫소리가 울려 퍼지자 우울한 얼굴로 엎드려 있던 개가 목을 길게 빼고 노래를 부르기 시작했다.

　우우~, 우~

　샤샤가 월을 가리키며 우우~~ 하는 개들만의 화음을 따라했다. 샤샤는 공연에 적용해도 되겠다며 개의 노래를 소몰이 장단으로 화음을 개발했다. 소몰이 장단이 묘한 울림을 주었다. 보이저의 새로운 멤버가 탄생하는 순간이었다. 해변으로 밀려오던 파도가 거꾸로 방향을 돌려 바다를 향하고, 양 떼가 뒷걸음질치고, 물이 거꾸로 흐르는 역류의 영상으로 유명한 순수로의 회귀 가사를 랩으로 읊조렸다. '마음속을 들여다봐. 그렇게 하는 것이 바로 자신에게 회귀하는 것이 될 거야. 울어야 할 때 소리 내어 울어, 숨지 말고 네 자신에게로 돌아가는 거야. 순수함으로.'

　슬그머니 일어선 이서가 두 개의 술병을 가져왔다. 커티샥과 발렌타인 30년생을 번쩍 쳐든 광석이 웬 거냐고 물었다.

　"노트 다섯 권과 함께 택배로 왔더라."

　"누가 보낸 건데?"

　"지석이."

　여행자들이 갑자기 얼음이 된 듯 동작을 멈추었다. 이게 뭐냐고 묻지도 못하는 그 마음을 안다는 듯 이서가 말없이

컵에 얼음을 채웠다. 커티샥을 꺼내며 스코틀랜드 시인 로버트 번스가 마녀의 속치마라고 했던 술이라니까 샤샤는 마셔버리자며 덤벼들어 마개를 땄다. 세 사람은 말없이 술만 마셨다. 술잔에 샤샤의 굵은 눈물이 뚝뚝 떨어졌다.

"그 사이 취한 거야?"

이서의 말에 샤샤는 이상하게 술만 들어가면 눈물이 난다고 했다. 마음에 쌓인 설움이 깊어서 그런가 보다며 그는 대놓고 엉엉 울었다. 실컷 울고 나면 속이 시원할 거라며 이서도 광석도 샤샤를 실컷 울게 내버려 두었다. 숫제 통곡하는 샤샤를 보며 이서는 거꾸로 가는 시계를 생각했다. 거꾸로 가는 시계가 나오는 영화가 있다. 피츠제럴드의 소설로 만든 영화였다. 시계를 잘 만드는 시계장의 아들이 전쟁터에서 죽었다. 시계장은 아들 잃은 슬픔을 못 견뎌 거꾸로 가는 시계를 만들었다. 새로 지은 기차역에 거꾸로 가는 시계를 붙이던 날 사람들이 놀라움을 감추지 못했다. 전쟁으로 마을의 청년들이 허무하게 죽어갈 때였다. 거꾸로 가는 시계의 방향을 따라 전쟁터에서 죽었던 군인이 뒷걸음질로 돌아와서 부모를 만나는 영상을 보며 상실과 사라짐을 생각했다. 삶이 뭔지. 해가 뜨기 전에 잠시 머물다 사라지는 안개 같은 것을.

샤샤는 눈물의 강을 타고 어린 시절로 회귀하는 중이었

다. 광석과 이서는 울며, 울며, 눈물의 강을 거스르는 샤샤가 잘 돌아올 수 있게 순수로의 회귀를 반복해서 불러주었다.

검은 봄 2

시곗바늘이 10시를 가리키자 사이렌이 길고 굵은 울음을 토해냈다. 부우우~ 사이렌이 멈췄다 울리며 십여 분 동안 이어졌다. 사이렌 소리에 도시의 모든 동작이 멈추었다. 시민애도의 날이었다. 대구시 전역에 사이렌이 울리고 국채보상공원의 대종이 뎅뎅거리며 무거운 울음을 토했다. 우산을 들거나 들지 않은 사람들이 거리에 가로등처럼 서서 묵념을 올렸다. 불시에 죽음을 맞은 192명의 영령을 위로하기 위한 추모제였다. 광석은 문이 닫힌 카페 앞에서 비를 피했다. 집을 나설 때는 비가 오지 않았기 때문에 그에게는 우산이 없다.

가랑비가 묵념 올리는 사람들의 목덜미를 적셨다. 나뭇가지에 물이 올라 꽃눈이 생겼다. 뽀얗게 황사가 덮였던 거리를 빗물이 씻어 내렸다. 색색의 우산이 떠다니고, 자동차들이 빗물을 뿌리며 내달렸다. 봄이 턱밑에 와 있는데도 한파는 여전했다. 유난히 더딘 봄이었다. 해제 사이렌이 울리자 사람들이 걸음을 서둘렀다. 가뭄 끝에 내리는 단비였다.

바리케이드로 입구를 막아놓았기 때문에 중앙로가 휑뎅그렁하게 비어 있었다. 지하공간을 받치는 지지대가 고온에 녹은 위험으로 중앙로에 대형 차량의 통행을 금지했다. 버스의 통행이 끊기며 젊은이들의 발길이 동성로나 로데오 거리를 향했다. 중앙로는 흰 국화를 든 사람만 오가는 묘지가 되었다. 빌딩의 바람벽과 지하도 입구의 철제 난간은 물론이고 가로수 둥치에 걸려 있는 플래카드가 을씨년스러움을 더했다.

지석은 온다 간다는 말도 없이 슬그머니 사라졌다. 아마 금방 다녀올 생각으로 연락을 남기지 않았을 것이다. 이서는 지석의 약혼녀인 유나에게 전화해 달라는 이메일을 보냈다고 했다. 전화는 꺼져 있고 메일을 열어보지도 않더란다. 유나가 독일로 간 것이 먼저였는지 지석의 실종이 먼저였는지 아리송하다. 지석이 갑자기 사라진 이유를 들어야 하는데 유나는 끝내 묵묵부답이었다. 광석은 지하묘지로 갔다. 거기 이서가 있었다.

"여러분, 잠깐 귀 기울여 주세요. 방금 추모객이 이런 걸 찾아왔습니다."

희생자 가족 대표의 위원장인 두현이 그을음 묻은 뼛조각을 높이 쳐들었다. 화재현장에 내려갔던 중년 부인이 희생자의 것으로 보이는 뼛조각을 들고 오며 지하묘지가 발칵 뒤집혔다. 그것은 누가 봐도 뼛조각이었다. 각 가정의 가족 대표들이 뼛조각을 주운 사람에게 어디서 찾았느냐고 물었다. 중년 부인은 혹시나 하고 내려갔다 선로에서 주웠다며 다른 것이 있을지도 모른다고 목소리를 높였다.

"저걸 줍고 얼마나 놀랬는지."

두현은 어른 손 한 뼘 크기의 뼛조각을 사고수습대책위원회로 들고 갔다. 난민수용소 같은 대기실이 순식간에 분노와 원망의 도가니가 되었다. 희생자 가족 대표들이 사무실로 우르르 몰려갔다. 오십 대의 중년 부인이 위원장에게 뼛조각 주운 경위를 자세히 설명했다. 희생자 가족 대표들이 들끓는 분노를 진정시키기 위해 수색대원을 뽑고 사고 축소 의혹을 제기하며 현장철거를 막겠다고 약속했다. 분주히 서두르던 복구 작업이 중단되었다. 지하철공사 측은 지하 3층의 역내 시설물 정비를 글피 오전으로 미루었다.

사흘의 말미를 얻은 희생자 가족들은 A조와 B조로 나누어 유품 찾기에 나섰다. 수색 팀을 반 나누어 안심역 하치장과 월배차량기지로, 지하철이 끌려간 자리를 샅샅이 훑었다. 시간이 흐르며 슬픔도 화석처럼 굳어지고 어딘가에 살아 있었으면 하는 기대마저 사라지자 가족들은 조그마한 흔적이라도 찾으려는 미약한 기대에 매달렸다. 선로수색 끝에 휴대폰이나 손거울, 머리핀, 가방, 휴대폰 같은 것을 찾은 사람도 있지만 그나마도 못 찾은 사람이 더 많아서 희생자 가족들이 쉽게 물러날 것 같지 않았다. 재를 뒤집어쓴 지하철 역사를 복구한답시고 당국에서 사고현장 복구를 너무 빨리 서두른 탓이었다. 이서와 광석은 불에 타고 남은 유품에서 동그랗게 엉켜 있는 기타 줄과 글씨가 새겨진 기타의 울림판을 찾아냈다.

화재 참사가 발생했던 18일 오전 9시 55분쯤 중앙로역에서 휴대전화 신호가 잡힌 것이 72개로 1차 확인되었다. 희생자 가족들은 최종 통화 내역과 위치 추적을 의뢰하기에 바빴다. 지석의 사망인정을 받기까지 이서는 지하 역사를 드나들며 희생자 가족들과 아픔을 함께했다. 일간지 헤드라인에 방화 피의자의 현장검증 장면이 실렸다. 경찰의 부축을 받은 피의자는 휘발유를 사는 장면부터 지하철에 불을 지르고 탈출하는 것까지 빠짐없이 재현했다.

이서는 희생자 게시판에 올라온 사건일지를 자료까지 찾아가며 간략하게 정리했다. GS의 소식을 궁금해하는 팬들을 위해 자유게시판에 올릴 문서였다.

지하철 화재 참사 시간대별 상황

· 09시 30분 정각 : 지병을 앓던 한 남자가 휘발유통을 들고 1079호 열차를 탔다.

· 09시 52분 32초 : 안심행 1079열차 중앙로역 도착.

· 09시 53분 : 안심행 열차가 중앙로역에 진입하는 순간, 전동차에 타고 있던 방화범이 휘발유에 불을 붙였다.

· 09시 54분 40초 : 40대 남자승객이 전동차 안에 화재가 발생했다고 종합사령실에 신고.

· 09시 55분 36초 : 종합사령실 운전사령이 화재가 발생했다고 전체 열차에 통보.

· 09시 56분 45초 : 대곡행 1080열차가 중앙로역에 도착. 승강장에 있던 연기가 전동차 안으로 밀려들자 기관사가 자동으로 열렸던 출입문을 닫음.

· 09시 57분 : 전동차 전원이 끊어짐에 따라 전동차가 움직일 수 없게 됨.

· 09시 58분 28초 : 잠시 전력이 공급되어 출발을 시도했으나 급전과 단전이 계속됨.

· 09시 59분 : 전차선으로부터 전력을 받아들이는 장치가 타버려 재가동에 실패함.

· 10시 2분 48초 : 소방파출소 및 구조대가 현장에 도착하여 구조 활동 시작.

· 10시 10분 : 기관사는 대피하라는 지시를 받고 전동차의 마스터키를 뽑아 탈출.

· 10시 12분 정각 : 종합사령부에서 대구시내 병원 구급차 동원 요청.

평행한 두 직선은
어느 선에서도 만나지 못한다

열린 창으로 붉은 꽃잎이 날아들었다. 치마에 사뿐 내려앉은 꽃잎을 보다 하마터면 자동차를 갓길 화단 턱에 부딪칠 뻔했다. 꽃잎을 집어 손 안에 가두었다. 분홍빛 반점 하나. 가슴에 꽃잎만 한 구멍이 생기는가 했더니, 그것이 점점 커져 우물 같은 공동이 되었다. 그 공동이 나를 해평으로 몰아붙였다. 봄이 멀다. 봄이 이렇게 멀었던 적은 일찍이 없었다. 사방에서 꽃봉오리 터지는 소리가 요란한데, 정작 내 봄은 얼음덩어리인 채로 낯선 바다를 둥둥 떠다녔다. 얼음덩어리는 정착할 곳을 찾아다니며 제 영혼의 벽을 둥둥 치고 다녔다. 바스러진 마음 한쪽 챙겨들고 해평면으로 왔다. 예상했던 대로 지석의 집이 비어 있었다. 두 개의 방이 비어 있었지만 나는 당연한 듯이 지석의 방으로 들어갔다. 예전부터 그 방은 우리들의 방이었다. 불도 켜지 않고 어둠 속에 앉아 있었다. 금방이라도 지석이 들어와 손을 덥석 잡을 것 같았다. 죽음 같은 어둠이 위로가 되었다.

"숨어 있어도 되겠어."

홑이불로 창을 가렸다. 전등을 켜도 밖에서는 캄캄한 빈집으로 보여야 했다. 그의 방에서 책을 읽고, 손톱발톱도 다듬고, 스튜디오로 꾸민 지하 음악실에서 온종일 음악을 들었다. 피아노에 내 악보가 그대로 얹혀 있었지만 소리가 새나갈 것 같아서 참았다. 휴대폰을 먹통이 되도록 내버려 두었다. 나는 독일에 있는 사람이고, 내 존재는 비밀이었다. 엄마가 찾지 못하는 곳에 숨는 게 내 바람이었다.

인터넷 주문으로 책을 사들였다. 서른 권쯤 되는 책이 책상에 쌓여 있었다. 마음먹고 사들인 책 중에 프루스트의 긴 소설이 섞여 있었다. 해 질 녘의 종각과 같은 아름다움이 곳곳마다 비치되어 있어서 줄거리를 잊고 읽어도 상관 없는 책이었다. 행간에 서린 아름다움을 따라가다 보면 잠시나마 거친 운명의 물살을 잊을 수 있었다. 지석과 나를 덮친 운명의 파란이 지나갈 동안 뭐라도 해야 했다. 다만 견딤을 위해, 얼마가 될지 모르는 치유의 시간을 견디기 위해 프루스트의 길고 긴 책이 필요했다. 삼각 김밥과 편의점 도시락, 우유, 빵, 라면, 생수로 그의 방을 어지럽혔다. 방 안에 과자봉지 같은 쓰레기가 잔뜩 쌓였다. 나를 말릴 사람이 아무도 없다는 사실이 놀랍도록 자유스럽고 외로웠다. 생각해 보니 완전히 혼자였던 적이 한 번도 없었다. 언제나 엄마가 그림자처럼 나를 따라다녔다. 서랍에서 찾은 그의 사진을 책상 유리 밑에 깔았다.

"날마다 오고 싶었어."

영원히 만나지 못할 평행선처럼 우리는 서로 다른 선을 달리고 있었다. 떠나면서도 그에게 떠난다는 말을 못했다. 그를 잃고 싶지 않았다. 그날, 독일로 간다고만 했어도 지석이 지하철을 타는 일은 없었다. 공연 준비로 바쁠 때였다. 떠날 날을 이틀 앞두고 지석에게 우리끼리 결혼식을 올리자고 졸랐다. 지석은 커플반지를 사서 하나씩 나누어 갖자며 중앙로 역에서 만나자고 했다. 지키지 못할 약속을 하는 게 아녔다. 신은 때때로 잔인하다. 가장 귀한 것을 빼앗아 가는 것으로 지옥의 끝을 보여준다.

소파에 엎드려 있던 고양이가 보이지 않는다. 지석이 있을 때는 다섯 마리의 개와 고양이가 온 집 안을 누비고 다녔다. 거리를 떠돌아다니던 녀석들이었다. 처음 살던 곳으로 되돌아갔는지, 예전처럼 다시 거리를 떠돌아다니는지 알 수 없지만 떠돌이들의 가출로 집이 썰렁해진 건 사실이었다. 그들의 방에 지석의 실내화가 물어뜯긴 채로 남아 있었다. 고양이가 간혹 눈에 띄더니 그마저도 나가고 없다. 내가 지석만큼 다정하게 대해주지 않아서 가출했다고 불평할지 모르지만 나는 떠돌이들의 가출에 아무 불만이 없다. 그래도 고양이 미르만은 내 곁에 있어주기를 바랐다. 미르는 지석이 아기 때부터 기른 고양이였다.

자전거를 타고 고양이를 찾으러 나갔다. 초승달이 지고 있었다. 밝은 낮에 떠 있다 밤이 되면 이지러지는 달. 쓸쓸한 밤길을 다니며 고양이를 찾았다. 동네를 두 바퀴나 맴돌았는데도 고양이가 보이지 않았다. 밤의 공원에 앉아서 지석의 노래를 들었다. 지석은 내 귀에 못다 이룬 사랑의 꿈을 들려주었다. 몸은 떠나고 목소리만 남았다. 목소리는 영혼일까 육체일까. 영혼은 살이 없어도 존재하지만 육체는 영혼 없이 살지 못한다. 영혼과 육체가 합쳐서 인간을 이룬다고 볼 때, 살을 따라 사라진 목소리는 육체에 속한다고 해야겠다. 그럼 뒤에 남아서 내게 들려주는 이 노래는 영혼일까, 육체일까?

사고소식을 들은 것은 호두나무에 물이 오를 즈음이었다. 봄빛을 가득 머금은 호두나무가 금방이라도 무성하게 잎사귀를 피울 것 같은 날, 차를 몰고 라인강 줄기를 따라가다 주유소에서 기름을 넣었다. 주유소 TV에 불이 난 지하철의 모습이 비쳤다. 한동안 저게 어느 나라 얘기인가 하고 무심히 보던 중에, 보이저의 보컬이 화면에 둥실 떠올랐다. 깜짝 놀라서 "지석이!" 하고 소리쳤다. 2.18 그날이면 내가 독일행 비행기를 타던 날이었다.

희생자 중에 지석이 섞여 있었다는 보도가 믿기지 않아서 친구에게 전화를 했다. 친구가 내 귀에 청천벽력 같은 소식을 전해주었다. 지석이 중앙로역 화재현장에 있었고, 통화내역서로 그날 그 자리에 있었던 것이 확인되었다고 했다. 친구가 내게 물었다. "그날 전화를 왜 안 받았어? 네게 한 전화가 열 통이라던데." 전화를 끊자마자 쓰러졌다. 숨이 쉬어지지 않아서 주먹으로 가슴을 내리쳤다. 의식이 가물거리며 멀어졌다. 눈을 뜨고 보니 병원이었다. 여의사가 말했다.

"유산입니다."

"그럴 리가 없어요."

"너무 실망 마세요. 아기는 또 가지면 돼요."

또 가진다고? 지석이 떠나고 없는데 어떻게? 아기를 가진 것도 몰랐다. 아무 일도 없는 듯 차를 몰고 집으로 왔다. 피아노를 치려는데 왼손이 움직여지지 않았다. 레이노 증상으로 왼손이 얼음에 담근 듯 차고 저렸다.

지석 모르게 맞선을 보았고, 엄마가 일방적으로 결혼을 밀어붙이는 걸 싫은 척하며 따라갔다. 그러면서도 지석에게는 언제까지나 곁에 있겠다고 약속했다. 평생 연인으로 지내면 안 될 이유가 없었다. 가난한 예술가의 아내로 살아가는 것이 그리도 두려웠을까? 독일에 사는 엄마 친구의 아들과 결혼하고 베를린에서 첫날밤을 지냈다. 주유소에서 대구 지하철 화재참사 소식을 뉴스로 듣기 전까지는 모든 것이 순조로웠다. 왼손의 마비증세가 풀리지 않았다. 한방치료를 위해 귀국했다. 내가 헝클어 놓은 상황을 피하지 말고 똑바로 보라는 운명의 지침 같았다.

제법 늦은 시간인데도 강변을 걷는 사람이 많았다. 밤에 운동하는 사람이 이렇게 많은 줄 몰랐다. 자전거를 타거나, 밤길을 걷거나, 달리거나. 자전거를 세워놓고 걸었다. 한방병원 육상부와 함께 뛰는 노인의 등번호가 10번이었다. 한방병원 청소부인 동시에 병원장의 아버지이기도 했다. 노인이 걸음을 늦추며 내게 말을 붙였다.

"또 고양이 찾으러 나왔는가?"

"멀리 갔나 봐요."

"그 녀석들은 곧잘 떠나기도 하고 돌아오기도 해. 어디서든 잘 지내고 있을 거야."

고양이는 천성이 야성이어서 한곳에 오래 머무는 걸 싫어한다고 했다. 언제든 저 가고 싶을 때 가는 녀석이어서 묶어둬도 소용없다고. 노인은 아내가 죽고 나니까 키우던 고양이까지 집을 나가더라며, 그때부터 떠나는 모든 이들을 집 나간 고양이쯤으로 생각하게 되었단다. 그렇게 생각하니까 그들의 빈자리를 견디기가 쉬워지더라고 했다. 노인이 아들의 병원에서 청소하고 육상까지 하게 된 것도 혼자 있는 시간을 견디기 위해서라고 했다. 노인의 얘기를 듣는 동안 부스스 일어서던 마음이 안정되었다. 노인에게 물었다.

"병원 팀 안 따라가세요?"

"뭐 하러 죽자고 뛰는가. 그래봤자 갔던 길로 되돌아올 걸."

제자리에서 뛰며 노인이 허허 웃었다. 밤에 뛰거나 걷는 사람이 많았다. 공부에 지친 입시생이나 체중 관리가 필요한 사람, 잠을 못 자는 사람들이 땀을 뻘뻘 흘리며 뛰거나 걸었다. 벤치에 앉아서 어둠 저편의 산자락을 바라보았다. 동네를 두 바퀴나 돌았는데도 떠돌이들이 보이지 않았다.

먼지 한 톨 움직이지 않는 적막에 귀를 기울이고 있던 중에 전화가 왔다. 발신 번호에 이서의 이름이 떴다. 전화를 받을까 말까 망설였다. 서랍에 들어 있던 지석의 휴대폰이었다. 지석에게는 휴대폰이 세 개다. 세 개 모두 쓰는 용도가 다르다. 설마하니 이서하고만 통하는 전화가 따로 있는 줄 몰랐다.

내 휴대폰은 배터리가 닳게 내버려두고 지석의 휴대폰을 들고 다녔다. 그의 손길이 닿았던 물건을 만지는 것만으로도 위로가 되었다.

음성메시지와 파일이 남겨져 있었다. 이서의 말소리에 이어 기타소리가 들렸다. 이서는 기타의 여섯 개 줄을 차례로 훑었다. 합동 장례식에서 지석의 빈 관을 앞에 놓고 불렀던 노래, 마크 노플러의 why worry였다.

'왜 걱정을 하나요.
고통의 시간이 지나면,
더 크게 웃을 수 있는 것을.'

고통 받는 사람들의 안식처 같은 노래. 전화로 탱그랑, 하는 소리가 들렸다. 유리컵에 얼음을 담는 소리인 것을 금방 알아챘다. 이서는 지금 혼자서 술을 마시는 중이었다. 그의 고독이 내게로 건너왔다. 이서는 전화만 열어놓고 기타를 치나 보았다. 그리움이 담긴 통화. 나도 그런 적이 있다. 독일에서 지석이 못 견디게 그리워 음성메시지를 남겼다. 지석이 전화를 받을 거라는 마음과 달리 그 전화는 불에 타버렸다. 지석을 향한 그리움이 뼛속 깊이 사무쳤다.

침묵 사이로 통기타의 아름다운 선율이 들렸다. 이서의 연주를 들으며 나는 지석을 생각했다. 지석이 기타를 어떻게 안으며, 어떤 주법으로 줄을 튕기는지, 흰 벽에다 눈으로 그림을 그렸다. 사랑하는 여자의 몸을 어루만지는 듯 기타의 바디를 쓸기도 하고 두드리기도 하며 지석은 그 자신만의 독특한 핑거링으로 연주를 한다. 이서가 손바닥으로 바디를 통 치는 것으로 내 꿈을 깨뜨렸다. 술에 취한 이서의 즉흥적인 연주는 우울하면서도 몽상적이다. 광석의 연주가 폭발적이라면 줄을 문지르듯 튕기는 이서의 연주는 감성적이면서도 격렬하다. 이서는 지금 눈을 내리감고 연주를 할 것이다. 그러다 더 취하면 기타를 안고 잠이 들지도 모른다. 나쁘지 않다. 연주를 하다 잠이 든다는 것은.

다이어 스트레이츠라는 록 밴드에 마크 노플러가 있다면 보이저에게는 이서가 있다고, 지석이 늘 자랑스러워했다. 입만 열면 이서 얘기였다. 듣다못해 두 사람 사귀느냐고 물었다. 그러자 지석은 파안대소를 하며 자신이 혹시 양성애자인지는 모르지만 그렇다 해도 여자가 더 좋다고 했다. 두 사람의 우정은 사랑만큼이나 각별했다. 보이저라는 그룹 이름을 지은 사람도 이서였다. 해가 가장 빨리 뜨는 곳에서 마신 홍차 이름이었다. 보이저Voyager는 여행자 또는 항해자의 다른 말이기도 했다. 그래서 나는 그들 멤버를 여행자라고 부른다.

나는 이어폰으로 기타연주를 들으며 풀어헤쳤던 가방을 꾸렸다. 떠나기 위해서 달려온 듯. 방을 본래대로 해놓고 콜택시를 불렀다. 차를 지석의 집 앞에 두고 심야버스를 타기로 했다. 택시가 곧장 터미널로 달렸다. 대구로 가는 버스를 타고 먹빛 창에 기대어 눈을 감았다. 대구에 들 무렵 비가 섞인 눈이 내렸다. 버스에서 내리자 싸늘한 밤바람이 옷깃을 파고들었다. 터미널 마당에 눈이 쌓여 있었다. 선잠을 깬 승객들이 목을 움츠리고 터미널을 벗어났다. 차갑고 눅눅한 피로가 온몸에 스며들었다.

버스를 기다리는 것처럼 휴게실 나무 의자에 앉아 있었다. 되돌아 가야 할까? 출구를 빠져나가는 사람들의 뒷모습을 쳐다보다 문자를 썼다. '형, 저 방금 터미널에 도착했어요.' 이서에게 문자를 보냈다. 답장이 없었다. 막차도 끊겼고 대기실의 가게들이 하나둘 불을 끄고 문을 닫았다. 그냥 그 자리에 앉아 있었다. 끝내 답장이 없으면 그대로 앉아 있다 새벽 첫차를 타고 돌아가면 그만이다. 관리자가 다가와서 말을 붙일 듯 머뭇거리다 갔다. 여행 가방에 엎디어 졸았다. 잠결에 발소리를 들었다. 얼른 고개를 들어 보니 출입구 쪽에서 지석이 걸어오고 있었다. 나도 모르게 벌떡 일어섰다. 심장이 쿵 내려앉았다. 검정 팬츠에 검정 티셔츠, 짧은 커트 머리까지 눈에 익숙한 그가 나를 향해 걸어오고 있었다. 천천히 걸어오는 내 남자. 온순하고 슬 프고 고독한 그는 내가 있는 곳 어디에나 존재한다. 그는 한 번도 나를 떠나지 않았고, 나는 그를 보내지 못했다. 우 리는 7년 동안 늘 함께였다. 그가 내 앞에서 걸음을 멈추 었다. 후리하게 키가 큰 그는 지석이 아니라 이서였다. 나 도 모르게 힘을 잃고 털썩 주저앉았다.

'그는 지금 어디에 있을까?'

이서는 전혀 취하지 않은 모습으로 나를 쳐다보았다. 차 가운 밤공기가 술을 깨게 했거나 내 문자가 그의 분노를 깨웠거나. 그에게로 걸어가 가볍게 포옹을 하려는데 그가 뒷걸음질로 나를 거절했다. 그냥 서양식 인사일 뿐인데. 악수까지 거절하는 그의 긴 손가락을 원망스럽게 바라보 았다. 손가락에 밴드가 감겨 있었다. 손가락이 닳아서 피 가 나도록 연주를 한 날, 지석도 그렇게 밴드를 감곤 했다. 일상의 한 풍경처럼. 이서가 나를 위아래로 훑어보았다. 그의 시선에 몸이 그게 뭐냐는 질타가 들어 있었지만 그냥 훑어볼 뿐이었다. 괜찮으냐고 물어보지도 않는 냉연함이 추위를 더했다. 많이 앓았고 아직 아프다 하려 했는데 아무것도 묻지 않아서 대답을 못했다. 이서의 눈길에 몸이 얼어붙었다. 때리면 맞아야지. 그러려고 왔는데. 속내를 감추고 태연한 척 인사를 건넸다.

"형, 잘 지냈어요?"

그가 대답도 없이 손을 내밀었다.

"내놔."

"뭘요?"

"지석이 휴대폰."

"그냥 제가 갖고 있으면…."

"빨리."

그의 손바닥에 지석의 휴대폰을 놓았다. 소중한 것을 빼앗기는 느낌이었다. 그가 휴대폰을 바지 뒷주머니에 넣고 앞만 보고 걸었다. 오라느니 가라느니 말도 없었다.

"형까지 너무 그러지 마요."

"가는 것도 쉽고 오는 것도 쉽네. 여기까지 올 줄 몰랐어."

"쉽게 온 거 아녀요."

"네 사정이 아무리 어려워도 죽어가는 사람 전화를 거절하는 깃만큼 이려울까."

"전화를 두고… 갔어요."

"그랬겠지. 처음부터 지키지 못할 약속을 했으니."

"형, 제발!"

"차라리 영영 모른 척하지."

지석이 마지막 순간에 나를 찾는 전화를 열 통이나 남겼다는 말을 듣고 설마했다. 오늘 이서가 그 사실을 확인시켜 주었다. 그때 나는 그의 손이 닿지 않는 먼 곳에 있었다. 죽음으로 나를 부르던 그는 가고, 이제 내가 왔다. 나는 아직 그를 보내지 못했고 그는 아직 떠나지 않았다. 보이지 않는다고 없어진 것이 아니다.

"왜 왔어?"

이서의 질책에 하얀 칼날이 번득였다. 대구로 달려오며 이서만은 나를 이해해 주리라는 한 가닥 희망이 있었다. 누군가 세상에 단 한 사람은 나를 이해해 주는 사람이 있으면 살아낼 자신 있다고 생각했는데, 이서는 그 특유의 냉소로 혹독한 매질을 가했다. 어쩌면 나는 그를 통해서 지석을 보고 싶었는지도 모른다. 그렇게라도 용서를 빌고 싶은 마음과 달리, 뭔지 모를 분노가 치밀어 나도 모르게 발악하듯 소리를 질렀다.

"왜 왔느냐고요? 살려고 왔어요."

사랑하는 사람을 죽게 해놓고, 뻔뻔하게 해평까지 기어왔다고 소리치며 함께 따라 죽을 수는 없지 않느냐고 대들었다. 이서는 내 말을 들은 척도 않고 차가 있는 곳으로 갔다. 두 개의 캐리어를 끌고 울며 따라갔다. 타라고 말하지 않았는데도 뒷자리에 트렁크를 싣고 앞자리에 앉았다.

"이렇게는 못 가요."

"이미 가고 없는 사람 모욕하지 말고 조용히 있다 가. 딱 하룻밤이야."

이서는 상대하기도 싫다는 듯 칼날 같은 시선으로 나를 무너지게 했다. 어디서부터 변명을 해야 할까 궁리하다 입을 다물었다. 시작도 멀고 끝도 멀었다. 변명을 시작하려니 가슴에 안개가 낀 듯 먹먹해지며 말문이 막혔다. '몸이 그게 뭐냐. 설마 그 꼴을 보여주려고 온 건 아닐 테고.' 차가운 눈길에 수많은 말이 감춰져 있는데도 그는 입이 없는 것처럼 말을 삼켰다.

주유소에서 쓰러지기 전까지 아기를 가진 것도 몰랐다. 화장실에서 하혈을 하며 아기를 잃었고, 왼손이 마비되어 피아노를 치지 못하는 지경에 이르며 몸이 꼬챙이처럼 말랐다. 남편의 선배였던 정신과 의사는 내 몸이 반쪽이 되도록 마르는 것은 영혼이 죽은 것과 같은 상태에 놓여 있기 때문이라며, 소중한 사람을 잃었거나 극심한 충격을 받았을 때 간혹 그런 일이 일어난다고 했다. 갑자기 시력이 떨어져서 안경을 껴야 했고, 길을 걸으면 나도 모르게 휘청거려 사람들이 걸음을 멈추고 쳐다볼 지경이었다. 그런 몸으로 어딘지도 모르는 길을 한없이 걸어 다녔다. 남편이 물었다. 어떻게 해주면 편하겠느냐고. 병든 나무처럼 누렇게 말라가는 것이 안쓰러웠을 것이다. 의사인데도 아내를 점령한 마음의 병을 고쳐주지 못하는 것을 미안해하는 그에게 한방치료를 하러 간다고 했다. 실은 놓아달라고 말할 셈이었는데, 또 거짓말을 했다. 7년 동안 사랑한 사람이 있었고 그가 나 때문에 죽었다고 말해야 하는데, 행여라도 안락한 삶으로 돌아오지 못하게 될까 봐 두려웠다. 엄마에게 전화도 하지 않았고 집으로 가지도 않았다. 처음부터 엄마에게 갈 생각이 없었다.

공항에 내리자마자 곧장 달려간 곳이 지석의 집이었다. 살아서 돌아온 것이 미안하면서도 기뻤다. 지석에게서 벗어나려고 내가 무슨 짓을 했는데, 또다시 그 자리로 돌아왔다는 사실이 놀라워서 화가 나기도 했다. 미안한 짓을 한 사람은 난데 아무 죄도 없는 지석에게 화를 냈다. 왜 나를 해평으로 오게 만들었느냐고. 이서가 나를 쳐다보지도 않고 물었다.

"지석을 버린 게 언제야?"

"한 번도 버린 적 없어요."

"다른 남자의 어깨에 기대어 있는 걸 봤어. 결혼할 남자였겠지. 그러고도 버린 적이 없다고? 거짓말로 남자를 휘두르는 게 네 사랑법이야?"

"저도 지금 죽을 것 같아요. 아기까지 잃었어요."

"그러니 가엾게 봐달라고?"

내 비뚤어진 사랑이 지석을 망칠 거라고 한 사람이 이서였다. 비틀즈를 해체시키는데 가장 큰 역할을 한 사람이 오노 요코였다면 보이저를 망칠 사람은 나라고 따갑게 지적했다. 지석이 죽고서야 이서의 말이 얼마나 무서운 예언이었는지, 내가 지석에게 무슨 짓을 저질렀는지 확실히 알게 되었다. 지석을 사랑했고, 그와 결혼하고 싶었던 내 마음은 진심이었다. 예술가의 아내로 살 수도 있지만 나는 보다 안정적인 삶이 필요했다. 내게는 그게 최선이었다. 내 거짓말이 지석을 죽음으로 몰고 갔다고 해도 그를 사랑한 열정만은 순수했다. 온 영혼을 다해서 사랑했고 지금도 영혼이 녹아내릴 정도로 그를 사랑하는데, 이런 내 사랑을 거짓환상이라고 누가 함부로 돌을 던질 수 있을까.

"내 사랑은 순수했어요."

이서가 차갑게 돌아보며 말했다.

"그따위 싸구려 감정으로 지석의 사랑을 욕되게 하지

마."

　한 사람의 영혼에 닻을 내리는 게 사랑인데 내게는 처음부터 참사랑이 없었다고 이서가 단정하듯 말했다. 사랑이라는 감정에 스스로 속은 거라며, 내 거짓사랑에 붙여줄 이름이 없다고 비난했다.

　"꼬챙이처럼 마른 몸이 보이지 않아요? 이것도 거짓인가요?"

　"나한테 떼쓰지 말고 자신에게 물어봐. 여기 왜 왔는지."

　"그 사람 죽은 게 제 탓이에요?"

　"그래, 그게 너지. 거기서 모른 척 살았으면 좋았잖아."

　머리가 한 일을 가슴이 모른다 하고 손이 한 일을 발이 모른다 하는 게 사랑의 완성이냐며, 이서는 내 미성숙한 사랑 놀음으로 지석이 희생되었다는 가혹한 말을 했다. 지프가 출발했다. 죽든지 살든지. 보이저가 침몰하고 가장 충격을 많이 받은 이가 이서라는 사실을 모르지 않는데도 그의 냉대가 서러웠다.

　대로를 시원하게 달리던 차가 골목으로 방향을 돌렸다. 골목 안쪽에 아직 문을 열어놓은 가게가 있었다. 이서가 포장마차 옆에 차를 세웠다. "뭐 좀 먹고 가자." 몸 관리한다고 술도 절제하는 사람인데 야식을 먹자고 한 건 비린내가 날 정도로 바싹 마른 내게 지석을 대신해서 뭔가를 먹여야겠다고 생각한 것 같았다. 내가 가엾어서가 아니라 지석을 대신해서 그렇게나마 마음을 써주려는 의무감일 테지만 지석이 곁에 있는 것처럼 기뻤다.

"다시는 만나지 말았으면 좋겠어."

"꼭 그래야 해요?"

"네가 선택한 삶이니까 잘 살아."

지석이 못 견디게 그리워서… 달려왔다고 말할 생각이었다. 누구든 붙잡고 속에 꽉 찬 그리움을 털어내려 했는데 이서는 손톱 끝만큼의 틈도 허용하지 않았다. 다시마국물에 말아준 국수가 맛있었다. 길에서 뭔가를 먹는 것도 오랜만이고 잔치국수를 먹는 것도 오랜만이었다. 내가 국수를 좋아한다고 지석이 얘기한 모양이다. 지석은 발갛게 양념이 들어간 국수를 좋아했고 나는 맑은 국수를 좋아했다. 국수를 먹으며 울었다. 울며 건져 올린 국수 맛을 영원히 잊지 못할 것 같았다. 그건 잊으면 안 되는 맛이었다. 그 밤에 내게 국수를 사준 사람도 지석이었고, 나를 걱정스럽게 바라봐 준 사람도 지석이었으니. 그의 시선이 사흘 동안 감지 않은 내 머리를 쓸어내렸다. 앙상하게 불거진 쇄골을 아프게 쓰다듬는 그의 연민 어린 시선을 뼈가 저린 고통으로 견뎠다.

사고대책 담당자가 사망인정을 받은 사람의 이름을 불렀다. 한 명씩 이름을 부를 때마다 나타나는 반응이 조금씩 달랐다. 안도의 한숨을 내쉬는 사람이 있는가 하면, 무사히 살아 돌아오기를 빌었던 기대가 무너졌다는 절망적인 울음, 영영 못 찾았으면 어쩔 뻔했냐며 사망자 명단에 이름이 들어간 것을 다행스러워하는 이도 있었다. 반대로 실종자를 찾지 못한 가족들은 끝없는 나락으로 떨어지기 일쑤였다.

"오늘까지 모두 몇 명이랍니까?"

희생자 가족 대표를 맡고 있는 두현에게 이서가 물었다.

"180구 넘었어요. DNA 확인이 불가능한 사망자도 3명이나 되고, 현재 70구의 시신이 합동장례를 기다리고 있어요. 5호와 6호 객차에서 한꺼번에 30구의 시신이 나왔다는군요."

"시장과 지하철공사 사장을 고발했다던데요."

"물청소로 현장을 훼손시켜 의혹을 키웠으니까요."

일부는 싸움이 쉽게 끝나지 않겠다고 우려를 보이기도 했다. 관료와 싸워봐야 마른 벽에 머리를 부딪치는 것과 같다며, 한시바삐 피해보상을 받고 나갔으면 좋겠다는 사람도 있었다. 오래 끌어봐야 피해자 가족만 손해를 본다고.

"관료를 상대로 싸우기가 쉬워야 말이죠."

"250만 시민이 우리 편이에요."

"여기 계신 분들이 모두 집으로 돌아가야 끝이 나겠죠."

도시락을 비운 김 의원이 발목에 모래주머니를 찼다. 만 보를 걸으러 나갈 생각인가 보았다. 밤에 잘 자기 위해서 만 보를 걷는다는 김 의원의 말이 이서에게는 잘 죽기 위해서 걷는다는 말로 들렸다. 한꺼번에 만 보를 못 걸으니까 아침식사 후에 오천 보를 걷고 점심 식사 후에 오천 보를 걸었다. 그는 식탐만큼 입심도 좋아서 그와 함께 있으면 지루한 줄 몰랐다. 침울한 분위기를 밝게 해주려고 일부러 떠드는 것 같기도 한데 전혀 슬퍼 보이지 않는 것이 속내를 알 수 없는 사람이라는 생각을 갖게 했다.

"참 긍정적이세요. 이런 데서 평상심을 유지하기가 쉽지 않을 텐데."

두현이 김 의원을 돌아보며 말했다. 아내와 딸을 찾지 못한 두현으로서는 김 의원의 평온함이 이해되지 않았다. 대기실에 있는 사람들의 대부분이 희생자들의 직계가족이어서 내처 장례식장 분위기였다. 말뜻을 알아차린 김 의원이 당황한 표정으로 너스레를 떨었다.

"안 그라마 우야겠심꺼. 날마다 울 수도 없고. 표를 안 내서 그렇지 죽을 지경입니더."

"건강을 챙기는 모습이 좋아보여서 하는 말이에요."

"늙은이가 가장 경계해야 할 끼 게으름이제. 내 인생의 목표가 하루에 만 보씩 걷다가 자는 잠에 꼴까닥 가는 겁니더. 봄이 퍼뜩 왔으마 좋겠심더. 없는 사람한테는 여름이 낫는데."

김순덕이 굵게 쌍꺼풀진 눈으로 환하게 웃고 있었다. 김 의원의 아내였다. 이름대로 순해 보이는 인상이었다. 사진 옆에 붙여둔 국화가 고개를 축 늘어뜨렸다. 두현이 언제 찍은 사진이냐고 김 의원에게 물었다. 고희를 넘겼다는 부인의 사진이 너무 젊어 보였다. 두현이 사무실로 가고 나자 김 의원이 나를 상대로 수다를 떨었다.

"새댁일 때 찍은 사진이라네. 일을 당하고 보이 벽에 붙일 사진이 있어야지."

"근래에 찍은 사진을 붙이지 그러셨어요. 아무도 못 알아보겠어요."

"젊으나 늙으나 맨 저 얼굴이구마. 사람이 금방 바뀌나 어데."

"젊을 때 인물 좋았겠어요."

이서의 부추김에 김 의원이 탄력을 받은 듯 아내 얘기를 길게 늘어놓았다.

"나무등치매로 멋대가리는 없어도 사람 하나는 진국이었다네. 갑자기 죽을 줄 알았으마 동동주나 좀 낫게 담그라고 할낀데. 참말로 솜씨 아깝다카이."

맛없는 술 먹기 싫어서 술을 끊었다는 김 의원은 장인어른이 양조장 주인이었다고 했다. 어릴 때, 친구들과 몰려가서 술밥을 훔쳐 먹다 들켜 사흘 동안 엎드려 자야 할 정도로 몽둥이찜질을 당한 적도 있다며 신나게 얘기보따리를 풀었다. 실종자 대기실에서 가족을 잃고도 밥 잘 먹고, 잠 잘 자는 사람은 김 의원뿐이었다. 그가 말했다. 우는 것도 사흘이고, 결국은 현실에 적응하며 살게 되어 있다고.

"장인의 박달나무 몽둥이를 한시도 잊은 적이 없다네. 어려운 일에 부딪칠 때마다 장인의 박달나무 몽둥이가 생각나더구마. 고들고들한 쌀밥이 평상 가득 널려 있으마 어느 누구라도 손이 가거든. 동네 애들 중에서 가장 많이 얻어맞은 놈도 나고, 장인을 가장 많이 괴롭힌 놈도 나였제. 결국 딸까지 훔쳐서 장인을 굴복시켰지만 누가 내 인생에 가장 많은 영향을 끼친 사람이 누구냐고 물으마 장인을 가장 높은 자리에 올려놓는다네. 다 찌그러진 집을 물려줬다고 하는 말이 아이라."

그의 본명은 김영수였다. 그를 김 의원이라고 부르는 건 그가 진짜 의사여서가 아니다. 국회의원은 더욱 아니고, 지방의회 같은 기관에 관여한 적도 없는 평범한 시골마을의 약초꾼이었다. 한의학 공부를 한 적도 없는 그가 김 의원으로 통하게 된 것은 경기나 급체, 심장 이상 등으로 찾아오는 사람들에게 한약을 지어주고, 맥을 짚고, 침까지 놓아주며 얻은 명성이었다. 그는 처음 보는 사람에게 김영수라는 본명 대신 '나, 김 의원이오!' 하고 소개하기를 좋아했다. 만 보 걷기를 한다더니 그의 수다가 끝이 없다.

"장인이 평생 지은 술밥이 수천 가마니는 될 낀데 술을 입에도 못댔다카이. 술도 못 묵는 사람이 양조장 주인이었으니 인생이 얼매나 재밌노. 그럼 술맛을 누가 봤느냐고? 당연히 장모였지. 장모는 당신 남편이 만든 술을 천상의 곡주로 알았제. 술맛을 본다며 40도가 넘는 곡주를 벌컥벌컥 들이켜고 시퍼런 무청을 아삭아삭 소리를 내며 먹었어. 장모가 알코올 중독으로 죽자 장인은 세상에서 가장 맛있다는 술을 구해서 무덤에 넣어줬다카이. 술맛을 몰랐으마 더 오래 살았겠지만 누가 뭐라캐도 장모는 자기 일에 충실했던 진짜 술꾼이었제. 그러니 불행했다고도 행복했다고도 함부로 말하기 어렵더구마. 장모가 죽고 쓰러지는 양조장을 살리겠다고 장인이 뒤늦게 술을 배우고 연구를 하더라만 그게 어데 쉬운 일인가. 밤이고 낮이고 곡주에 벌겋게 취해 있는 거 보마 안됐기도 하고. 이렇게도 해보고 저렇게도 해보고 갖은 수단을 다 써도 예전 맛이 안 나니까 장인이 팔리지도 않는 술 단지를 안고 울더구마. 장인을 존경한 것은 그때라네. 살림 넘겨본다며 얼씬도 못하게 하던 사위놈을 불러들인기라. 단지 술맛을 내겠다고. 엄마 손맛을 타고났을 거라며 딸에게 술 만드는 법을 가르치데. 지성이면 감천이라고, 딸이 어머니의 손맛을 찾아내더구마. 술에 대한 애착이 그 정도면 장인이야말로 무형문화재감이제. 입맛보다 요사스러운 기 없제. 어릴 때 몽둥이찜질을 각오하며 훔쳐 먹던 고두밥이 사방 천지 널려 있는데도 한 줌 집어먹고 싶은 생각이 없는기라. 못 먹게 말리는 사람이 없으니 그저 술내에 절은 밥알인 기라. 겨우 술 같은 술을 만들어내기 바쁘게 장인이 병으로 눕고 말았제. 장인이 죽기 전에 딸의 손을 잡고는 내 죽거든 저놈의 술독부터 깨라, 하고 유언을 하데."

한바탕 입심 좋게 떠들고 난 김 의원이 구겨진 비옷을 쓰다듬으며 나갔다. 비옷이 마른 나뭇잎소리를 내며 부스럭거렸다. 그렇게라도 떠들고 나니 속이 후련한지 걸음이 가벼워 보였다. 진작 거름이 되고 말았을 낙엽 같은 추억들. 실종자 대기실의 오후가 늙은 고양이 걸음처럼 느릿느

릿 지나갔다. 벽보의 실종자 사진 아래에 흰 국화꽃이 산처럼 쌓이고, 어두운 잿빛 묘지를 참배객들이 유령처럼 오갔다. 크기가 제각각인 벽보가 그을음이 덮인 벽을 빈틈없이 가렸다. 새로 올라온 벽보가 사망 확정자의 벽보를 떼어낸 자리에 붙었다. 사망 확정자 중에는 벽보를 그냥 두고 가는 사람도 있고 떼어가는 사람도 있었다. 벽보에는 실종자의 사진과 이름, 나이를 비롯한 마지막 인사가 씌어 있었다.

웃고 있는 아빠!

너 혼자 그곳에서 얼마나 외로우냐. 너 없는 이승도 어미에겐 외롭다.

엄마, 어디에 계세요. 두 딸을 남겨두고 어디로 가셨어요?

검정색 패딩재킷을 입고, 붉은 꽃무늬 가방을 든 어머니를 찾습니다.

아빠, 언제 오실까 하고 문밖을 서성거리며 기다려요.

민철아, 윤정아, 너희들 지금 어디 있어? 엄마 아빠가 기다리고 있단다.

경계
– 그 어떤 것의 끝

 점심을 먹고 연습실로 가던 중 이서는 걸음을 멈추었다. 뒤뚱거리며 백화점에 들어가는 여자의 뒷모습이 눈에 익었다. 잘못 봤다고 생각했는데 그녀는 다시 봐도 지석의 사촌 현정이었다. 임산부? 영진의 결혼식에 다녀온 것이 불과 한 달 전인데 임신이라니. 이서는 슬그머니 그녀의 뒤를 따랐다. 영진의 결혼식에 참석했다가 깜짝 놀랐다. 신부가 현정이 아닌 다른 사람이었다. 결혼식이 끝나고 영진에게 어떻게 된 일이냐고 물었다. '현정이는?' 그러자 영진은 대수롭잖다는 듯 헤어졌다고 했다. 그렇지 않아도 현정이 어쩌고 있을까 궁금했는데 생각지도 않은 곳에서 만났다. 검정색 니트에 굽이 낮은 부츠를 신은 모습이 편안해 보였다.

 현정은 백화점 1층의 화장품 가게를 살피고 다녔다. 여

기저기 기웃거리며 향수를 뿌려보고 냄새를 맡아보던 그
녀가 머플러가게로 자리를 옮겼다. 봄 정기세일 중이어서
매장이 다소 혼잡했다. 그녀는 초록색 머플러를 사서 목에
두르고 아동복 매장으로 갔다. 그녀는 아기 배내옷 두 벌,
양말, 손수건, 포대기 같은 아기용품을 샀다. 남편과 함께
사야 할 것 같은 물건을 현정은 혼자 고르고 다녔다. 무거
워 보이지는 않지만 부피가 적잖은 물건을 양손 가득 들고
현정이 카페로 갔다. 이서는 빈자리에 앉는 그녀를 멀리서
지켜보았다.

  현정의 옆자리에 세 살배기 여자아이와 아이 엄마가 앉
아 있었다. 아이 엄마는 휴대폰으로 문자를 쓰고 여자아이
는 여기저기 두리번거리며 지루함을 견뎠다. 아이가 현정
에게로 다가갔다. 아이가 흑요석 같은 눈을 들어 현정을
쳐다보았다. 현정이 옆자리를 가리키며 앉으라고 했다. 아
이는 많이 참았다는 듯 베레모를 벗어서 휙 집어던졌다.
그걸 보고 현정이 웃었다. 아이의 이마에 머리카락이 달라
붙어 있었다. 현정이 동그랗게 튀어나온 이마의 땀을 닦아
주었다. 아이가 재킷까지 벗어던졌다. 아이의 엄마가 아이
에게로 달려와 손목을 잡고 가며 나무랐다.

  "모르는 사람에게 가면 안 된다고 했지."

  "덥단 말이야."

아이 엄마는 소리를 지르는 아이에게 구슬아이스크림을 사주었다. 아이가 아이스크림을 먹을 동안 아이 엄마는 통화를 계속했다. 아이스크림을 다 먹은 아이가 심심하다고 칭얼대다 울음을 터뜨렸다. "심심해." 아이의 울음소리를 듣고서야 여자가 전화를 끊었다.

이서는 현정에게로 다가갔다. 현정이 깜짝 놀라며 엉거주춤 일어섰다. 그러다 가방으로 배를 감추었다. 아기 가진 거 영진이 아느냐고 물었더니 이왕 갈 거면 모르고 가는 게 낫다고 했다. 아기 엄마가 그렇게 무책임한 말을 해도 되느냐며 왜 그냥 가게 내버려뒀냐고 닦달했더니, 그녀는 태연한 표정으로 미혼모가 몹쓸 낙인이라도 되느냐고 시니컬하게 받았다.

"누구도 아닌 내 아기예요."

"나중에 아이가 자라면?"

"그건 그때 가서 생각하면 돼요."

지금 어디 있느냐는 이서의 물음에 그녀는 원룸을 빌렸다고 했다. 이서는 해평을 생각했다. 해평에 지석의 집이 있고 남편을 따라 LA로 간 지석의 누나가 돌아올 때까지 버려둬야 할 집이었다. LA로 가기 전에 지석의 누나가 가끔 들러서 집을 둘러봐 줬으면 좋겠다고 부탁했다. 이서가 거기 묵어도 되느냐고 물었더니 얼마든지 그러라고 했다. 음악을 하든 뭘 하든 집을 좋은 일에 써주면 고맙겠다고. 지석의 누나 말이 생각나서 현정에게 해평으로 가면 어떻겠느냐고 물었다. 현정이 눈을 빛내며 거기라면 물을 것도 없다고 했다. 지석이 그렇게 되었는데 방 빌려달라는 말을 어떻게 하겠느냐며 나 편하자고 마음 아픈 사람에게 어려운 부탁하는 거 싫다고 했다.

"내가 쓴다고 하면 되지. 누나가 나한테 집을 부탁하고 간 걸."

"오빠가 쓰는 걸로 해주면 가고."

"나를 위해 집을 써주는 것 같다."

"지금 전화 좀 해볼래요? 하루가 급해요."

이서는 LA로 전화를 했다. 잠자리에 들었다면서 지석의 누나가 무슨 일이냐고 물었다. 해평의 집을 좀 써도 되겠느냐고 물었더니 마음대로 쓰라고 했다. 꼬치꼬치 캐물을 것 같아서 현정이 쓴다는 말은 뺐다. 말이 길어지는 게 귀찮았다. 현정의 거처가 간단하게 해결되었다.

이서는 현정에게 열쇠를 주었다. 누구의 방해도 받지 않을 유일한 공간이었다. 현정이 아버지 없는 아이에 대한 어떤 해법을 갖고 있는지 모르지만 지금은 지석의 집에 머물며 아이가 태어나기를 기다리는 수밖에 없었다. 뒷일은 천천히 생각하고, 현정은 당장 해평으로 가겠다고 했다. 거기라면 그림도 그릴 수 있고, 아이도 잘 키울 자신 있다며 현정이 처음으로 밝은 웃음을 지었다. 어릴 때 현정은 지석의 할머니와 살았던 적도 있다. 현정의 엄마가 할머니에게 딸을 맡겨놓고 돈 벌러 다닐 때였다.

"진작 오빠와 의논할 걸."

"그랬으면 이사를 두 번 하지 않아도 되었지."

"입 떼기가 어렵더라. 예전에는 지석 오빠가 해결사였는데."

현정이 편안해 보여서 다행이다. 뜻밖의 이별로 죽을 것 같은 고통도 견디다 보면 살만한 것이 된다. 더 편하고 안락한 곳에 정착하려는 욕구를 따르며. 모든 생물은 주어진 환경에 적응하며 살아가게 되어 있다. 사랑의 열정에 생을 맡기는 행위나 이별 후에 새로운 삶을 받아들이는 것 또한 생존본능에 따르는 행위일 뿐. 현정이 아이를 안고 살 곳을 찾아다니는 행위 또한 자아의 요구를 따름이니.

"오빠가 해평면까지 좀 태워주면 안 될까?"

"그러자. 네가 집에 들어가는 걸 봐야 마음이 놓이지."

이서는 지석을 대신해서 현정의 입주를 도와주기로 했나. 예전에 지식은 소년가장처럼 집안의 귀찮은 일을 다 떠맡고 살았다. 천성이 착하다 보니 남다른 수고를 많이

했다. 종손宗孫이었던 그의 아버지가 하던 일이었다. 심지어는 누나 결혼도 자신이 해결해야 할 일이라고 생각한 녀석이었다. 제 의지대로 누나가 결혼해서 LA로 떠나는 걸 보고 갔다.

원룸에 있던 현정의 짐을 지프차에 실었다. 가방 몇 개와 화구, 물감, 이불, 책 몇 권이 이삿짐의 전부였다. 차를 가득 채우지도 못할 만큼 간단한 짐이었다. 이삿짐을 싣고 해평으로 달렸다. 도중에 휴게실에 들러 육개장을 먹었고 현정이 먹고 싶었다던 땡초핫바도 먹었다. 길 위에 또 길이 있고, 길 끝에 또 길이 있었다. 가로등과 커다란 가로수 그림자와 자동차들이 등 뒤로 분주히 내달렸다. 한 시간을 달려 해평에 닿았다. 현정은 지석의 집에 도착할 때까지 차의 흔들림에 온몸을 맡기고 잠들어 있었다. 걱정이 사라지니까 눌러두었던 졸음이 쏟아지나 보았다. 강가에 차를 세우고 한참을 앉아 있었다. 잠든 순간만이라도 현정이 편안하기를 바랐다.

엷은 바람에 마른 잎이 굴러다녔다. 바람이 귓불을 쓰다듬었다. 강둑을 천천히 달렸다. 창백하게 반짝이는 모래톱에 눈이 시렸다. 바람이 물 냄새를 싣고 왔다. 저녁 해에 물든 황금빛 나뭇가지 사이로 새들이 날아올랐다. 새들이 열을 지어 강을 맴돌았다. 서편 하늘의 푸른빛에 눈이 시렸다. 자욱하게 몰려다니는 새 떼의 비상에 가슴이 먹먹해지는 걸 모른 척했다. 지석과 그 풍경을 함께 본 것이 석달 전이었다. 금방이라도 지석이 낚싯대를 메고 걸어올 듯했다. 큰 공연을 하나 치르고 나면 해평으로 몰려와 고기도 굽고 낚시도 하며 사흘쯤 머무르곤 했다. 지석의 집은 보이저의 별장이었다.

강을 유영하던 새들이 흰 모래와 잔물결 일렁이는 강가에 사뿐 내려앉았다. 강의 상류와 하류에 새들이 골고루 흩어져 있었다. 모래톱과 새들이 돌아오며 햇빛과 바람을 업은 해평 습지가 살아나는 참이었다. 흐르는 물은 한시도 멈추는 법이 없다. 물이 흘러야 강이 살아난다. 세 개의 강이 만나는 지점에 이를 즈음 현정이 눈을 떴다.

"정신없이 잤네."

"믿을 사람이 있으니 잠이 절로 오지?"

"그런가 봐요. 왜 진작 여기를 생각 못 했을까. 흰 모래와 강, 햇빛이 모두 새로운데."

"아무에게도 자신을 보여주지 않으려는 마음이 문제였겠지."

"아기에게 미안한 생각 여러 번 했어요."

"세상만사 마음먹기대로야. 엄마가 강해야 아기도 강해

져."

지석을 잃고도 아무렇지 않게 살아가는데 뭐가 문제냐고 하려다 말았다. 상처는 건드릴수록 아프다. 아직도 지석을 잃은 상처가 아물지 않은 그대로여서 긁어 부스럼을 만들고 싶지 않았다. 학교 다닐 때는 누구보다 지석을 열심히 응원해 준 후원자였는데, 사랑이 현정을 위기에 빠뜨렸다. 현정이 영진을 사귄다고 할 때 가장 적극적으로 말린 사람이 지석이었다. 사람이 나빠서가 아니라 결혼을 비즈니스로 생각하는 의식의 문제여서 더 열심히 말렸다. 그래봤자 각자의 선택인 것을.

두 사람이 사랑을 시작한 건 현정이 신입생 환영회를 마치고 영화 동아리에 가입한 이후였다. 영진이 먼저 사귀자고 덤볐다. 그때 그는 영화동아리의 수장이었고, 현정은 새파란 신입생이었다. 스무여 명의 회원들이 그를 형이라고 부르며 따라다녔다. 동아리 회원들은 시간만 나면 그의 방으로 몰려가 영화를 보고 음악을 들으며 시간을 보냈다. 영화를 찍고 싶었던 영진은 독립영화 한 편 찍을 자금을 모으기 위해 알바를 뛰었다. 생전 처음으로 단편영화를 찍어서 영화제에 출품하던 날 모두들 그의 방으로 몰려가 축하주를 마셨다. 그의 방에는 비디오가게에서 사라진 지 오래인 영화가 빠짐없이 소장되어 있었다. 날마다 다른 영화를 볼 수 있었다. 영화감독이 되고 싶었던 그에게 영화는 이상이었고 현실이었다. 그의 결점이라면 자신이 가진 능력보다 큰 욕구를 지닌 것이었다. 영진이 자신의 능력을 키워줄 사람을 선택할 때 현정은 아기가 생긴 것도 말하지 않았고, 그를 붙잡지도 못했다. 이서는 현정을 어떻게 도와줘야 할지 몰랐다. 지석이라면 이럴 때 어떻게 했을지. 이서는 강의 힘을 믿어보기로 했다. 강은 회귀를 꿈꾸기 좋은 곳이니. 아침마다 물안개가 피고, 물새가 비상하는 곳. 강이 현정을 일으켜서 제자리에 돌려놓으리라고 믿어본다. 다시 붓을 들어 그림을 그리며 떠난 사람을 마음에서 내려놓고 강가의 버드나무처럼 강하게 살아주기를 바랐다. 실패와 좌절로 무너졌을 때가 자신에게로 돌아가기에 가장 적합한 시기다. 알고 보면 누구나 조금씩 무너지며 살아간다.

읍내를 돌며 밥집을 찾았다. '소담'이 눈에 띄었다. 이서는 현정에게 밥을 먹일 생각으로 한정식집 문을 밀고 들어갔다. 밥 생각이 없다던 현정은 돌솥밥에 나물을 가득 넣어 비벼먹고 숭늉까지 알뜰히 긁어먹었다. 배가 고프면 밥을 사달라고 하지 쓸데없는 체면 차린다고 이서가 놀리자 전혀 생각이 없었는데 밥 냄새를 맡는 순간 허기증이 들더라며 환하게 웃었다. 이서는 구김살 없는 현정의 웃음이 좋았다.

"굶지 마라. 아기를 생각해서라도."

"그래야 하는데 자주 잊어먹어."

밥 먹고 노천카페에서 차를 마시며 쉬었다. 길 건너의 공원에 사람들이 빼곡히 모여 있었다. 함성에 섞인 북소리가 둥둥 울렸다. 가로수와 가로수 사이의 플래카드에 'K대 인문학부 전통 놀이문화패 인간 윷놀이 대회'라는 글귀가 씌어 있었다. 현정과 이서는 구경꾼들 사이에 끼어들었다. 사람들이 둥글게 앉은 중앙에 멍석이 깔려 있고, 가장자리의 커다란 화선지에 말판이 그려져 있었다. 구경꾼이 윷판을 둘러싸고 응원을 하는가 하면 훈수를 두기도 했다. 바짓가랑이를 무릎까지 걷어 올린 농부 분장의 말판지기가 '쏘세요'라며 징을 울림과 동시에, 안대로 눈을 가린 청년 네 명이 멍석에서 둘둘 굴렀다. 네 명이 나란히 엎어지자 둘러앉아 있던 노인들이 입을 모아 '모'를 외쳤다. 그러자 한 명이 엎어지는가 싶더니 뒤로 벌렁 드러누웠다. 말판지기가 '윷'을 외치자 '사기'라며 모를 윷으로 바꾼 윷가락을 당장 퇴장시키라고 아우성쳤다. 석 동이 한꺼번에 달리던 백말 측이 마지막 역에 발이 걸려 있었다. 뒤로 물러서면 함정, 앞으로 나아가면 우승이었다. 마지막 한

판으로 우승이 결정될 판국이었다. 젊은이 윷가락 네 명중 한 명의 등과 가슴팍에 붉은 글씨로 뒷도가 표시되어 있었다. 안대를 한 윷가락들은 누구의 등에 뒷도가 표시되어 있는지 모른다. 분위기에 흥분한 젊은이들이 자리에서 벌떡 일어나 '뒷도'를 외치기 시작했다. '쏘세요'라는 신호와 함께 윷가락들이 멍석을 굴렀다. 엎어질까 뒤집어질까 망설이던 세 명의 윷가락이 차례차례 엎어지고 마지막 남은 한 명이 하늘을 보며 드러눕자 둘러앉아 있던 구경꾼들이 한꺼번에 입을 모아 '뒷도'라고 소리를 질렀다. 마지막 역에 걸려 있던 백말 석 동이 함정에 풍덩 빠졌다. 게임이 흑말의 역전승으로 끝나자 일부는 일어나 덩더쿵 춤을 추고 일부는 '뒷도'를 맡았던 윷가락을 멍석말이로 혼낸다고 야단법석이었다. 역전패를 당한 백말 측의 용사들이 닭싸움으로 빠른 승부를 내자며 바짓가랑이를 걷고 나서는 걸 보고 발길을 돌렸다. 청년들의 함성을 뒤로 하고 차를 몰아 집으로 갔다. 저녁 해가 강가 갈대밭을 노랗게 물들이고 있었다.

대문을 열고 들어가자 현관 앞에 앉아 있던 고양이가 담 옆으로 피하고 두 마리의 개가 꼬리를 흔들며 반겼다. 이서는 낯선 사람이 와도 짖을 생각을 않는 떠돌이들의 밥그릇을 들고 창고로 갔다. 빈 그릇에 사료를 가득 채우고 물도 담아주었다. 두 마리의 개가 서로 으르릉대며 사료를 먹었다. 이서는 더 늦었으면 큰일 날 뻔했다고 농담을 했다. 현정은 식구도 없고, 심심한데 잘 됐다며 앞으로 떠돌이들 식사는 걱정하지 말라고 했다. 다섯 마리 떠돌이 이름이 미르와 화, 수, 목, 금이라니까 현정이 해죽 웃으며, 떠돌이들이 새끼를 낳으면 일월 이월 삼월로 지어야겠다고 했다.

현정은 고양이와 개는 뒷전이고 담벼락에 현란하게 피어 있는 산수유와 늦게 피어난 홍매화에 더 매료되었다. 저희들끼리 오종종 모여서 빈집을 지키는 떠돌이들도 기특하지만 누가 있건 없건 상관하지 않고 알아서 꽃을 피우고 향기를 뿜는 매화의 절개만큼 찬란한 것이 있겠느냐며, 현정은 당장 그림부터 그리겠다고 서둘렀다. 그 모습을 보며 이서는 빙긋 미소를 지었다. 조금 전의 우울해 보이던 현정은 간 곳 없고 어느새 열정덩어리의 화가로 되돌아온 모습이 그녀다웠다. 봄빛을 머금은 홍매화의 붉은 빛이 아찔하도록 매혹적이었다. 짐을 풀기도 전에 이젤을 세우고 화구를 펼치는 현정을 보며 그녀를 살게 한 것이 무엇인지 확실히 깨달았다. 그녀를 무너지게 한 건 사람이었지만, 절망에서 일어서게 한 것은 예술이었다.

예닐곱 살 되어 보이는 남자아이와 여자아이가 무릎걸음으로 기어 다니며 놀고 있었다. 아이들의 움직임에 여러 장 잇대어 깔아둔 패널이 빠득빠득 쥐 갉아먹는 소리를 냈다. 남자아이는 미니 자동차를 굴리고 여자아이는 까맣게 그을린 기둥에 낙서를 했다. 긴 머리에 드레스를 입은 공주와 꽃, 개, 고양이, 네 식구가 식탁에 둘러앉은 풍경을 그리기도 했다. 몇 번이고 지웠다 다시 그리는 동안에 여자아이의 손바닥이 벽처럼 새카매졌다. 그을음 위에 두 아이의 손자국이 선명했다.

그림 그리기에 싫증난 여자아이는 소꿉놀이 바구니를 열어 종이컵을 꺼냈다. 종이컵에 메추리알이 두 개 들어 있었다. 소꿉놀이 프라이팬에 담긴 메추리알이 거대한 공룡알 같았다. 자동차를 굴리고 놀던 남자아이가 살금살금 다가와 메추리알을 쥐고 달아났다. 알이 남자아이의 손아귀에서 아작 소리를 내며 부서졌다. 알을 내놔라고 소리 지르던 여자아이가 검댕이 묻은 손으로 남자아이의 뺨을 때렸다. 누나에게 뺨을 맞은 아이가 나머지 한 개의 메추리알을 여자아이의 얼굴에 던졌다. 남자아이가 달아나고 여자아이가 따라가며, 두 아이는 숨바꼭질하듯 사람들 사이를 비집고 다녔다. 두 아이는 검댕이 묻은 서로의 얼굴을 쳐다보며 웃어댔다. 아이들의 웃음소리가 고무풍선처럼 날아올랐다. 그림 그리기와 공기놀이, 자동차 놀이에 지친 아이들은 추모객들 사이를 비집고 다니며 숨바꼭질을 했다. 자원봉사자가 번잡스럽게 뛰어다니는 아이들을 제자리에 앉혀 보지만 소용없다. 지하 3층까지 내려갔다가 상가로 올라가고, 상가에서 다시 대기실로, 아이들은 쉬지 않고 뛰어다녔다. 아이들에게는 대기실이 거대한 놀이터였다. 주의사항과 짤막한 소식을 일러주는 대기실 스피커가 쉬지 않고 왕왕 울렸다.

"에, 실종자 대기실에 계신 여러분께 알려드립니다. 실종자 허위신고자들을 색출하기 위해서 경찰이 떴습니다. 만약 여기 그런 사람이 있으면 험한 꼴 당하기 전에 알아서 물러나시기 바랍니다. 다시 한번 알려 드리겠습니다…."

희생자대책본부로 위임장을 받으러 갔던 두 아이의 엄마가 돌아왔다. 엄마를 기다리다 지친 아이들이 패널에 엎드려 자고 있었다. 집으로 가자는 말에 아이들이 부스스 일어나 제 가방을 챙겼다. 주위 사람들이 그녀에게 남편을 찾았느냐고 물었고, 그녀는 유전자 감식으로 찾아냈다고 했다. 두 아이의 엄마는 누더기나 다름없는 소지품을 정리했다. 홑이불과 비누, 치약 등의 일용품을 대기실에서 지내야 할 사람들에게 나눠주고 벽보에 붙여두었던 남편의 사진만 거두었다. 가족을 찾지 못한 사람들이 두 아이의 엄마를 부러운 듯 바라보았다. 두 아이의 엄마는 기뻐해야 할지 슬퍼해야 할지 모르겠다며 고개를 떨어뜨렸다. 가족을 찾지 못한 사람들에 비하면 잘된 일이고, 죽지 않고 살아남은 사람들에 비하면 슬픈 일이었으니. 분명한 건 대기실에 있는 사람들도 머잖은 날에 모두 일상으로 돌아가게 될 거란 사실이었다. 뒤.돌.아.보.지.마. 집으로 돌아가면 중앙로역 쪽은 쳐다보지도 말고 잘 살라는 말에, 두 아이 엄마가 복잡한 얼굴로 말했다.

"뒤돌아보지 말아야 하는데 또 오게 될 것 같아요."

두 아이의 엄마는 어떻게 살아야 할지 모르겠다며 눈물을 길어 올렸다. 또 오게 될 것 같다는 아이들 엄마의 말은 결코 빈말이 아녔다. 저렇게 허약한 마음으로 두 아이를 어떻게 키워내고 세상과 싸워나갈지. 가족의 인정사망을 받고도 대기실을 떠나지 못하는 사람들이 많았다. 어떤 아버지는 딸의 기억이 생동생동 살아나서 집에 못 있겠다며, 쓸쓸한 집보다 차라리 웅성거리는 대기실이 편하다고 했다. 두 아이 엄마는 허황한 마음자리를 꾹꾹 눌러 담고 떠났다.

　3차로 사망자 명단을 발표하는 날이었다. 실종자 대기
실이 온통 통곡의 바다가 되었다. 희생자 가족들은 불안과
조바심으로 가슴을 끓이다 사망인정 명단이 발표되자마
자 참았던 울음을 퍼냈다. 마음 놓고 울 곳이 대기실뿐이
라며 얼굴이 붓도록 울음을 게우고 떠난 사람이 다음 날
대기실로 되돌아오곤 했다. 자신도 모르게 오게 되더라
며, 잃은 가족이 너무나 그리운데 어디로 가야 할지 몰라
서 다시 왔다고 탄식했다.
　지석의 실종으로 취소되었던 콘서트가 이십 일 후로 결
정되었다. 촉박한 일정이지만 더 미룰 이유도 없었다. 인
터넷과 연예 프로그램은 물론이고 신문, 지역방송으로 공
연 소식을 알리고, 티켓을 구매했던 팬에게 일일이 편지
를 돌리는 일을 제이의 친구들이 맡아주기로 했다. 제이의
친구들은 보이저의 재기에 도움 되는 일이면 무엇이든 하
겠다고 했다.
　"궂은일은 우리가 할 테니까 제이, 넌 노래나 열심히
해."

전체는
부분보다 크다

　흰 셔츠에 검정 바지 차림의 제이가 팝 댄스 아카데미로 들어갔다. 탈의실에서 옷을 갈아입고 우드가 깔린 연습실의 전신 거울을 마주하고 섰다. 사람들이 믿거나 말거나, 그는 마이클 잭슨에게 직접 코치를 받았다고 큰소리치고 다니는 진짜 춤꾼이었다. 수강생들이 그 허풍을 의심 없이 믿을 만큼 그의 춤은 신비로웠다. 마이클 잭슨이 빌리진을 부르며 보여준 달빛걷기처럼. 열다섯 명의 오디션반 수강생들이 제이의 구령에 맞춰 동작을 따라했다. 발을 찍고 들고 내려놓는 부분 동작을 차례대로 익힌 다음 음악에 맞춰 전체를 잇는 과정을 반복했다. 전신 거울에 제 모습을 비추어 보며 동작을 다듬다 보면 두 시간이 금방 지나갔다. 수업이 끝나자 물 빠지듯 사람들이 빠져 나가고 넓은 연습실에 제이만 남았다. 제이가 바닥에 드러누웠다. 나도 그의 곁에 누웠다. 제이가 활처럼 몸을 휘며, 팔의 스윙으로 물결을 만들 때는 각의 변화가 커야 한다고 혼잣말을 했다. 상체의 높이를 위아래로 확실히 구분 짓는 선에서 자유자재로 굽혔다 폈다 하며 리듬에 변화를 주어야 한다는 설명에 이어, 제이는 춤 동작을 느린 움직임으로 보여주었다.

'난 찢어지게 가난했는데 더럽게 부자가 되었네. 돈이 악마라면 내가 벌어놓은 악마를 쳐다봐. 사천만 장의 레코드를 팔았지만 사람들은 내가 한 일을 까먹어.'

제이는 어서의 음악에 맞춰 팝핀을 추었다. 스텝이 화려하면 체력 방전도 빠르다. 팝 댄스가 좋은 건 음악에 취해서 춤을 추는 동안엔 다른 생각을 할 수 없다는 것이다. 제이가 팝핀을 추며 물었다.

"형에게 음악은 무엇이었어요?"

'감정을 가진 언어, 혹은 대화 같은 것.'

"음악이 형을 행복하게 해줬어요?"

'네가 춤을 출 때의 기분과 다르지 않을 걸.'

내 노래를 듣고 가수의 꿈을 키웠는데 이제 무엇을 바라보고 나아가야 할지 모르겠다고 했다. 제이는 나를 통해서 생의 뒷면을 본 느낌을 숨기지 않았다. 노천카페에 맥 놓고 앉아 있던 나를 보았다며 제이는 내 고독의 깊이를 안다고 했다. 화려한 명성과 다른 모습이었다고. 귀에서 윙윙대는 바람소리를 들으며 노래를 부르는 것이 좋았는데 그게 제이에게는 외로움과 고독으로 비쳤나 보다. 어쩌면 그게 내가 모르는 내 모습이었을지도. 바람은 내가 어딜 가든 지치지 않고 따라다녔다. 오지 않는 사람을 기다리며 혼자 노래를 부르던 나는 바람이었다. 녀석이 나를 지켜보는 줄도 몰랐다. 나를 대신해서 흘리는 눈물을 닦아주고 싶은데 내게는 그의 젖은 뺨을 닦아줄 손이 없다.

"형과 같은 무대에 서고 싶었어."

'내가 없어도 넌 충분히 잘 해낼 수 있어.'

"오디션 봐야겠죠?"

'봐야지.'

"실력으로 형의 뒤를 이을게요."

제이는 기타를 메고 보이저의 연습실로 갔다. 보컬 오디션을 보는 날이었다. 천여 명에 이르는 사람들이 몰려왔다. 이서를 비롯한 멤버들이 이틀에 나누어 오디션을 봤지만 마음에 드는 사람이 없었다. 마지막 차례가 제이였다. 제이는 퀸의 Love Of My Life를 불렀다. 오래 망설일 것도 없이 멤버들이 제이를 새 보컬로 받아들이는데 전원 일치로 마음을 모았다. 크릴호반의 공연을 위해 총연습에 몰입했다. 공연에서 부를 곡이 모두 세 곡이지만 앙코르까지 일곱 개의 곡을 준비했다. 사흘 동안 연습을 하고 난 후에야 새로 온 멤버와 호흡을 맞출 수 있었다. 공연 시작 전에 축제의 현장으로 갔다. 음악분수가 화려한 조명을 받으며 긴 물줄기를 내뿜고 있었다. 음악의 흐름에 따라서 색색의 전등을 받은 물줄기가 약하거나 강하게 조화를 이루며 화려한 연출을 거듭했다. 노래를 부르는 사람은 제 등 뒤에서 분수가 어떤 모양으로 치솟는지 관심을 기울일 짬이 없다. 멤버들은 무대 뒤에서 악기를 만졌다. 기타를 조율하며 광석이 선물가게 장사는 누가 하느냐고 샤샤에게 물었다.

"후배들이 하지. 걔들 가게 넘기고 음악이나 하라고 야단이다."

"듣던 중 반가운 소리네."

직업을 열다섯 번이나 바꾼 샤샤는 음악 반주만 들어도 몸이 근질거린다며 가게 걱정은 말라고 했다. 액세서리와 문구류, 캐릭터 인형까지 빠짐없이 정가를 다 붙여두었더니 후배들이 그를 밖으로 밀어내더란다. 가게 따위는 잊으라고. 음악만으로 밥을 먹을 정도가 되면 가만히 있어도 넘겨줄 텐데 당장 넘기라고 숫제 협박을 하더라고. 실은 샤샤도 그런 식으로 선배의 가게를 빼앗았다. 성공한 선배가 자라는 후배에게 살 길을 열어주는 게 그 선물가게의 전통이라고 우겨댄 것이 엊그제였다. 보이저의 인기에 힘입어 선물가게가 번창했다. 후배 다섯 명이 알바로 나서고, 공연이 없을 때 여행자들이 동대문 남대문 시장으로 몰려다니며 선물가게에 깔아둘 물건을 고르곤 했다.

오픈무대를 시작으로 공연은 정확하게 7시부터 시작이었다. 벚꽃이 만개한 꽃그늘을 찾아온 인파로 객석이 가득 찼다. 바이킹은 쉴 새 없이 공중을 날고, 회전목마는 어지럽게 맴돌며, 오리배는 잠시 쉴 틈 없이 호반을 떠다녔다. 공연의 막이 오르기 전 호수 위로 비둘기들이 호들갑스레 날아다녔다. 중년의 솔로 가수와 아이돌 가수 예닐곱 그룹이 다녀간 후 마침내 보이저 차례가 되었다. 오래 기다린 만큼 엔딩무대는 시간의 제약을 크게 받지 않아서 좋은 점도 있다. 무대에 오르간과 드럼을 놓고 세팅을 할 동안 영상에 네 명의 보이저가 공연하는 모습이 담겼다.

머리에 수건을 쓰고 징 박은 조끼, 찢어진 청바지를 입은 광석의 모습은 금방이라도 야생의 들녘으로 달려 나갈 한 마리의 표범 같았다. 이서는 음향이 좋지 않다며 투덜거렸다. 잔소리를 하지 않으면 이서가 아니지. 시어머니 본색이 나온다며 광석과 샤샤가 키득거렸다. 공연 시작 전에 이서는 제이에게 연습한 대로만 하라고 일렀다.

"네네, 주의할게요."

발라드를 록으로 편곡한 노래로 무대를 열었다. 세트 리스트가 주로 1집 중심이었다. 코팅된 검정 진에 긴 넥타이가 달린 화이트셔츠로 코디를 한 이서는 가을하늘처럼 눈부셨고, 니트로 된 레이어드룩을 입은 샤샤는 아기바다사자처럼 귀엽고 산뜻했다. 드럼을 맡은 광석은 경복궁 포석처럼 듬직했고, 제이는 이서와 같은 룩으로 보컬임을 강조했다.

사방이 넓게 펼쳐진 호반 어디에서나 그들의 공연을 볼 수 있었다. 호반의 음악분수를 중심으로 사방이 관객으로 꽉 차 있었다. 록과 발라드의 조합으로 연이어 세 곡을 부르고 나자 관중석에서 보이저를 외치는 소리가 들렸다. 호반의 조촐한 무대였지만 보이저에게는 컴백 무대나 다름없었다. 기타는 자지러지듯이 선율을 쏟아내고 두 명의 보컬이 랩까지 깔끔하게 소화해 냈다. 곡이 하나씩 끝날 때마다 호반이 출렁거리도록 환호가 일었다. 보이저의 영상에 정글을 달리는 코끼리 떼가 지나가고 사자와 얼룩말, 하이에나 등의 캐릭터로 단순화된 동물이 배경화면을 가득 채웠다. 캐릭터 동물들이 달리고 또 달렸다. 제이가 이서를 잘 맞추어준 덕에 다섯 곡을 차질 없이 부를 수 있었다. 엔딩이 좋았다. 무대는 터질 듯 포화상태였고 자리를 뜨기 아쉬운 관객들이 연신 앙코르를 외쳐댔다. 네 사람은 화재 참사 이전의 그 열정 어린 그룹으로 돌아가 있었다. 보이저를 연호하는 팬들의 요구를 받아들였다. 마지막 곡은 GS에게 바치는 음악이라는 말이 끝나기도 전에 내 이름을 연호하는 목소리가 드높았다. 내가 즐겨 부르던 비틀즈의 노래와 그 집 대표곡을 연이어 불렀다. 공연이 끝났다. 화려하게 터지는 폭죽이 축제의 대미를 장식했다. 폭죽이 펑펑 터질 동안 여행자들은 무대를 떠났다. 공연이 끝나고 제이를 포함한 네 명이 이서의 집으로 몰려갔다. 술판이 벌어지며 공연 뒷얘기가 줄줄이 쏟아졌다.

"제이, 오늘 정말 잘했어. 오늘처럼만 해주면 EXCO 공연도 문제없어."

광석의 말에 샤샤가 공감을 표시했다.

"지석이 이런 날을 예상하고 제자까지 키워뒀기에 망정이지."

네 사람은 성공적으로 끝난 무대를 진심으로 자축했다. 새로 투입된 멤버와 화음을 조율하는 무대로 더할 나위 없었다. 이서와 제이의 배합도 좋았고, 광석의 드럼과 샤샤의 현란한 기타연주로 록 무대 특유의 화음을 만들어냈다고 이서기 칭찬을 아끼지 않았다. 제이가 얼굴까지 붉히며 이서에게 고마움을 전했다. 여행자들은 EXCO 공연도 깔끔하게 치를 수 있겠다는 확신으로 자신감을 가졌다.

크릴호반의 에어랜드 오너가 보이저 멤버들을 초대했다. 오십 대의 오너는 비행기카페의 주말 라이브 공연을 부탁했다. 흥분을 감추지 못한 샤샤가 후배들에게 가게를 넘기겠다고 선언했다. 가게를 호시탐탐 노리던 후배들이 살판났다. 라이브 공연을 따내기 위해 제이가 비행기카페에 갖다 준 모과나무 분재는 이서만 아는 뇌물이었다. 본래 비행기카페에 라이브 공연 같은 건 없었으니 모과 분재 하나로 여행자들이 카페의 문을 활짝 열어젖힌 셈이었다. 한때 식물원 알바생이었던 제이의 도움이 컸다.

카페에서 토요일 일요일 7시와 9시 두 번의 라이브를 해야 한다는 말에 여행자들은 밥값이라도 하게 되었다고 내심 기뻐했다. 보수가 넉넉하지는 않지만 노래를 부르게 된 것만으로도 멤버들은 희망에 부풀었다. 카페에서는 록보다 R&B나 발라드로 무대를 짜고 나이 든 팬층을 넓히는 데 의의를 두자거나 혹은 엔딩만은 록으로 깊은 인상을 남기자는 의견이 나오기도 했다. 이참에 달달한 앨범 하나 내서 고급스러운 음악방송에 나가보자며, 멤버들은 새로운 계획을 짜기 바빴다. 멤버들이 본격적으로 비상을 시작하며 인터뷰 요청도 들어왔다. 공연이 성공해야 예전의 상태를 회복할 수 있다며 이서는 우선 연습에만 몰두하자며 형답게 멤버들의 들뜬 마음을 가라앉혔다.

멤버들이 늦은 저녁을 먹고 흥분을 가라앉힐 동안 이서는 술병과 술잔을 들고 다락방으로 올라갔다. 이서가 두 개의 잔에 술을 따랐다. 벽에 등을 기댄 채로 이서가 비틀즈의 노래를 불렀다. 예전에 나란히 벽에 기대어 나와 함께 노래를 불렀던 것처럼.

"오늘 어땠어?"

'좋았지. 뭐가 걱정이야?'

"네가 없으니 마음이 무거워. 내가 쟤들의 아버지가 된 것 같아서."

'걱정 마. 다 잘 될 거야.'

외로워 보이는 이서의 어깨를 안아주었다. '걱정 마. 내가 있잖아.' 마음의 짐이 무거울 테지. 느닷없이 여러 형제의 아버지가 되어버린 소년가장 같은 기분을 짐작하고 말고. 내가 있을 때는 세상 두려울 게 없다던 이서가 약한 소리를 다 하고. 어떻게 하면 내가 곁에 있다는 걸 알게 해줄 수 있을까. 함께 술을 마셔줄 수도 없고, 나는 이서를 위해 온 마음을 모아서 기타를 노려보았다. 진심으로 원하면 산도 움직일 수 있다고 믿었다. 조심스럽게 기타 줄을 당겼다. 연주회 시작 전에 악장이 오보에 수석을 쳐다보며 누르는 건반. 오보에가 A음을 울리는 것과 동시에 오케스트라 전 단원이 그 음에 맞추며 연주가 시작된다. A음은 오케스트라 악기 전부를 하나로 모으는 소리여서 아기의 첫울음만큼이나 의미 있는 음이다.

줄을 당겼지만 아무 소리도 나지 않았다. '할 수 있어. 해내야 해.' 나는 A음을 당기고 또 당겼다. 술병이 비어가고, 이서는 술에 취한 채로 쓸쓸하게 노래를 불러댔다. '바람 부는 밤… 왜 날 여기 세워 두고 떠났나. 나를 기다리게 하지 마요.' The Long And Winding Road는 비틀즈의 빌보드 마지막 1위곡이었다. 나는 곧 자신이 가게 될 영혼의 산을 생각했다. 영혼들이 사는 산이 정말 있을까? 영혼의 산을 읊조리며 온 힘을 모아서 A음을 당겼다. 어느 순간 '탱' 하고 기타가 울었다. 이서가 눈을 번쩍 뜨며 나를 불렀다.

"지석이?"

나는 대답처럼 또 한 번 기타 줄을 당겼다. 탱, 하고 기타 줄이 울리자마자 이서가 고맙다며 기타를 껴안았다. 대답해 줘서 고맙다고, 그 정도면 충분하다고. 이서의 기다란 손가락이 내 손등을 쓸고 가는데도 나는 그 따사로움을 느낄 수 없어서 슬펐다.

　시장 퇴진 운동으로 시가행진을 한다며 희생자 가족 대표들은 꼭 참석하라는 메시지가 왔다. 먼 황하유역을 거쳐 온 바람이 황사를 실어와 그을음에 뒤덮인 도시의 하늘을 덮었다. 희붐한 햇빛 속에 먼지 구름이 안개처럼 흩날렸다. 여느 때 같으면 차량이 줄을 이을 시간이지만 버스가 다른 길로 둘러 다니며 중앙로는 죽음의 도시처럼 황량해졌다. 빌딩 바람벽, 지하도 입구 철제 난간과 가로수 둥치로 눈 가는 곳마다 대형 플래카드가 펄럭였다. 차가 다니지 않는 길에 시위대가 모였다. 희생자 가족 대표가 단상에 올라가 목청을 돋우었다.

　"사고 현장 훼손한 시장, 물러가라! 물러가라!"

　시민단체와 유족대표들이 시청광장으로 몰려가자고 함성을 질렀다. 시장 물러가라는 구호를 외치며 대로로 나가던 시위대가 어깨에 띠를 두른 상가시위대와 맞닥뜨렸다. 상가시위대가 구호를 외쳤다.

　"시위를 멈춰라! 시위를 멈춰라!"

　"중앙로에 버스를 다니게 해달라! 버스를 다니게 해달라!"

　머리에 흰 띠를 두른 상가주민들이 상권을 무너뜨리는

추모행사를 더 이상 두고 보지 않겠다며 행동에 나섰다. 상가시위대의 구호에 희생자시위대가 어리둥절한 듯 서 있었다.

"시위를 멈추고 상인들도 살게 해달라."

상가주민 대표가 확성기에 대고 선창을 했다. 각계에서 자발적으로 나선 추모행사와 대형 플래카드까지는 참아주겠는데, 버스의 통행을 막아버리는 건 너무 지나친 처사라고 분노를 터뜨렸다. 손님들의 발길이 끊겨 가게마다 파리만 날리는 책임은 누가 지느냐고 호소했다. 버스를 다니게 해주고, 시위와 집회를 멈춰달라는 상인들의 요구에 몇몇 유족들이 대거리를 하고 나서며 일이 커졌다. 서로 주거니 받거니 사정을 늘어놓다 삿대질이 오가고 욕설에, 멱살까지 드잡이하는 상황에 이르고 말았다. 상가주민 대표가 목소리를 높여 말했다.

"가게세가 얼마나 비싼데. 너거야 앉아 있든지 서 있든지 시간이 흐르마 해결되겠지만 월세에, 인건비에, 세금에, 우리가 감당해야 하는 피해는 어데 가서 하소연해."

"장돌뱅이 티 고마 내라, 짜슥들아! 너거 손해가 암만 커도 가족 잃은 우리만 하겠나. 너거가 암만 지랄해 봐야 우리 가족 원한 풀기 전에는 꿈쩍 안 한다. 입장 바꿔 생각해 봐라. 한두 명도 아니고 자그마치 이백 명의 생목숨을 한꺼번에 보낸 기라."

"너거 말마따나 우리야 하루 벌어 하루 묵고 사는 장돌뱅이들 아이가. 식구대로 길바닥에 나앉게 생긴 마당에 뭐가 눈에 뵈겠노. 우리도 좀 살자."

"몇 푼 손해 본 걸 어데다 비교할라카노. 성질대로 하마 시청 아니라 청와대도 때려부줬으마 싶은 판에 어데서 복장거리 하노."

"집회다 나발이다 맨날 똘똘 뭉쳐서 지랄하이 손님들이 중앙로에 얼씬거리지 않는다 아이가. 좀 조용히 해달란 말이 그래 고깝나."

"시끄럽다 고마. 배때지에 기름 채우기 바쁜 놈들하고 무슨 얘기를 하겠노."

"징징 짜는 소리는 시에 가서 하지 와 묵고 살기 바쁜 우리한테 분풀이고."

"남의 일이라고 말을 고따우로 하제. 너거가 죽든지 우리가 죽든지 한번 붙어보자."

유골을 못 찾은 실종자 사망인정, 추모공원 조성, 정당한 보상금 지급 등, 희생자 가족들은 당국이 요구사항을 들어주기 전에는 한 발짝도 물러서지 않겠다고 버텼다. 그에 못지않게 조용히 장사 좀 하게 해달라는 상가 주민들의 대거리 또한 만만찮아서 몸싸움까지 벌이는 지경에 이르렀다. 두 패의 시위대가 맞서서 밀고 당기는 북새통에 중앙로 한가운데 줄을 지어 세워놓은 추모게시판과 사고 경위를 찍은 사진, 안심기지창에서 주워온 유품들, 추모객들의 낙서판이 날아가고 시민단체에서 세워놓은 천막이 갈가리 찢겼다. 결정적으로 사건이 확대된 건 2.18 지하철 화재참사로 대학교 입학생 아들을 잃은 건설회사 직원이 트레일러를 끌고 와 중앙로를 가로막은 데서 비롯되었다. 화가 머리꼭대기까지 뻗친 상인들이 고래고래 소리를 지르다 해머로 트레일러를 내리쳤다. 건설회사 직원이 달려들어 해머 휘두른 사람을 때려눕혔다. 가로수에 올라가 플래카드를 걷어내던 상인들이 혈기 넘치는 유족에게 맞아 코피가 터지고 여자들의 아귀다툼이 높아지며 추모집회가 난장판이 되었다.

경찰 기동대가 달려왔다. 코피가 터진 몇몇 상인과 폭력을 휘두른 유족들이 경찰서로 연행되었다. 사람들이 뿔뿔이 흩어졌다. 종이와 짓밟힌 국화꽃, 찢어진 플래카드와 부서진 게시판으로 거리가 어수선했다. 좀 전까지 시위대에 끼어 있던 여자가 카페로 돌아가고 노란 잠수함은 아무 일도 없었던 것처럼 전등을 훤히 밝혀놓았다. 창으로 비치는 불빛이 따뜻해 보였다. 이서는 사고 현장 사진과 여기저기 흩어진 국화꽃을 밟으며 카페로 갔다.

점
- 쪼갤 수 없는 그것

택시를 불러 해평으로 갔다. 차를 지석의 집 앞에 세워 두었다. 헐벗은 나무가 비를 맞고 있었다. 빗속을 달려본 것이 얼마만인지. 해평 읍내에 들어서며 택시가 속도를 늦추었다. 나란히 앉아 있는 남녀의 모습이 편의점 창에 비쳤다. 나무젓가락을 들고 컵라면이 익기를 기다리는 두 사람의 속삭임이 곁에서 들리는 듯했다. 여자는 조금 덜 퍼진 라면을 좋아하고 남자는 완전히 익은 라면을 좋아했다. 여자가 먼저 먹기 시작해도 항상 남자가 먼저 컵을 비웠다. 노래 연습을 마친 그와 포장마차로 달려가던 일을 여자는 생생하게 기억하고 있었다. 그들의 모습이 환상처럼 차창을 스쳤다.

택시를 보내고 내 차에 앉아 있었다. 메타세쿼이아 나무 그림자가 차창으로 긴 그림자를 드리웠다. 내게는 더 이상

안전한 피난처가 없었다. 내 슬픔이 바로 그것이었다. 어디로도 갈 곳이 없다는 것. 자물쇠로 문을 따고 들어가려던 계획이 어긋났다. 집에서 불빛이 새나오고 있었다. 수일 전까지 빈집이었는데 그사이 누가 왔는지. 지석의 누나가 떠올랐지만 그녀는 LA에 있었다.

'누굴까?'

이서는 내 자리로 돌아가라고만 할 뿐 지석의 집에 누가 있다는 말을 하지 않았다. 그의 냉정함이 나를 궁지로 밀어 넣었다. 그로서는 당연한 반응이었다. 지석을 잃은 건 단순히 보컬을 잃은 정도가 아니라 생의 절반을 잃은 것과 같기에. 이서는 남자와 남자끼리 결혼해도 되는 법안이 통과하면 지석과 결혼하겠다고 농담을 했다. 그러면 지석은 "난 여자가 더 좋아." 하고 능청을 떨며 이서의 애정 어린 시선을 즐겼다. 나는 이서의 허풍이 너무 신기해서 저 차가운 남자가 그런 말을 다 할 줄 아는구나, 싶어 그를 다시 보곤 했다. 나를 터미널에 내려주며 이서가 말했다.

'지석을 죽도록 괴롭힌 너를 마주보기가 힘들어. 부탁인데 다시는 오지 마.'

집 안으로 들어가긴 해야겠는데, 대문을 두드려야 할지 열쇠로 문을 따고 들어가야 할지 고민이었다. 누가 와 있을 거라는 상상은 꿈에도 하지 않았다. 느닷없이 둥지를 빼앗긴 듯 억울한 생각이 들었다. 지석이 있을 때는 내 집처럼 자유롭게 드나들던 곳이었다. 방주인이 있건 없건 침대에 들어가서 자고 있으면 그가 돌아와 등을 안고 잠들었다. 모든 불안이 사라져 편안히 잠들 수 있었던 그 시간이 꿈처럼 흘러가고, 나는 낯선 집을 기웃거리며 젖은 나무처럼 떨고 있다.

"억울해. 이렇게 물러설 수는 없어."

대문 앞으로 성큼 다가섰다. 벨을 누르면 누군가 나와서 무슨 일로 왔느냐고 물을 터이다. 그러면 뭐라고 대답해야 할까. 우산을 들었는데도 비가 뿌려 머리와 재킷이 온통 젖었다. 내 몸에서 고양이의 젖은 털 냄새가 났다. 퀴퀴한 냄새에 진저리를 치며 벨을 눌렀다. 슬리퍼 끄는 소리에 이어 문이 열렸다. 현정이 당황한 표정으로 나를 쳐다보았다. 현정이 와 있을 줄 몰랐다. 이건 뭐야, 하는 눈길로 현정이 나를 훑어보았다.

"여긴 어쩐 일이세요?"

"비가 그칠 동안만 쉬었다 가게 해주면 안 될까요?"

"여기가 비를 피하는 곳인가요?"

"갑작스러운 부탁인 거 알아요. 싫다고 하시면… 지금 갈게요."

현정은 고집스럽게 문을 잡고 서 있었다. 집주인의 친척. 그녀의 눈에 왜 왔느냐는 물음이 들어 있는데도 아무것도 묻지 않았다. 그 냉소를 모른 체하고 같은 말을 또 했다.

"비도 오는데… 그냥 갈까요?"

현정은 살짝 부기가 오른 얼굴로 나를 멀거니 쳐다보았다. 떠났으면 그만이지 옛날 남자 집을 왜 찾느냐는 질책이 담긴 표정. 어쩌면 내 자격지심인지도 모른다. 정작 그녀는 세상만사 나하고 아무 상관없다는 듯 초연하기만 한데. 잠깐 그녀의 태연자약함이 부러웠다.

"이왕 왔으니 비만 피하고 가세요."

마지못한 허락은 오래 머물 생각 말라는 단서이기도 했다. 그녀의 배가 만삭이었다. 현정의 배를 보며 어쩌면 한 달은 걱정 없이 지내겠다는 생각을 했다. 내게는 쉴 곳이 필요하고 현정에게는 곁에 있어줄 사람이 필요하다. 대문 안으로 들어가며 현정에게 지석의 방에 있어도 되겠느냐고 물었다. 현정은 빈 방이 있다며 내 요청을 한마디로 거절했다. '언제든 네가 오고 싶을 때 오면 돼.' 지석이 대문 열쇠를 주며 한 말이었다. 진짜 방주인에게 허락을 받았지만 사정이 변했다. 비 오는 날 먼 곳까지 달려온 내가 추워보였던지 현정이 따끈한 유자차를 끓여주겠다며 부엌으로 갔다. 늦은 밤에 지석에게로 달려온 이유를 설명해야 하는데 잠이 쏟아졌다.

지석의 이불 속을 파고들었다. 익숙한 냄새. 불면의 둑이 터지는 느낌이었다. 그 둑이 터지는 곳이 왜 지석의 방이어야 하는지 알 수 없었다. 베갯잇과 이불에 익숙한 체취가 그대로 남아 있어서 얼마나 안심이 되던지. 이불을 머리끝까지 끌어올렸다. 현정이 허락하지 않았지만 지금 내게는 꼭 그 방이어야 하는 이유가 있었다. 어디에서도 편히 쉬지 못하는 병에 걸렸으므로. 늦은 밤에 택시를 타고 달려온 것도 지석의 곁에 머무르고 싶은 단 하나의 이유 때문이었다. 달칵, 하는 문소리가 먼 곳 어느 집 유리탁자에 찻잔을 놓는 소리로 들렸다. 그녀가 찻잔을 놓고 방을 나갔다. 한숨 소리를 못 들은 척했다. 염치없지만 말하고 싶지 않은 것도 있다. 말하고 싶을 때까지 기다려주면 다행이고, 말할 시간을 주지 않아도 상관없다는 기분이었다.

한밤중에 잠이 깼다. 배수관 파이프로 빗물 흐르는 소리가 들렸다. 지석의 책상에 식은 유자차가 놓여 있었다. 찻숟가락으로 차를 저었다. 붉은 석류알이 동동 떠올랐다. 석류알과 마른 모과 한 조각, 슬러시로 자른 레몬 두 조각.

눈물겹도록 고운 석류알을 입에 물고 가만히 터뜨렸다. 잠든 나를 쳐다보며 당혹스러워했을 현정의 표정이 떠올랐다. 불면을 견디다 못해 여기까지 달려온 내 슬픈 밤을 현정이 짐작이나 할까. 영원히 버려진 외로움에 더하여, 가닿지 못하는 곳을 그리워하다 죽고 말 슬픈 운명까지. 이서가 말했다. 내게는 집 아닌 곳, 집에서 멀리 떨어진 곳이 필요했던 거라고. 예전에도 지금도 지석의 집은 내게 다른 곳의 실체에 불과했는데 두 사람만 그걸 모른 척했다고. 지석이 가질 수 없는 사람이 된 것처럼 이제는 없는 곳이 되어버린 다른 곳을 그리워하다 죽을 운명이라고. 내가 그 운명을 자처했다고. 무서운 말이었다.

급한 볼일이 있는 것처럼 부랴부랴 달려와서 지석에게 여행을 재촉한 것이 한두 번인가. '갈래?' 한마디면 어디든 갈 수 있었다. 둘이 함께여서 가능한 일이었다. 소나기처럼 쏟아지는 달빛을 받으며 '달빛걷기' 행로를 50km나 걸었고, 우동 한 그릇 먹기 위해 고속도로 휴게소로 달려갔고, 코스모스 자욱한 들판을 보자고 가장 느린 열차를 탔다. 시골 간이역에서 찍은 사진이 아직도 파일에 저장되어 있다. 간이역의 오래된 건물에 박공의 지붕이 얹혀 있는 거기, 햇볕이 따끈하게 내리쬐는 나무의자에 앉아 졸기도 했다. 짐을 든 촌부들이 간이역을 벗어나 마을로 가고,

시골 택시가 길가에 줄지어 서 있고, 들판에 넓게 깔린 코스모스가 하늘거리며 춤을 추던 그곳은 내게 갈 수 없는 나라가 되었다. 그와 나의 시간이 머무는 거기.

공교롭게도 그날 그런 사고가 나서 지석을 영원히 못 보게 되리라곤 상상도 못했다. 사악한 내 배반의 독이 그를 죽음으로 몰고 간 것인지. 수면제 한 통을 몽땅 입에 털어 넣으려다 말고 귀국했다. 전화를 붙들고 있을 엄마의 조바심이 눈에 훤히 보였다. 몇 시간을 잤는지 눈을 뜨니 희붐하게 날이 밝아오고 있었다. 감기도 아닌데 온몸이 후들거리며 떨렸다. 꿈에 지석이 기타를 치고 있었다. 그 모습이 어찌나 생생한지 지석이 나를 기다렸구나, 하는 생각이 들 정도였다. 잠을 깨고도 그의 랩이 생생했다.

씨실과 날실로 짠 강의 수면이 그녀의 치맛자락 같아.
물고기가,
마른 나뭇잎 같은 그녀의 얼굴을 뜯어먹고,
구름이 물그림자를 흔들어도 강은 요지부동이야.
먼 곳에서 걸어올 사람을 기다리다 지쳐 졸고 있어.
돌아오지 않는 사람을 기다리는,
그녀의 치맛자락에 개미가 기어 다녀.
그녀는 기다리고 있어.

돌아오지 않는 사람을

나도 그렇게 기다렸어.

나비처럼 바다로 간 사람을.

물밑으로 가라앉다 젖은 기분으로 깨면,

수만 억겁의 시간이 나를 지나가.

나를, 나를….

지석에게 가려는 나를 막으려고 엄마는 방문에 자물통까지 달았다. 사흘 동안 갇힌 방 안에서 울고불고 하는 광란 중에도 엄마는 내 결혼을 착착 진행했다. 28년 동안 엄마의 인형으로 살아온 결과였다. "울어라! 실컷 울고 나면 마음이 정리될 거야." 엄마의 바람대로 나는 고운 웨딩드레스를 입고 엄마 친구의 아들에게로 걸어갔다. 엄마는 잘했다며, 처음부터 지석과 나는 갈 길이 달랐다고 단정하듯이 말했다.

"예술가는 저 좋아서 한다지만 가족들이 무슨 죄야."

"내가 벌면 되지. 피아노 교습을 하든 연주를 하러 다니든."

"쉬운 길을 두고 왜 어렵게 살아? 남편의 능력으로 무대에서 우아하게 연주를 할 수 있는데, 네가 뭐가 부족해서 꿈을 포기해?"

"엄마에게는 돈이 인생의 전부지?"

"살아봐 이것아, 돈보다 귀한 게 있나."

지석은 내가 음악을 하듯이 자기 역시 음악 하는 사람인 것을 인정받고 싶어 했지만 엄마는 딸이 피아니스트로 무대에 서는 것 말고는 아무것에도 관심이 없는 사람이었다. 엄마 친구의 아들은 나를 무대에 세워줄 능력이 된다는 게 엄마가 그를 사위로 삼으려는 이유였다. 결혼식을 마치고 엄마가 말했다. "이게 다 너를 위해서란다." 진절머리 나는 말이었다. 엄마에게는 내가 없다. 바비 인형이 있을 뿐. 엄마 친구의 아들이 나를 독일로 데려갔다. 거기서 삼 년을 살며 음악공부를 하고 엄마가 그토록 원하던 피아니스트의 길을 착실히 밟는 게 엄마가 짜놓은 계획이었지만 아기가 유산되던 날 모든 것이 무효가 되었다. 왼손에 마비 증세가 나타났다. 의사 남편은 외과상으로 아무 이상이 없다며 정신적인 요인을 언급했다. 피아노를 영영 못 치게 될지 모른다고 생각하니 앞날이 무서워졌다.

열린 창으로 바람이 새들어 얼굴을 어루만졌다. 오슬오슬 떨리는 어깨에 숄을 감았다. 조용했다. 현정이 어디 갔나? 마루로 나가서 현정의 작업실을 열어보았다. 발을 내딛을 때마다 마루가 삐걱삐걱 소리를 냈다. 창가에 이젤이 세워져 있고 40호 크기의 켄트지가 걸려 있었다. 정물화를 그리는지, 아주 많은 걸 담고 있는 것 같기도 하고 아무것도 담고 있지 않은 것도 같은 바구니가 그려져 있었다. 벽마다 그림이 든 액자가 쌓여 있고 점토로 빚은 동물이 창틀에 즐비하게 놓여 있었다. 놀이기구를 타는 코알라, 종려나무에 매달린 원숭이 등, 색조를 입지 못한 스케치 속의 인물들이 창틀에 가득했다. 스케치를 하다 어딜 갔지? 벽에 기대어놓은 그림에 흰 천이 덮여 있었다. 천을 벗겼다. 색소폰을 든 영진이 사색에 잠겨 있었다. '아, 맞아. 저게 사랑이지.' 그녀는 아직 영진을 보내지 못했다. 그렇지, 쉽게 버려지지 않는 그게 사랑이지. 네 명이 어울려 다니던 것이 엊그제 같은데 다들 조각난 파일처럼 흩어지고 말았다. 사랑은 전설 같은 것이어서 시간이 아무리 흘러도 그 기억이 주는 여운은 남는다. 색을 입지 않은 스케치를 보다 뒷마당으로 나갔다.

산이 보이는 뒷마당에 이젤이 있고, 그 앞에 현정이 붓을 들고 서 있었다. 그녀의 화폭에 대문을 등진 할머니가 온화한 모습으로 앉아 있다. 그 할머니는 집 주인이기도 하고 지석 남매를 키운 사람이기도 했다. 할머니의 손톱에 봉숭아물을 들여 준 적이 있다. 나를 지석의 짝으로 여기며 특별히 귀애하셨다. 지금 할머니는 그림으로 환생해서 나를 쳐다보고 있다. 아가, 왔어? 하고 반길 것 같은 얼굴로. '할머니, 미안해요.' 나도 모르게 할머니 앞에서 고개를 숙이고 만다.

현정은 내 인기척을 모른 척하고 스케치만 하고 있다. 무심하게. 그녀에게 가장 잘 어울리는 모습인데도 한시도 편히 쉬지 못하는 그녀를 보고 있으면 나까지 긴장하게 된다. 열심히 산다기보다 자신을 몰아붙이는 것 같아서 안쓰럽기만 하다. 현정이 그대로 그림에 눈을 둔 채로 잘 잤느냐고 물었다.

"아주 깊이 잠들었던데."

"여기 오면 이상하게 마음이 놓여요."

"도피처로 여기만 한 곳이 없죠."

"여기 쉽게 온 거 아녀요."

들을 사람도 없는데 그런 변명이 무슨 소용이냐며 현정은 먼 산을 쳐다보았다. 내게 한 말이 아니라 자신에게 한 말이라며 쾌념치 말라고 했다. 자책도 하고 원망도 하며, 인간에게 가끔 정리의 시간이 필요한 것은 어떤 식으로든 속을 비우기 위해서이다.

"할머니가 제게 참 잘해주셨어요."

"인간의 관계가 삭은 밧줄처럼 뚝 끊길 줄 누가 알았겠어요."

기껏 말머리를 돌렸는데 또다시 그 자리다. 현정은 기어이 나를 내쫓으려나 보다. 출산에 임박한 몸으로 봐서는 나라도 곁에 두는 게 나을 텐데. 웬만하면 오지 않으려 했는데 내게는 지석 말고 다른 추억이 없다.

"그럼 제목이 뭐예요?"

현정이 나를 한 번 돌아보았다. 뭘 믿고 그리도 뻔뻔스러우냐고 묻는 얼굴이었다. 그녀의 눈을 피하지 않았다. 지금 그 눈을 받아내지 못하면 당장 가방을 들고 나가야 한다. 언제까지나 방황만 하고 살지 못하니 견딜 수밖에. 그녀는 한숨을 푹 쉬며 색칠을 계속했다.

"기다림이에요."

누구에게나 감당해야 할 부분이 있다. 내가 그렇듯이 그녀 역시 현실을 받아들일 수밖에 없어서 여기까지 왔으니. 팔순 노인의 생애를 대변하는 단어로 '기다림'은 매우 적절하다. 할머니는 대문 앞 댓돌에 자주 앉아 있었다. 그렇게 앉아서 할머니는 돌아오지 않는 사람들을 기다렸다. 가장 힘이 적게 드는 자세를 취한 노인의 모습에 시간의 역류가 깃들어 있었다. 인생의 지난한 과정을 거친 노인이 시간을 거슬러 아이로 되돌아가는 모습이랄까. 지팡이를 짚고 있는 손의 검버섯까지 눈으로 보는 듯했다. 그림 속의 노인을 보며 먼 훗날 현관에 앉아서 오지 않는 누군가를 기다리는 나를 상상했다. 그때쯤이면 지석을 잊고 편안하게 살아가게 될지. 생각지도 않았던 애잔함을 밀어내며 과장된 경쾌함으로 물었다.

"우유라도 데워줄까요? 난 커피 마실 건데."

"커피 반 컵만 담아줄래요?"

부엌으로 갔다. 커피가 어디 있느냐고 물을 필요도 없었다. 지석은 커피와 머그잔, 스푼까지 늘 같은 자리에 두는 습성이 있어서 물건의 위치가 잘 바뀌지 않는다. 지석의 잔과 내 잔이 나란히 엎디어 있는 것까지 그대로다. 커피 머신에서 마지막 한 방울까지 내려온 걸 확인하고 두 개의 머그잔에 커피를 나누어 따랐다. 나무와 들이 금빛 햇살에 반짝이는 정경을 보며 커피를 마셨다. 현정이 잔을 내려놓던 중에 악, 하고 비명을 질렀다. 양수가 쏟아졌다. 현정이 구급차를 불러달라고 요청했다.

"나 같은 사람도 필요할 때가 있죠?"

현정이 눈을 흘겼다. 시골이어서 구급차를 부르기보다 차를 타고 나가는 게 빠를 것 같아서 내 차에 그녀를 태웠다. 출발하려니 잠깐만, 하며 내리려다 말고 그녀가 다급한 목소리로 소리쳤다.

"그림을 집 안에 들여놓아야 해요."

"알았으니까 가만히 앉아 있어요. 마당에서 아기를 낳

고 싶지 않으면.”

마당에 어질러놓았던 그림과 화구를 정리해서 거실에 놓고 현관문을 잠갔다. 그제야 안심이 되는지 현정이 설핏 미소를 지었다. 신은 꼭 필요한 곳에 쓸모 있는 사람을 둘 줄 안다. 시골에서는 바쁜 일철에 부지깽이도 나서서 일을 돕는다는데.

비상깜박이를 켜고 면소재지의 큰 병원에 도착했을 때 진통이 빨라지며 현정의 비명소리가 높아졌다. 양수가 터지고도 두 시간의 진통 끝에 현정이 아들을 낳았다. 3.6kg의 건강한 아기였다. 아이 아빠는 외국 출장 갔다고 둘러댔다. 사흘 동안 현정의 산후바라지를 했다. 병원에서 퇴원하며 산후조리원으로 가려는 그녀를 기어이 집으로 데려왔다. 산후바라지 할 사람이 있는데 뭐 하러 돈을 쓰느냐고 했더니, 아기 목욕시켜 봤느냐고 물었다.

“물에 빠뜨리지 않을 테니 걱정 말아요.”

큰소리쳤지만 갓난아기를 만지는 건 처음이었다. 설마 하니 여자 두 명이 아기 목욕 하나 못 시킬까. 인터넷에서 정보를 얻어가며 산후바라지에 힘을 기울였다. 내 아기는 제 텃밭에 사랑이 없다는 사실을 진작 알아차렸다. 그 아기가 열 달을 못 채우고 나를 떠난 것은 사랑없는 배반의 삶을 견디지 못한 까닭이다. 자라면 음악가로 키울 생각이었는데. 제대로 커보지 못한 내 아기에게 사죄하는 마음으로 현정의 아기에게 정성을 다했다. 단 하나라도 제대로 해보고 싶었다. 가짜 어른이 아닌 진짜 어른이 되어. 아기는 매우 건강했다. 한 시간 반마다 젖을 먹었고 황금빛 똥을 쌌다, 사흘에 한 번씩 미역국을 끓였다. 엄마의 젖이 풍부해서 양껏 먹이고도 주체를 못 해서 짜내곤 했다. 흰 젖이 분수처럼 치솟는 걸 보고 있으려니 가슴이 쥐어짜는 것처럼 아팠다. 나도 그렇게 젖을 먹여보고 싶었다.

산후 한 달 후부터 현정은 잠든 아기 곁에서 스케치를 시작했다. 연필소리가 사각거렸다. 엄마 그늘을 벗어나면 죽을까 봐 겁을 내던 나와 얼마나 다른지. 신은 감당할 능력이 있는 자에게만 시련을 주신다던가. 그 시련이 아름다운 상을 대변하는 단어인 것을 감당해 보지 않은 사람이 어찌 알까. 나는 비겁하게 감추고 숨으려 했기 때문에 다 잃었고, 현정은 자신에게 다가온 위기를 과감한 용기로 지켜냈다.

현정이 색칠 작업을 하는 동안 아기와 놀아주었다. 바람이 적은 날에는 아기를 유모차에 태워 바깥나들이를 가기도 했다. 새 생명이 태어났는데도 아무도 현정을 찾아오지 않았다. 아기는 비밀이었고 그녀는 내 아기라고 분명히 말했다. 그녀는 예기치 않은 상황으로 혼자 아기를 키우게 된 것도 자신의 선택이라며, 그 선택을 후회하는 것으로 아기를 부정하는 일은 절대로 없을 거라고 자신했다. 참고 있었던 질문을 했다.

"아기 가졌다고 왜 말하지 않았어요?"

"떠날 준비가 되어 있는 사람이었어요."

"잡아주길 바랐을지도 모르잖아요."

현정이 고개를 설레설레 저었다. 책임을 강요하고 싶지 않았다고. 끝까지 매달렸어도 결과는 마찬가지였을 거라는 말에 체념이 느껴졌다. 그런 그녀가 몹시 부러웠다. 살아 있는 사람은 미워할 수도 있고 먼발치에서라도 마음만 먹으면 만날 수 있다. 증오도 힘이 된다고 생각하면 삶이 얼마나 활기찬 것이 될지. 그녀라고 왜 노력을 해보지 않았을까. 세상과 한 걸음 떨어져 있는 그녀를 쳐다보고 있으려니 내 앞에 놓여 있는 벼랑이 훤히 보였다. 그녀가 선택한 체념의 실체를 본 것 같았다. 체념은 또 다른 날갯짓을 위한 발돋움이었다. 자신에게 주어진 것을 지켜낸 그녀의 용기가 부러웠다.

지석의 책상에 앉아서 음악을 들었다. 금방이라도 돌아올 것처럼 노트북이 열린 채로 멈추어 있고, 볼펜과 메모

지도 만지던 그대로 놓여 있었다. 떠나는 사람은 금방이라도 돌아올 것처럼 입은 채로 자리를 뜬다. 어느 누구도 자신이 아무런 예고 없이 떠나게 되리라고 생각지 않는다. 서랍에 책이 들어 있었다. 외국어학원에서 그를 처음 만나던 날, 화장실에서 내가 잃어버린 책이었다. 책 속에 편지가 들어 있었다.

　봄의 신부에게

　우리끼리 결혼하자는 말이 파도에 쓸리는 자갈처럼 내 맘에 멍을 남기네. 차마 입에 담고 싶지 않지만 독일로 간다는 소식을 들었어. 거기서 진짜 결혼을 한다는 소식까지. 떠나려는 너를 잡지도 못하겠고 놓지도 못하겠으니, 차라리 내가 가는 게 나을까. 결혼하자는 말이 거짓말이라 해도 나는 내 신부를 위해 반지를 사고 여행계획 짜는 일을 해야만 해. 사람은 누구나 자신이 할 수 있는 일을 하게 되어 있어서, 우리들만의 신혼여행지로 뉴질랜드 트레킹 코스를 예약했어. 후커 밸리 트랙이라면 공연 때문에 이미 다녀온 곳이기도 하지만 내 신부와 천천히 걷는 즐거움을 위해서 망설이지 않고 예약했어. 내 신부는 고래를 보러 가자고 했는데 나는 산양이 뛰어노는 목장과 눈 덮인 산이 훤히 보이는 오지에 방을 잡았어. 다섯 개의 터널을 지나는 동안 우리는 눈이 덮인 순백의 산과 철길을 넘어 다니는 동물들을 보게 될 거야. 설령 우리에게 주어진 날이 하루뿐이라고 해도 나는 내 신부와 결혼하고 신혼여행을 떠나는 것으로 그 하루를 쓰고 싶어. 생의 모든 날들이 오늘뿐이라는 생각으로 살면 얼마나 극적이고 애틋할까. 다음 역을 향하는 열차처럼 매순간이 끝인 듯.

편지를 책과 함께 가방에 넣으며 말했다. "오빠, 우리 고래 보러 가자." 씩씩하게 앞장서며 지석에게 따라오라고 했다. 그와 함께 있으면 언제나 내 마음대로였다. 내가 어떤 요구를 하든 따라와 주었으니. 현정에게 잠깐 다녀올 곳이 있다고 했다. 울산으로 차를 몰았다. 비록 눈에 보이지는 않지만 그와 함께 고래를 보러 가기로 했다. 한 시간을 달려 도착한 곳이 장생포 앞바다였다. 갈매기들이 유유히 날아다녔다. 가진 거라곤 부리와 날개 두 쪽뿐, 새는 몸이 가볍다. 장생포항을 걸어 다녔다.

고래관광선 탑승 시간이 아직 남아 있었다. 항구를 낀 공업도시의 높은 굴뚝이 쉬지 않고 연기를 뿜었다. 골리앗의 등뼈를 연상시키는 크레인과 대형선박이 즐비하게 서 있었다. 고래고깃집을 지나 갯바위로 갔다. 바람이 엷은 안개를 휘저었다. 갯바위에 낚시꾼이 곳곳에 앉아 있고 바다에 나갔던 어선이 돌아오고 있었다. 중년의 낚시꾼이 낚싯바늘에 지렁이를 끼워서 멀리 던졌다. 줄이 팽팽해지나 싶더니 손바닥만 한 광어가 매달려 있었다. 그는 광어를 어망에 집어넣고 다시 낚싯대를 던졌다. 물결의 흐름을 지켜보았다. 담배 한 대 피울 만큼의 시간마다 고기가 한 마리씩 딸려 나왔다. 끼룩대는 갈매기의 날갯짓이 바빠지고 미늘을 무는 물고기의 움직임이 활발했다. 선착장으로 돌아오는 고깃배가 그림 속의 풍경 같았다. 끼룩대는 갈매기의 날갯짓과 파도의 격정이 귀를 먹먹하게 했다. 배 시간이 되어 갯바위를 떠났다.

고래관광호를 타고 바다로 나갈 때 해가 한층 높이 솟아 있었다. 1m 정도의 높지 않은 파도를 헤치고 배가 바다로 나아갔다. 울기등대가 바다 너머로 사라지고도 한참을 더 갔다. 파도가 높이 일렁거렸다. 파도의 높이가 다르다 했더니 누군가 "고래다!" 하고 소리쳤다. 관광객들이 뱃머리로 몰렸다. 길이 2m나 되는 참돌고래 무리가 파도를 가르며 지나가고 있었다. 반짝이는 등에 해를 받으며 고래는 거대한 몸을 수직으로 들어 올려 공중제비를 했다. 고래가 바닷속으로 떨어질 때 와그르르 부서진 수많은 물방울이 무지개를 만들었다. 배가 참돌고래 떼를 따라갔다. 물을 차고 올랐다가 다시 하강하는 고래의 힘찬 동작을 보며 나도 모르게 소리를 질렀다.

"오빠, 쟤들 점프하는 것 봐. 높이뛰기 선수들이야."

나는 맞장구를 치듯이 "우리 고래 보기로 한 약속 지킨 거다. 그렇지?" 하고 소리쳤다.

"오빠는 어떤지 몰라도 난 아무것도 잊지 않았어. 여기 모두 담겨 있다고."

나는 가슴을 팡팡 두들겼다. 해가 수평선에 맞닿으며 바다는 금빛으로 빛났고, 고래는 금빛 물결을 헤치며 먼 바다로 나갔다. 한 번 떠난 고래는 돌아올 줄 몰랐고 바다는 잔잔하게 일렁일 뿐이었다. 먼 바다를 보며 그가 내 등을 안고 있다고 생각했다. 지석이 그 자세를 좋아했다. 마음으로 피부로 그를 느꼈다.

"이렇게라도 오빠를 느끼고 싶었어."

바다에서 고래와 맞닥뜨릴 확률이 불과 20% 남짓? 선장은 관광객들에게 로또복권 탄 거나 마찬가지라고 허세를 떨었다.

관광객들과 섞여 박물관으로 들어갈 때 야릇한 감각을 느꼈다. 따뜻하게 손을 잡아주는 느낌. 그 순간 레이노 현상으로 차갑고 뻣뻣하기만 하던 왼손이 풀렸다. 피아노를 치는 사람은 손이 생명이라며 가을로 접어들기도 전에 따뜻한 장갑부터 사주던 사람. 그가 떠난 후 피아노를 치지 못했다. 처음에는 몸이 음악을 거부했고 나중에는 마음이 피아노를 거부했다. 내 의지와 상관없는 일이었다. 무대에 설 욕심으로 날마다 병원을 다녔지만 헛일이었다. 박물관 관람이 끝날 즈음 손에 따뜻한 온기가 돌아오고 손가락이 자유자재로 움직였다. 손마디의 통증도 사라졌다.

"손 잡아줘서 고마워."

'하고 싶은 거 하며 잘 지내라. 다 잊고.'

"피아노 같은 거 안 치고 살아도 괜찮은데."

'마음에 없는 소리는 여전하네. 난 그걸 거짓말이라고 생각한 적 없어.'

모든 사랑의 갈등이 오해에서 비롯되는 걸 보면 사랑한 다는 믿음은 스스로 만들어낸 환상이었던 게 분명하다. 지석이 깊이 품어주고 잡아주는 어른의 사랑을 했다면 나는 끝없이 요구만 하는 아이의 사랑을 하면서도 그걸 몰랐다. 나는 여전히 유아독존이고, 무대에 서서 화려하게 조명을 받을 궁리만 하는 가슴 없는 인형에 불과하다. 오늘 뼈아 프게 눈물을 흘리고도 내일이면 나를 무대에 세워줄 남자 에게로 달려갈 테지.

어스름이 깔리는 포구를 벗어나 식당으로 갔다. 고래고기를 안주로 소주를 마셨다. 소주를 두 잔 따라서 하나는 맞은편에 하나는 내 앞에 놓았다. 혼자서 소주 한 병을 비우고 일어섰다. 바다에 어둠이 덮이고 공단지역의 굴뚝에서 연기와 함께 붉은 불기둥이 치솟았다. 굴뚝에서 치솟는 불티를 바라보았다. 책 속에 끼워져 있던 편지를 꺼냈다. 라이터 불로 편지에 불을 붙였다. 이제부터 진짜 사랑을 하게 될 것 같아! 살을 떠난 혼의 사랑을. 사랑이 꼭 만져지는 것이어야 할 필요는 없었다. 실존은 피부로 느끼는 살 너머에 존재한다. 어둠 속에서 편지가 불꽃을 일으키며 화르르 타올랐다. 그에게 나는 늘 배신만 하는 사람이었다. 떠나기를 밥 먹듯이 하고, 그리우면 또 돌아오고. 나는 돌아오기 위해서 또다시 그를 떠난다.

"책은 내가 가져갈게. 내게도 심지 하나는 있어야지."

그가 간직하고 있던 책을 가슴에 꼭 안았다. 버릴까도 생각했지만 그렇게까지 싹을 자를 필요는 없었다. 그런다고 영혼에 뿌리를 내린 사랑이 없어지는건 아니니까. 사랑은 오래 육화되어서 내 영혼의 한 부분이 될 것이다. 내 속에 그가 있고, 그는 내가 된다. 사랑은 그렇게 완성된다. 버스가 왔다. 창가 자리에 앉아서 그와 나의 시간이 어둠에 묻히는 것을 바라보았다.

실종자로 접수된 사람은 총 619명이었다. 사고 현장과 사고대책본부 두 곳에서 신고를 받은 탓이었다. 생존 380명, 지하철 화재사고와 무관한 사망 60명 지하철 사고 부상자 4명 기타 54명을 제외하고 인정사망 심사에서 확정 사망을 통지 받은 사람이 186명이라고 사고대책 본부장인 두현이 관내의 소식을 전해주었다. 사망 확정을 받고 떠난 사람이 많은 데도 대기 중인 사람이 줄지 않는 것은 이번 사고와 상관없는 이들이 끼어 있기 때문이었다. 국립과학수사연구소와 경찰, 법의학사 팀이 사체를 검시 중이라는 발표가 방송으로 보도되었다. 사체를 수습해서 DNA를 채취해 감식 작업을 벌이고, 신원확인 팀과 유가족들이 면담한 후, 유전자를 정밀 대조하는 채혈작업까지 거친 후에야 인정사망 통지를 받는다. 훼손상태가 심각한 사체가 많아서 작업에 어려움이 많은가 보았다. 조사가 끝나면 인정사망 수가 더 늘어날 거라며 두현은 마지막까지 딸을 찾게 되리라는 희망의 끈을 놓지 않았다.

오른쪽 수족이 부실한 사내가 김 의원을 찾아왔다. 감지 않은 머리는 기름에 절어 볼썽사나웠고, 땟국이 흐르는 차림새는 얼른 보기에도 노숙자 같았다. 그가 김 의원의 자리에 엉덩이를 붙이고 앉았다. 김 의원이 왜 왔느냐고 구박을 했다. 그러자 사내는 숨겨놓은 밥 없냐며 이불 밑을 뒤졌다. 김 의원이 사내의 손을 때리며 먹기 바쁜데 숨겨놓을 게 어디 있느냐고 퉁명스레 쏘아붙였다. 그러자 사내가 벽에 붙여놓은 사진을 보며 청승을 떨었다.

"아이구, 불쌍한 우리 형수! 서방 잘못 만나서 골백번도 더 죽네."

김 의원이 남자의 옆구리를 찌르며 쫓아내기 전에 입 다물라고 닦달했다.

"사람들 쳐다보는 거 안 보이나."

김 의원이 목소리를 낮추자 사내도 덩달아 귓속말을 하듯이 속삭였다.

"나도 마누라 사진이나 걸어놓을 걸. 밥 줘, 잠자리 줘, 구경거리 많아…."

"빌어먹을 화상, 밥 한 그릇 얻어먹자고 온갖 지랄 다 하네."

김 의원은 마지못한 듯 이불 밑에 감춰두었던 밥을 사내에게 주었다.

"우리 형님 인간성 좋은 거 진작 알고 있었제."

사내가 후렴처럼 '불쌍한 우리 형수!' 하고 청승을 떨자 김 의원은 남들 오해하게 웬 소란이냐며 연신 사내의 옆구리를 찔러댔다. 그날 아내가 어떻게 집을 나가고 실종이 되었는지 김 의원이 우물우물 주워섬기자 사내는 밥을 먹으며 키득거릴 뿐이었다. 주고받는 말투가 거칠긴 해도 두 사람은 서로 막역한 사이임에 틀림없었다. 사내가 마비된 오른손을 무릎에 얹어두고 왼손으로 밥을 먹었다. 김 의원은 싫다고 구박하면서도 곁에 앉아서 그의 밥 위에 반찬을 올려주었다. 사내는 밥을 먹으며 시민회관에서 주워들은 얘기를 너불거렸다. 어떤 이는 멀쩡하게 살아 있는 마누라를 죽었다고 신고해서 들켰고, 어떤 이는 치매로 가출한 어머니를 신고해서 보상금을 기다리더라는 남자의 걸쭉한 입담에 김 의원이 수시로 웃음을 터뜨렸다. 한바탕 너스레를 떤 사내가 통원치료를 받으러 간다며 다리를 끌고 나갔다. 김 의원이 발목의 모래주머니를 풀고 있을 때 사고대책 위원 두 명이 김 의원을 찾아왔다.

　"영감님, 왜 거짓말을 했습니까?"

　"무슨 거짓말을 했단 말인교?"

　"부인은 이미 5년 전에 죽은 사람이라면서요."

　"무슨 얼토당토않은 소릴, 그날 계추 한다고 나가서 일을 당했다고 몇 번 카등고."

"거짓말 마세요. 신고한 사람이 있는데."

"어느 후레자식이 그런 엉터리 신고를 했노."

"거짓말 하셔도 소용없어요. 가족사항을 확인했으니까."

"누가 신고를 했는지 알겠다. 보나마나 그 빌어먹을 화상이겠지. 이노므 새끼, 불쌍하다고 밥까지 챙겨 먹였더니 헛소리나 지껄이고…. 내 손에 잡히기만 해봐라."

"허위신고자란 게 탄로 났으니까 좋게 말할 때 보따리 들고 나가세요."

"좋게 말 안 하마 늙은이를 땅바닥에 메다꽂을 끼가? 우리 할마이가 죽은 건 사실인데."

"뻔뻔한 늙은이! 말로 해서 안 되겠네. 끌어내야지."

"아이구, 허리야. 갑자기 허리가 아파서 굴신도 못 하것네."

위원회에서 가장 젊어 보이는 남자가 김 의원에게 죽은 사람 등쳐먹는 악질 사기꾼이라며 대거리를 하고 나섰다. 김 의원은 남자의 주먹이 오르내리는 대로 눈을 굴리며 말했다.

"날이 풀리마 붙잡고 늘어져도 나갈 낀데 너무 야박하게 카지 마소."

"빈대 칠 곳이 따로 있지, 양심이 있기나 한 거요?"

"내싸 도시락 한 개씩 얻어묵은 죄밖에 없구마. 당신들도 늙는다 아인교."

김 의원은 패널에 드러누워서 홑이불을 머리끝까지 덮어썼다. 위원회 임원들은 당장 나가라고 호통이고, 김 의원은 언제든지 자기가 나가고 싶을 때 나간다고 버텼다. 몸을 잔뜩 움츠린 늙은이를 아무도 끌어내지 못했다. 사고대책 위원회 임원들이 앓는 시늉하는 김 의원을 내려다보다 나중에 보자며 물러갔다. 그들이 가고 나자 김 의원은 이불을 들추고 고개를 살며시 내밀었다. 그는 별일 없었던 것처럼 저녁 도시락을 꺼냈다.

"보자, 오늘 반찬이 뭐꼬?"

김 의원은 반찬을 집어먹고 양념이 묻은 손가락을 쪽쪽 소리가 나게 빨았다. 이서는 김 의원의 어처구니없는 연기에 실소를 터뜨렸다. 귀여운 늙은이였다. 가짜 실종자 가족으로 들통이 났는데도 갈 곳이 없다며 버티는 김 의원의 천연덕스러움이 안쓰러웠다. 억지로 밖으로 몰아내 봐야 밤이 되면 살그머니 들어와 누울 것을. 어차피 세상은 죽은 자와 산 자가 엉겨서 살아가는 한판 마당놀이에 불과하다. 산 자도 죽은 자도 추억처럼 떠돌고 머물고 흐른다. 사고처리가 끝나면 누구나 떠난다.

김 의원은 그 어느 때보다 밥을 아껴가며 먹었다. 짭짭

소리를 내며 한 톨의 밥알이라도 흘릴세라 조심하는 궁핍감이 생각지도 않은 연민을 불러 일으켰다. 어떤 이유로 이 자리에 앉아 있든, 지금 그에게는 밥보다 더 중요한 것이 없어 보였다. 누가 쳐다보건 말건 김 의원은 오로지 먹는 일에 정신이 팔려 있었다. 밥을 먹는 그의 얼굴이 행복해 보였다. 벽보에 붙어 있는 그의 아내가 웃으며 쳐다보았다. 그 할멈의 말이 들리는 듯했다.

'잘했니더. 우쨌거나 살아남아야 하니더.'

에필로그

"무엇을 위해 살아야 할까?"

이서가 비행기 창을 내다보며 뜻밖의 질문을 했다. 예전에 내가 자주 던지던 질문이었다. 이서라고 그런 회의의 순간이 없으려고. 노래면 충분하다고 믿었는데 나 자신을 지키지 못한 걸 보면 그게 전부는 아녔던가 보다. 난 이서가 한시바삐 공항空港 상태에서 벗어나길 바란다. 나로 인해서 너무 오래 아프지 말기를, 음악도 좋지만 좋은 여자를 만나서 사랑도 하며 사람답게 살아주기를 진심으로 바랐다. 이서가 침울한 것도 나 때문이다. 내가 떠나야 모든 것이 제자리로 돌아간다. 내가 떠나야.

제주도 공연을 마치고 대구로 돌아가는 중이었다. EXCO 공연이 이틀 앞으로 다가왔다. 내게는 마지막 공연이 될 것이고 멤버들에게는 새로운 도약의 무대가 될 것이

다. 귀향 인파로 공항이 복작거렸다. 제이를 포함한 보이
저 멤버들이 비행기에 오르자마자 검정 안대를 하고 잠들
었다. 감귤축제를 성공적으로 치르고 나니 긴장이 풀렸던
게지. 이서는 기분 좋은 피로감에 자신을 맡기고 창밖의
구름을 바라보았다. 가슴을 술렁거리게 하는 공연의 여운
이 그의 잠을 쫓았다.

"아직도 귀가 먹먹하다. 바라가 쩌렁쩌렁 울리는 듯했
거든."

'내가 할 소리.'

공연이 끝나고도 가슴이 두근거리긴 처음이라고 했다.
나 역시 그랬다고 말해주고 싶었다. 비행기에서 내려다보
는 산과 바다, 부드러운 능선, 포근해 보이는 들판, 나지막
이 엎드려 있는 집이 정겨워 보였다. 지구가 아름다운 건
거리감이 주는 공감각 때문일 것이다. 공간과 공간 사이의
여백. 그것이 사람들에게 환상을 심어주고 아름다운 향수
를 꿈꾸게 한다. 그림이나 시에 여백이 필요하듯이 그 0의
공간에는 악 같은 건 존재하지도 않고 오로지 평화와 자유
로움만이 금빛 햇살처럼 빛나고 있을 거라고 믿고 싶어하
니. 그러나 먼 것과 가까운 것의 속내가 얼마나 다른가. 카
메라 줌을 조금만 가까이 당겨 보면 그림처럼 아름다운 그
속에 인간의 희로애락이 숨겨져 있는 것을 볼 수 있다. 신

병을 비관해서 전동차에 불을 지른 자도 있고, 시신과 유품을 미처 거두기도 전에 물청소로 씻어 내리라고 명령하는 무책임한 관료가 있고, 아들 신발을 안고 폭풍처럼 눈물을 쏟는 엄마의 죽음 같은 고통이 있고, 벼랑에서 굴러 떨어진 자동차, 발가락이 끊긴 비둘기, 깨어진 유리 조각이나 못, 칼 같은 것이 곳곳에서 날카롭게 끝을 세우고 있다. 그 날카로운 공격을 피하기 위해서는 사물과 사물 사이의 간격이 필요하다. 적당한 간격으로 사람 사이의 불행을 반은 막을 수 있다. 간격은 여백이다. 여백은 공간의 미학을 살릴 뿐 아니라 사람과 사람 사이의 관계를 원만하게 해주는 윤활유 역할도 한다.

거리 두기. 그 어느 때보다 거리 두기가 필요한 시점이었다. 여행자들은 리허설 전에 점심식사부터 하기로 했다. 공연 전에는 배불리 먹는 걸 금하고 있기 때문에 점심을 잘 먹어야 한다. 그들은 석쇠에 고기를 구워서 점심을 배부르게 먹었다. 리허설을 하고 나면 배가 꺼지겠지만 뭘 좀 먹었으면 싶을 때 노래가 가장 잘 나온다. 식사를 마친 그들은 집으로 가서 다리 쭉 뻗고 두어 시간 자기로 했다. 짧은 수면은 체력을 회복하는 데 도움이 된다. 잘 쉬어야 멋진 노래를 길어 올릴 수 있다. 월이 멤버들을 반갑게 맞아주었다. 광석은 호주머니에서 땅콩을 꺼내어 주고 샤샤는 냄새난다며 가까이 오지도 못하게 했다. 내내 혼자 놀다 멤버들이 떼거리로 몰려오니 월이 살판났다. 놀아달라고 애교를 부리고 난리지만 그래봤자 헛일이다. 공연 전에는 푹 쉬어야 한다. 이서가 청소하러 온 도우미 이모에게 월을 맡겼다. 거실과 방에서, 다섯 명이 이불을 하나씩 차지하고 마음대로 뒹군다. 두어 시간 뒹굴기만 해도 휴식이 된다. 각자 알아서 쉬는 그 방식이 좋다.

이서는 내 노트와 노트북을 들고 다락방으로 올라간다. EXCO 공연을 앞두고 있다는 사실이 그에게 남다른 감회를 주나 보다. 그날 이후, 멤버들이 참고 견뎌온 고통을 어떻게 말로 다 할까. 이서는 내 황색 노트를 펼쳤다. 노트 마지막 장에 '이별'이란 단어가 씌어 있었다. 아마 내가 사고를 당하기 전날 밤에 쓴 편지 같은데 뭐라고 썼는지 기억나지 않는다. 이별이라고? 내가 왜 그런 편지를 썼지? 미래를 예측한 것처럼.

To, 이서, 나의 아름다운 책!

우리가 만난 지 어느새 10년이네. 처음 너라는 책을 펼칠 때 가슴이 얼마나 설레던지. 네 앞에서 노래를 부를 때 목소리가 떨리는 걸 감추려고 있는 힘껏 소리를 지른 것이 생각나. 그때 네가 말했어. '이제 노래다운 노래를 해보겠구나.' 내 짧은 생애를 통틀어 그렇게 큰 선물은 처음이었어. 어제 참 좋은 꿈을 꾸었어. 내가 빛을 타고 하늘로 올라가는 꿈이었는데 잠을 깨고 난 후에도 그 느낌이 선명했어. 혹시 나쁜 꿈일지 몰라서 중요한 자료를 너에게 보낸다. 내 책을 해독할 수 있는 사람은 너뿐이니. 갑자기 이런 편지가 당혹스럽겠지만 가끔은 수십 년 앞당겨 이별을 말해두는 것도 재미있겠다는 생각이 들었어. 유서를 쓰는 기분으로. 만약 이게 이별의 인사라면? 이별이 뭘까 생각해 보았어. 쉽게, 아주 쉽게 말해서 이별은 아껴가며 읽던 책을 덮는 행위라고 해두자. 사는 동안 우리는 사람이라는 수많은 책을 읽고 살잖아. 사람보다 어려운 책이 없어서, 죽을 때까지 읽어도 행간에 서린 뜻을 파악하지 못할 것 같아.

특히 사랑은 내가 읽은 책 중에서 가장 난해한 책이었어. 책을 들면 늘 가슴이 떨리는데도 외계어로 쓴 문장처럼 해석이 어렵고 힘들어. 내가 사랑을 말하면 그녀는 다른 곳을 쳐다보고, 지쳐서 내려놓으면 어느새 다가와 내 눈을 들여다보고 있어. 그녀를 위해 무엇을 해야 할지 모르겠어. 영원히 만나지 못할 평행선처럼 사랑은 서로 다른 길을 달리는 것이 아닌가 싶어. 알고 보면 사랑역시 사람의 책을 읽는 행위 그 이상도 이하도 아닌데,

그 책을 덮기가 이렇게 어렵네. 그냥 책을 탁 덮어서 책장 가장자리에 꽂는 일에 불과한데 그게 나를 절망시켜.

이렇게 편지를 쓰는 것도 내 투덜거림을 들어달라고 어리광 부리는 거야. 너에게만은 한 번쯤 그래보고 싶었어. 혹시 공연이 끝나고 우리가 다시는 못 만나게 되더라도 나를 기억해 줄 거지? 나는 영영 떠나는 게 아니거든. 언제까지나 너희들의 책장에서 함께 할 테니 가끔 내 책을 열어서 봐줄 거지? 내 노래와 내가 쓴 문장을 기억하며.

2월 18일 0시에 GS가.

이서는 황색노트를 덮어서 책장 가장자리에 꽂았다.

"지석아, 공연하러 가자. 한바탕 뛰어봐야지."

'물론이지. 그러려고 왔는데.'

이서는 손잡이를 잡고 문에 이마를 댄 채로 한참을 서 있었다. 이마의 열을 식힐 때 나도 가끔 그런다. 공연 세 시간 전이어서 멤버들을 깨워야 했다. 리허설도 해야 하고, 무대도 살펴야 하고, 준비할 게 많아서 마음이 바쁘지만 잠시 그렇게 있겠다고 했다. 나는 그의 등에 이마를 대고 기다렸다. 그가 고개를 들 때까지. 그의 가슴에서 출렁대는 물소리가 들렸다. '저 물을 밖으로 흐르게 해야 하는데.' 밖으로 흐르는 물은 세상을 돕고 사람을 돕지만 안에 고인 물은 병을 만들다 마침내 썩고 만다. 사람이 간혹 울어야 할 이유이기도 하다.

오디토리움 출입구에 세워둔 배너에서 록그룹 보이저 멤버들이 활짝 웃고 있었다. 스피커 점검과 조명, 악기 조율 등, 무대 세팅에 리허설까지 마치고 느긋하게 앉아서 커피를 마셨다. 복도에는 몰려온 팬으로 북새통을 이루었다. 그 소리를 듣고 있으려니 물이 넘칠 듯 출렁거리며 흥분이 들끓었다.

'살아 있어, 나는 아직 뛸 수 있다구.'

늘 하던 대로 샤샤는 드럼을 맡고, 광석이 베이스기타를, 이서와 제이가 기타와 보컬을 맡았다. 나는 보컬답게 무대 중앙에서 관객들을 쳐다보고 있다. 그들과 호흡한다는 사실만으로 살아 있는 느낌은 충분했다. 날기 직전의 새처럼 멤버들의 떨림이 고스란히 느껴졌다. 막이 오르기 전의 긴장된 순간을 나는 미친 듯이 사랑한다. "날자, 높이 날자!" 샤샤는 무대가 시작될 무렵이면 주문처럼 이 말을 되뇌었다. 지금도 드럼스틱을 돌리며 혼자 중얼거리고 있다. 무대가 시작되면 광증이 폭발해서 두려움 같은 건 눈을 씻고 봐도 없는데 막이 열리기 1분 전에는 번지점프를 앞둔 사람처럼 긴장한다. 무대의 대형 스크린에 보이저의 공연 장면이 비친다. 노래하는 내 모습이 아름답다. 내가 저 아름다운 육체를 화염에 던졌다.

마침내 무대의 막이 오르고, 격렬한 기타 선율과 드럼으로 콘서트의 포문을 열었다. 나의 로키도 자지러지듯 선율을 토해낸다. 1집 록 버전의 서곡은 와르르 쏟아지는 기타 선율로 시작된다. 익숙한 전율이 나를 지나간다. '꿈에' 는 나를 실망시킨 적이 없다. 내가 만든 내 속. 나는 사라져도 영원히 살아남아서 사람들에게 사랑받을 음악. 열광하는 박수 소리에 힘입어 세 장의 앨범에 실린 대표곡들로 고른 25곡의 세트 리스트를 차례로 불렀다. 근래에 쓴 신곡 '내 이름을 불러줘' 를 이서가 리스트에 끼워주어서 너무나 행복했다. 그 곡은 내가 마지막으로 쓴 곡이었다. 이서의 랩을 듣고 있노라니 겨드랑이에 날개가 돋는 것 같았다. 이서의 랩이 이어졌다.

그날 우리에게 무슨 일이 생겼는지 아무도 몰라…
어둠은 시리고 별은 멀어.
사방은 어둠뿐 발 없는 새가 별을 찾아가네.
달을 향하는 새의 발이 보이지 않아.
달이 가까워져,

가까워져,

가까워져….

신곡 '내 이름을 불러줘'는 지하철을 타러 가기 전에 작
업을 마치고 파일 정리까지 해두었다. 망설이던 끝에 다섯
권의 노트와 파일, 팬에게 받은 두 병의 술을 박스에 담아
서 이서에게 택배로 보냈다. 왜 그랬는지 모르지만 그때까
지는 별다른 생각이 없었다. 그냥 그래야 할 것 같아서 그
런 것뿐이다. 발 없는 새가 불행의 예감이었을까. 영화 속
에서 아비가 말했다.

"세상에 발 없는 새가 있다더군. 늘 날아다니다 지치면
바람 속에서 쉰대. 평생 딱 한 번 땅에 내려앉는데, 그게
바로 죽을 때지. 발 없는 새는 죽을 때까지 하늘을 날기만
해."

생각해 보니 그녀와 다녀온 여행. 가장 느리게 달리던
그 열차가 내게는 마지막 휴식이었다. 난 그저 내 신부와
둘만의 결혼식을 올리려 한 것뿐인데 그게 너무 큰 호사였
던지. 한밤중에 녹음기 버튼을 눌러놓고 미친 듯이 랩을
쏟아내고도 내가 무슨 짓을 하는지 몰랐다. 지금 이서의
입을 통해 들어보니 그 상흔이 불꽃처럼 절박하다. 그 불
안정한 중얼거림이 바로 유서였다. 살아서 쓰는 죽음의

시. 영화 속에서 아비가 속삭였다. "우리 두 사람이 함께 한 1분을 잊지 않을 거야. 이 1분은 이제 지울 수 없는 1분이 됐어." 모차르트의 마지막 음악이 미완성의 레퀴엠이 듯이 사랑도 소중한 한순간을 사는 것이었어. 내 마지막 푸덕거림이 달을 향한 마지막 발돋움이었던 것처럼. 우리가 함께한 1분을 소망처럼 가슴에 품고 갈 수 있어서 기쁘다. 그게 발 없는 새의 운명이고, 그녀가 내 마지막 휴식이라면 기꺼이 감수할밖에.

이서는 공연 시작 전에, 이 콘서트를 내게 헌정한다고 했다. 나를 포함해서 2월 18일 그날 사라진 192명에게 바치는 레퀴엠이라고. 이서의 어깨에 팔을 걸고 말했다. "내가 너희들에게 주는 마지막 무대이기도 해. 나는 살아서도 죽어서도 보이저의 보컬인 걸." 이서와 제이는 가슴을 후련하게 뚫어줄 록 음악을 두 곡 연이어 불러 젖혔다. 무대에서는 세 대의 기타가 잠든 영혼을 깨우고, 드럼은 두두두 말발굽 소리를 내며 멀리 나가 있던 양 떼를 불러들였다. 하나의 점이 원의 중심이듯이 보컬의 추모공연답게 판타지하고 열기로 가득 찬 공연이었다. 이걸 보려고 49일의 말미를 얻었다. 이날을 위해 저승 안내자에게 내가 아는 노래를 전부 불러주었다.

'언젠가는 만나게 될 거야.'

유클리드의 원론처럼 점과 점을 이으면 선이 된다. 선은 때때로 원이 되어 서로 만나기도 한다. 그것은 추억이나 기억으로 환원되어 우리가 함께했던 삶의 선상에 존재한다. 선상 위에 모든 기억이 존재하고, 기억은 자정능력으로 서로를 끌어당긴다. 우주의 쳇바퀴를 돌고 돌다 수억 광년 너머의 어느 시점에서 우리가 다시 만나게 될지 알 수 없지만 나는 그 만남을 즐거운 마음으로 기다릴 것이다. 세트 리스트에 실려 있던 스물다섯 곡을 마치고 이서가 앙코르 곡으로 비틀즈의 '그 멀고 험한 길(The Long And Winding Road)'과 '내 기타가 조용히 우는 동안(While My Guitar Gently Weeps)'을 연이어 불렀다.

노래를 부르던 중 나는 놀라운 장면을 발견했다. 노란 장미를 든 여자가 두 팔을 좌우로 흔들었다. 예전에 내 공연에서 팔을 흔들던 그 모습이 그대로 재현되었다. 옷도 그때 입었던 비취색 원피스 차림이었다. 나의 신부는 항상 만세를 부르듯 두 팔을 들어 올리곤 했다. 거기 사람들 사이에 서서 노란 장미를 흔드는 나의 신부가 나보다 더 영령 같아 보였다. 그녀가 내 마지막 공연을 꼭 봐주었으면 했는데 부름을 받은 듯이 와주었다.

그녀는 장미의 노란 꽃잎을 뜯어서 공중에 흩날렸다. 나쁜 여자! 웃어도 울고 있는 듯 슬퍼 보이는 여자. 노란 장미 꽃잎을 뿌리는 여자. 그녀가 달의 살빛 같고, 저녁 해가 비친 물빛 같은 꽃을 뿌리고 있다. 노란 장미의 처연한 아름다움을 사막의 달에 비유한 사람이 그녀였다. 그녀가 말했다.

"오빠 공연 때 노란 장미 꽃잎을 뿌려줄게."

그녀는 노란 장미 꽃잎을 하염없이 뿌리고, 길 안내자는 문 밖에서 나를 기다리고. 바라보고 있는데도 그녀가 너무 그리워서 내 마지막 곡을 나의 신부에게 바쳤다.

'내 기타가 온화한 눈물을 흘려도 아직 잠자는 사랑이 보여요….'

울고 싶을 때는 슬픔의 도움을 받아서 실컷 울어야 한다. 가슴에 비탄의 눈물이 고이지 않게. 그래야 슬픔을 극복할 수 있다. 그 슬픔을 담을 수 있는 그릇, 그것이 노래라는 것을 내 신부가 알아주었으면 좋겠다. 노래는 신이 인간에게 준 단 하나의 위로라는 사실을. 이번 공연은 멈췄던 시간을 이어주는 한바탕 살풀이 같은 공연이었다.

여행자들이 조지 해리슨의 노래를 부르며 관객들에게 손을 흔들어주었다. 관객들도 두 팔을 흔들며 응답해 주었다. 그들과 함께한 시간에 감사하며 떠날 수 있어서 기뻤다. 백 년을 살다 가는 듯 충만하고 깔끔한 마무리였다. 음악이 오늘 나의 신부를 내게로 오게 했고, 노래가 그녀와 내 영혼을 위로해 주어서 얼마나 고마웠는지.

'와줄 줄 알았어.'

두현을 비롯한 희생자 가족 대표들이 찾아와서 나를 눈물로 배웅해 주었다. 미확인 사체에서 DNA검사로 딸을 찾은 두현이 아내와 딸의 사진을 높이 들어 좌우로 흔들었다. 짧은 만남이지만 모두와 함께할 수 있어서 기뻤다고 말하려는데, 내 미련의 싹을 자르듯 하늘이 열렸다. 허공에서 한 줄기 빛이 내려와 나를 비추었다. 길 안내자가 갈 시간이라고 속삭였다. 나는 빛 속으로 걸어가기 전에 이서에게 다가가 기타 줄을 당겼다. 기타가 '탱' 하고 소리를 내며 울었다. 그의 눈이 붉게 젖는가 싶더니 금세 눈물이 되어 흘렀다. 아름다운 나의 책! 그가 나를 알아보는 것이 기뻤고, 그와 마지막 시간을 함께할 수 있어서 고마웠다. 천천히 빛 속으로 걸어갔다. 그가 내게 손을 흔들고 팬들이 두 손을 높이 들어 나를 배웅했다. 노랫소리가 멀어지며 사위가 조용해졌다. 잠시 후 빛조차 사라지고 내 존재는 0의 공간 속으로 흡수되었다. 의식이 멀어지며 나는 더 이상 내가 누구인지 알 수 없게 되었다.

난 어디로 가는 걸까?

* 참고 자료

유클리드 공식을 소제목으로 인용.

대구지하철 참사 유가족 대책위원회.

대구지하철 화재사고 - 국가기록원.

대구지하철 참사 뉴스와 보도 참고.

1

해가 물속으로 사라졌다. 파도가 야생마의 무리처럼 흰
거품을 뿜으며 달려왔다. 어부는 그물을 거두어 돌아가고
갈매기는 잠들기 전의 마지막 먹이사냥에 나섰다. 갈매기
는 바다에 뛰어들어 은빛 물고기를 낚아챘다. 한사리여서
밀물의 수위가 높아지고 있었다. 달이 차고 기우는 것처럼
한사리와 조금은 늘 반복되는 과정이었다. 파도가 조금 높
을 뿐 여느 날과 다르지 않은 오후였다. 해가 지고 바다에
어둠이 덮이며 바닷새들이 갯바위에 앉아 밤을 준비했다.
배들이 서둘러 항구로 돌아가고 파도가 저 홀로 들썽거리
며 광란의 춤을 추었다.

섬 가까운 곳에, 또 다른 섬같이 느껴지는 크고 웅장한

배가 떠 있었다. 무장한 병사가 배를 지키고, 휘황한 달빛을 받으며 별이 무리지어 흘렀다. 어둠을 몰아내듯 함정에서 하나둘씩 불빛이 빛났다. 검은 바다 위로 등대의 불빛이 지나갔다. 등대는 4초마다 깜박이며 뱃길을 비추었다. 어둠에 잠긴 섬이 평화로워 보였다. 그 태곳적의 평화를 깨뜨린 건 요란한 폭발음이었다. 물때가 조금을 지나 마지막 간조가 일 무렵 무섭게 폭음이 일었다. 바다에 의연하게 떠 있던 해군 제2함대 소속의 초계함이 부러진 장난감처럼 두 동강 나고 말았다. 잠자리에 들었던 섬사람들이 폭음에 놀라서 벌떡 일어났다. 부러진 배의 반쪽이 기역 자로 꺾어지며 물속에 잠겼다. 나는 그 놀라운 광경을 보며 섬이 가라앉는 거라고 여겼다.

기역 자로 꺾였던 반 토막의 배가 심해에서 쿵 소리를 내며 멈추었다. 배가 가라앉을 때 모래와 갯벌이 구름처럼 피어올랐다. 반 토막의 배에 남아 있던 사람들이 조명탄을 쏘았다. 일부는 구조되고 일부는 가라앉았다. 조류가 급해지고 있었다. 남은 반 동강의 배마저 서서히 침몰하고 있었다. 나는 가라앉는 배를 따라 해저로 들어갔다. 배는 오래전부터 거기 있었던 암석처럼 묵묵히 침묵을 지켰다. '톡톡, 톡톡!' 가라앉은 배에서 끊겼다 이어지는 모스 부호 소리가 들렸다. 배의 두꺼운 철판에 귀를 댔다. 두꺼운 철벽을 두드리는 소리와 함께 희미한 말소리가 들렸다.

"거기 누가 있어?"

누군가 구조의 신호를 보내고 있었다. 어떻게 된 거냐는 물음에 누군가가 대답했다.

"물속에 가라앉은 것 같은데."

"헤엄쳐서 나가야 할까?"

"자살 행위나 마찬가지야."

"이대로 있으면?"

"구하러 올 거야. 우리가 여기 있는 걸 아는데."

"그렇겠지?"

"그럼."

"말하지 말고 기다리자. 공기가 줄어드니까."

배가 곤두박질치는 순간에 어느 구석인지 모를 곳으로 나둥그러지긴 했지만 살아 있는 사람은 마지막까지 희망의 끈을 놓지 않았다. 죽음 같은 침묵이 흘렀다. "어머니!" 배 안에서 흐느낌이 들렸다. 떨리는 목소리가 두려움과 슬픔과 그리움에 젖어 있었다. 스며드는 물의 수위가 높아지고 공기마저 줄어드는 배 안에서 그들은 말을 잃었다. 발이 잠기고, 무릎이 잠기고, 목이 잠기며 어둠이 차오르는 순간에 그들은 "얘야, 지금 어디에 있니?" 하는 어머니의 다급한 부름을 들었다. 그들 중 하나가 신음하듯 외쳤다.

"어머니, 여기는 휴대폰이 터지지 않는 구역이에요."

그들과 어머니 사이에는 철판보다 단단한 죽음이 도사리고 있었다. 그들의 구조요청은 빠른 조류를 타고 바다 멀리 울려 퍼졌다. 파도가 거칠어지고 배의 철벽을 두드리는 그들의 마지막 목소리마저 희미해질 즈음에, 내가 아는 가장 숭고한 노래를 불렀다. 그들에게 닿지 못한 내 노래는 의미 없이 멀고 그들이 두드리던 모스 부호 소리는 바다의 침묵보다 무거웠다. 알래스카의 바다를 떠나 여행길에 오른 것을 처음으로 후회했다. 세상의 모든 바다를 돌아보는 것이 환갑을 맞은 혹등고래의 마지막 꿈이었다 해도, 원하지 않는 우연과 눈을 감고 싶은 순간을 한꺼번에 경험한 불운이 원망스러웠다. 되돌아가기에 너무 먼 알래스카의 바다가 그리워 나는 목이 아프게 긴 울음을 토했다.

2

마지막 한 명이 들것에 실려 나왔다. 선체가 바다에 29일이나 잠겨 있었다. 진흙과 물이끼가 덮여 있을 뿐, 3도 정도의 수온이 시신을 비교적 온전한 상태로 보관했다. 시신의 이름을 차트에 기록했다. 기관부 침실에서 발견된 마지막 한 명은 축구경기가 열릴 때마다 공격수로 뛰었던 박일병이었다. 그에게 물어보고 싶었다. 아직 돌아오지 못한 여섯 명은 어디 있느냐고. 내 사촌 우영을 보지 못했느냐고. 반드시 살아서 돌아오라는 귀환 명령을 들었느냐고. 건져 올린 반쪽의 선체를 아무리 뒤져도 우영이 보이지 않았다. 함미에 더 찾아낼 시신도 없는데 우영은 어디를 떠돌고 있는 것인지.

'그만 돌아와, 우영아.'

우영을 찾으려고 시신 구조팀에 자원했다. 동반 입대할 때처럼 우영을 찾아서 함께 돌아가야 했다. 전역을 일주일 앞두고 있었다. 함정 침몰 사고가 일어나지 않았으면 지금쯤 우영과 나는 배낭을 메고 유럽행 비행기를 타는 꿈에 부풀어 있을 것이다. 유럽 일주는 우리가 계획한 첫 번째 여행이었다. 그날도 우영은 인터넷 검색을 하며 여행 계획을 짜고 있었다.

중대장이 아직 돌아오지 못한 여섯 명의 명단을 발표했다. 반 동강의 배를 마저 건지면 남은 여섯 명을 찾지 않겠느냐는 막연한 희망을 남기며 중대장의 목소리가 자신 없이 흐려졌다. 희망을 가지는 순간 또 다른 배반이 기다릴 것 같아서 함부로 입 열기가 두려웠다. 선체를 울리던 수병들의 발소리와 말소리와 노랫소리가 아직도 귀에 쟁쟁한데, 함께했던 시간을 두고 모두 어디로 갔는지. 여행 계획을 짜다 말고 사라진 우영은? 어쩌면 우영은 지금 비엔나의 어느 카페에서 모차르트의 음악을 듣고 있을지도 모른다는 생각이 들었다. 밤이어서 희생자가 더 많이 생겼다. 함수艦首 쪽의 병사 대부분이 구조된 반면, 제 무게를 못 이겨 순식간에 가라앉은 함미 쪽의 병사는 한 명도 살아오지 못했다. 왜? 무엇 때문에? 아무도 대답하지 못하는 그 질문이 바로 우리가 직면한 현실이었다.

살아 있는 자도 죽은 자도, 그날 그 바다에서 무슨 일이 있었는지 아무도 몰랐다. 마지막으로 실어낸 박 일병의 시신에 흰 천을 덮으며 나는 비엔나와 프라하의 거리를 활보하는 우영을 상상했다. 몸이 어디에 있건 영혼이 자유롭게 날아서 가고 싶은 곳으로 가면 되는 것 아닌가. 이모와 바우아저씨는 우영을 기다리느라 밤잠을 설치고 있는데, 그들에게 우영을 찾았다고 말해주지 못해서 미안했다. 초계함이 두 동강 나기 전에 우영은 체코에 있었다. 인터넷에서 찾아낸 체코의 성당과 기차역, 빨간 지붕이 덮여 있는 도시의 풍경을 훑으며 우리가 둘러볼 곳을 체크했다. 내가 근무 교대를 하러 갈 때, 우영은 첫사랑에 눈을 뜬 소년처럼 들뜬 목소리로 모차르트 '밤의 여왕' 가장 높은 음역을 반복하고 있었다. 기분 좋을 때 내지르는 포효였다.

지휘관의 손짓에 따라 박 일병의 시신을 대열 마지막에 놓았다. 들것의 앞쪽을 들었던 수병의 이마에 땀이 번들거렸다. 지휘관이 흰 천을 들어 신원을 확인했다. 박 일병의 가슴에 명찰이 달려 있었다.

"더 찾아봐야겠지?"

몇 명의 수병들과 눅눅하고 미끈거리는 배 안으로 들어갔다. 바닷물에 잠겨 있는 동안 초계함의 당당하던 모습은 형편없이 부식되고 허물어졌다. 미처 살피지 못한 곳 어디에 시신이 남아 있을지 모른다는 기대로 배 안 곳곳을 살피고 다녔지만 헛일이었다. 빗방울이 흩날렸다. 후두둑 떨어지는 빗방울이 시신을 덮고 있는 흰 천을 적셨다. 흰 천의 대열은 말없이 잿빛 하늘을 보며 누워 있었다. 두두두, 멀리서 헬리콥터가 공기를 가르며 날아왔다. 빗방울이 흩날리고 바람이 일며 파도가 거칠어지기 시작했다. 유난히 바람이 많은 봄이었다.

헬리콥터가 남은 시신을 싣고 가기 위해 바지선에 내려앉았다. 대원들이 시신을 헬리콥터에 옮겨 실었다. 싸늘하게 식어버렸지만 이십여 일 전까지만 해도 같은 시간에 깨어나고, 밥을 먹고, 잠들며 청춘의 한때를 보내던 동료들이었다. 그들 중에는 5년째 군복을 입고 있는 장교도 있고, 입대한 지 한 달밖에 되지 않는 이병도 있고, 우영이나 나처럼 제대를 코앞에 둔 병사도 있었다. 묵념하듯이 시신을 내려다보던 지휘관이 명령을 내렸다.

"사령부로 이동한다."

시신을 2함대 사령부로 옮겼다. 두 대의 헬리콥터는 함미가 안착된 바지선과 사령부를 오갔다. 헬리콥터에서 시신을 내리면 가족 대표들이 신원을 확인하곤 했는데 그때마다 폭포처럼 통곡이 쏟아졌다. 시신을 확인하는 순간 행여나 살아 돌아올까 하는 기대가 고통과 절망으로 변했다. 가슴을 파내는 듯 격렬한 통곡 속에서 이모 내외는 울지도 못하고 파리하게 시들었다. 한시바삐 우영이 돌아와 그들의 참았던 울음을 터뜨려 줘야 하는데, 돌아오지 못한 여섯 명은 어디에서도 눈에 띄지 않았다.

"올 거야. 엄마가 이렇게 기다리는데 내 아들이 안 오려고."

이모는 어금니를 깨물며 울음을 참았다. 아들이 돌아올 때까지는 울지 않겠다고 했다. 아들을 생각하면 울음도 사치 같아서 울 수 없다고. 일병 계급장을 단 수병과 김 상병을 헬리콥터에 실었다. 여행 계획을 꼼꼼하게 짜두었던 우영의 수첩이 보이지 않았다. 수첩 가득 한 달 동안의 여행 일정과 배낭에 넣어야 할 물품의 품목이 가득 적혀 있었다. 밤색 가죽커버의 수첩은 우영의 여자 친구인 효주가 선물로 준 것이었다. 워낙 치밀하고 꼼꼼한 녀석이라 배낭을 메고 떠나면 그만인 여행 일정 짜는데 사흘을 소비했다. 하다못해 음료수 값, 기차 삯, 열흘 동안 커피를 몇 잔 마실 것인지도 빠짐없이 체크했다. 떠난다는 생각만으로 가슴이 터질 것 같다던 우영. 몸은 초계함을 지키고 있지만 마음은 프라하의 거리를 걷고 있다던 우영. 우영이 여행 일정을 짜는 동안 주호 병장이 김 상병의 편지를 빼앗아 읽으며 키득거렸다. 생일을 맞은 아내에게 보내는 편지였다. 아내와 딸이 모두 수연이어서 이름을 부를 때 큰 수연 작은 수연이라던 김 상병. 컵을 씻어놓고 갑판으로 나갈 때 벽에 걸린 디지털시계는 8시 22분이었다.

그때 최 상병은 부글부글 비누거품을 일으키며 속옷과 양말을 빨고 있었다. 최 상병은 첫돌이 지난 딸이 드디어 걸음마를 시작했다고 자랑을 늘어놓았다. 아내를 꼭 닮은 딸이라고 했다. 제대도 하기 전에 아이부터 먼저 만들었냐고 놀리자 2년은 여자를 묶어두기에 너무 긴 시간이라고 엄살을 떨었다. 여자는 못 믿지만 아기와 아기의 엄마는 믿을 수 있다던 말이 의미심장하게 들렸다. 하루가 멀다 하고 통화를 하면서도 양이 차지 않는지 최 상병은 오로지 외출할 기회만 노렸다. 빨래를 하다, 편지를 쓰다, 여행 일정을 짜다 사라진 사람들. 그들은 시신이 되어 돌아오기도 하고 못 돌아오기도 했다.

그날 나는 갑판에서 폭발음을 들었다. 선체가 흔들리는 강한 충격에 어딘지 모를 곳으로 나둥그러졌다. 집기들이 쏟아지고 정전이 되어버려 사방이 암흑이었다. 사위가 칠흑같이 어두워 무슨 일이 생겼는지 분간하기 어려웠다. 기울어진 배가 빠른 속도로 곤두박질칠 때 우영이 무사히 피했을까 하는 생각을 가장 먼저 했다. 그때 이미 우영이 머물던 반쪽 배가 바다에 잠기고 있었던 것을.

배를 건지던 중 강풍에 선체가 흔들려 쇠사슬이 끊겼다. 간신히 건진 배가 도로 빠지며 파도가 벽처럼 일어서고 바다가 무섭게 소용돌이쳤다. 잠시 후 바다는 아무 일도 없다는 듯 흰 물거품을 게워냈다. 실종자를 기다리던 가족들의 상심이 심해처럼 깊어졌다. 사흘 후, 파도가 순하고 바람도 고운 날에 함미를 다시 건졌다. 배수 작업을 마친 함미가 바지선에 안착되어 몸을 말렸다.

시신을 싣고 사령부로 돌아오던 중 하늘의 길을 보았다. 비가 올 듯 두껍게 덮인 구름 사이로, 갑자기 하늘이 훤해지며 빛내림이 생겼다. 구름 사이로 열린 길을 부신 눈으로 바라보았다. 죽은 자만이 들어갈 수 있는 하늘의 길. 활짝 열린 그 문으로 세상을 떠난 동기들이 손을 흔들며 가는 환각을 보았다. 그 대열에도 우영은 없었다. 순식간에 스친 하늘의 길이 내 뒤로 사라졌다. 언제 그랬냐는 듯 하늘과 바다가 같은 얼굴로 서로를 바라보고 있었다. 하늘이 흐리면 바다도 흐리고, 바다가 푸르면 하늘도 푸르렀다. 고래 한 마리가 물줄기를 뿜으며 파도를 헤치고 다녔다. 우아하게 움직이는 혹등고래 옆으로 돌고래 떼가 빠른 속도로 지나갔다. 혹등고래의 노랫소리가 아름다웠다. 파도의 움직임이 사막의 모래처럼 부드러워 보였다. 보는 것과 피부로 느끼는 것이 얼마나 다른지. 그 부드러움 속에 감춘 살해 욕구를 직접 겪어보기 전에는 모른다. 차갑고 잔인한 바다의 위악을.

시신이 되어 돌아온 수병들이 안치실로 내려갔다. 책상에 앉아서 근무일지를 쓰고 있던 수병들이 흰 천을 쓰고 돌아온 병사들에게 경례를 붙였다. 마지막으로 싣고 온 김 상병을 냉동고에 넣고 시트를 걷어 얼굴을 보았다. 편히 쉬라고 인사한 뒤 냉동고의 문을 닫았다. 기막힌 상황이 전개되고 있지만 입대하고 780여 일 동안 고락을 함께한 이들에게 전역신고를 했다.

"사랑하는 전우 여러분, 병장 이준기 전역을 신고합니다."

목소리가 잠겼다. 목소리를 한 옥타브 높였다.

"혼자 집으로 돌아가서 죄송합니다."

누가 무슨 말이든 한마디 해주기를 기다렸지만 모두 잠들었는지 대답이 없었다. 온몸이 후들거리며 떨렸다. 안치실의 서늘한 온도 탓이라고 여겼다. 발길이 떨어지지 않았고 더 이상 뭘 해야 할지 몰랐다. 입구를 지키던 수병이 와서 내 손목을 끌었다. 그에게 끌려 안치실을 나왔다. 뒤돌아보지 않으려 애썼다. 내무반으로 돌아와 자리를 정리했다. 마지막 밤이었다. 떠날 사람은 떠나고 남을 사람은 남아서 할 일을 해야 하는 게 삶이라지. 볼펜 두 자루와 노트 두 권, 한 묶음의 편지와 사진, 지갑, 예금통장. 사물함에 붙여놓은 가족사진 등을 배가 다 가져갔으니 공기처럼 바람처럼 몸만 가면 되었다. 팔을 베고 누워 있다 그대로 잠들었다. 꿈에도 나는 개흙투성이의 함정을 헤집고 다녔다.

"드디어 가는군."

그렇게 말한 사람은 46명 사이에서 가장 큰형님으로 통하는 원사님이었다. 평소에 형님처럼 곰살궂게 부하들을 챙겨주던 그가 말했다.

"가더라도 우리를 잊지 말게."

"어떻게 잊어요. 우영을 두고 가는데."

"전역 행사는 모두 생략하겠네."

원사님이 소년처럼 환하게 웃었다. 따뜻하고 다정한 상
관이었다. 그가 있어서 군 생활이 풍요로웠고, 형처럼 의
지가 되었던 사람이었다. 그의 뒤에 줄지어 서 있는 익숙
한 얼굴들. 그들을 두고 떠나는 것이 슬펐는지, 내 눈에서
눈물이 후두둑 떨어졌다. 원사님이 맞잡았던 손을 놓으며
잘 가라고 했다.

"우리도 곧 가네. 늙은 고래가 기다리거든."

"고래라고요?"

"우리를 데려다줄 걸세."

"우영을 기억해 주세요."

"물론."

어둠 속으로 스며들듯이 사라지는 발소리를 듣던 중 누
군가 나를 흔들어 깨웠다. 야간 불침번을 서는 병사였다.

"악몽을 꾸셨습니까?"

깊은 수렁에서 기어오른 듯 옷이 푹 젖어 있었다. 불침
번을 서는 사병이 말했다.

"자면서 흐느꼈어요."

"꿈에 원사님과 작별 인사를 나누었어."

뺨을 적신 눈물을 닦았다. 내 속에 그런 것이 갇혀 있는

줄 몰랐다. 아무리 애써도 참아지지 않는 그런 게. 변기에 앉아 있었다. 불침번을 서는 사병이 찾으러 올 때까지 넋을 뺀 채로.

우영에게 동반입대를 하자고 부추긴 것도 나였고, 해군을 강요한 것도 나였다. 그냥 내버려두었으면 아마 우영은 육군이 되었을 것이다. 아버지가 선장이어서 해군을 좋아할 것 같지만 그는 어릴 때부터 물을 무서워했다. 물에 대한 공포가 있었다. 어릴 때 매미를 잡다 풀숲에 가려져 있는 길을 헛디뎌 웅덩이에 빠진 후부터였다. 아버지가 웅덩이에 뛰어들어 건졌기에 망정이지 하마터면 우영은 일곱 살에 생을 마감할 뻔했다. 우영에게 물은 공포의 대상이었다. 대학생이 되어서야 겨우 물에 대한 공포를 떨치고 수영을 익혔다. 수영장이나 바다를 다니며 자유자재로 수영을 하지만 물에 대한 공포를 완전히 극복한 건 아녔다. 종이컵에 탄 커피믹스 한 잔, 그게 우영과 나눈 마지막 차였다.

"우리 유럽 말고 아프리카로 가면 어떨까?"

"잠음 넣지 마. 이번에는 누가 뭐래도 유럽이야."

"아프리카는 언제 가?"

"내년에 가면 되지."

우영을 놀려먹는 게 재미있었다. 우리가 마지막으로 나

눈 게 여행에 관한 얘기였다. 우영은 세상 곳곳을 걸어보는 게 소원이었다. 집을 나설 때부터 돌아올 때까지 영어만 쓰자는 것이 여행의 조건이었다. 그 원대한 꿈이 시작되기도 전에 물거품이 되었다.

날이 밝으며 사령부가 온통 수선스러웠다. 수병들이 안보 공원으로 의자를 날랐다. 해군장으로 치를 합동장례식 준비가 한창이었다. 사고 한 달 만에 치르는 영결식이었다. 해군 의장대의 선도로 태극기와 해군기가 앞서 나가고 사십육 명의 영정과 위패, 훈장, 운구함이 뒤따랐다. 화장터로 가는 운구 행렬 중 여섯 개가 빈 관이었다. 여섯 개의 관에 돌아오지 못한 이들의 머리카락과 손톱, 발톱이 들어 있었다. 멀쩡하던 배가 무슨 연유로 두 동강이 났는지, 증명되지 않은 진실을 뒤로 한 채 마흔여섯 개의 무덤이 생겼다. 이모와 바우 아저씨는 영결식에 참석하지 않았다. 아들의 시신을 눈으로 확인하기 전에는 죽음을 인정하지 않겠다고 선언했다. 그들을 대신해서 내가 가족대표로 자리를 지켰다. 오 초 간격으로 아홉 발의 조총이 발사되고 합동영결식이 끝났다.

3

4월에 팝콘 같은 눈이 펄펄 날렸다. 봄 같지 않게 함박눈이라니, 참 이상한 봄이었다. 눈은 땅에 닿자마자 맥없이 녹았다. 눈꽃이 시야를 가려 아득함을 더했다. 멀리 보이는 산이 섬처럼 뿌옇게 떠 있었다. 눈이 나무와 돌과 길을 하얗게 덮었다. 활짝 핀 왕벚꽃이 눈바람에 꽁꽁 얼었고 나무를 뿌리째 뽑을 듯 바람이 드셌다. 바닥에 닿자마자 물이 되어버린 눈으로 땅이 질척했다. 후임들의 축하를 받으며 사령부의 넓고 긴 길을 걸어 나왔다. 사고가 없었으면 함께 걸어 나올 사람이 세 명이었다. 혼자 걸어 내려오는 길이 아득했다.

사령부를 벗어나는 길목에 여자가 눈을 맞고 서 있었다. 누군지 금방 알아챘다. 허리에서 출렁대는 머리와 무릎이 뚫린 청바지, 굽이 낮은 부츠와 숄더백에 선글라스. 그녀는 우영이 미래를 함께하려 했던 여자였다. 내가 안치실에서 동료들과 마지막 인사를 나눌 때 그녀는 파리의 샤를 드골 공항을 떠났다. 그녀의 모자와 어깨에 눈이 덮여 있었다. 현충원 앞에서 만나기로 한 여자가 사령부까지 왔다. 카페에 있으면 알아서 찾아가겠다고 했는데도 사령부까지 온 마음을 알고도 남았다. 안색에 피로의 기색이 여실했다.

빈 눈으로 서로를 바라보았다. 우영의 공백을 사이에 둔 인사로 그 눈빛이면 충분했다. 메타세쿼이아 가로수가 눈을 후르르 털어냈다. 비닐우산을 사서 그녀의 머리와 어깨를 가려주었다. 어디로든 발길 닿는 대로 가보자는 그녀의 낙담이 가슴 아팠다. 봄눈을 맞은 왕벚꽃이 고개를 늘어뜨리고 있었다.

시외버스정류장에서 대전행 버스를 탔다. 그녀는 현충원에 도착할 동안 줄곧 내 어깨에 기대어 있었다. 자고 있어도 깨어 있는 반수면 상태. 잠들지 못하면서도 등만 붙이면 잠이 쏟아질 것 같은 느낌. 그날 이후 우리의 밤이 날마다 그랬다. 눈만 감으며 생시인 듯 바다가 보이고, 살려고 퍼덕거리며 짠물을 마시는 악순환이 거듭되었다. 그녀에게 우영의 실종을 금방 전하지 못했다. 실종자 명단에서 우영의 이름을 지우지 못한 사실을 그녀는 뉴스를 보고 알았다. 할 일이 참 많았는데 갑자기 그 많은 계획이 우리를 떠났다. 내 앞에 널린 시간을 어떻게 처리해야 할지 난감했다. 침묵이 해답인 듯 효주와 나는 말없이 걸었다. 현충원에 도착할 동안 우리가 나눈 대화는 딱 한마디였다.

"어깨에 기대도 돼?"

"물론."

버스에 흔들리며 자는 듯 깨어 있는 듯 서로에게 푹 기대어 있었다. 산 사람은 어떻게든 살게 되어 있다. 곧 현충원에 도착한다는 안내 방송을 듣고 눈을 떴다. 아이 엄마와 여자아이가 내리고 이어서 우리가 내렸다. 잠시 소강상태로 접어들던 눈이 다시 흩날렸다. 꽃잎이 날리듯 무심히. 버스는 손님을 내려놓고 조심조심 달려갔다. 현충원으로 가는 눈길을 걸으며 효주가 혼잣말처럼 웅얼거렸다. 비행기 타고 오며 잤고, 기차 타고 오며 잤고, 버스를 타고 또 그렇게 잤다고. 기억도 못 할 만큼 먼 길을 달려왔는데도 줄곧 한곳을 맴도는 기분이라며 효주는 뭐가 뭔지 모르겠다는 어리둥절한 표정을 지었다. 영혼을 빼놓고 온 것 같은 효주의 손을 잡아주었다.

"눈길이 미끄러워."

손이 얼음처럼 차가웠다. 자동차들이 눈 덮인 거리를 슬슬 기어 다녔다. 아이가 폴짝거리며 뛰어갔다. 아이의 머리 위로 눈이 날렸다. 돌아온 이들과 돌아오지 못한 이들이 3묘역에 함께 묻혔다. 아직 흙냄새가 노긋한데도 묘역을 찾는 사람들이 많았다. 자동차가 줄지어 들어오고 넓은 묘역 여기저기 사람들이 눈을 맞으며 모여 있었다. 산자락에 검은 것이 어른거렸다. 나무와 산이 온통 흰 눈에 덮여 있어 움직임이 두드러지지는 않으나 먼빛으로 얼핏 봐도

사슴이었다. 검은 사슴. 나무의 그늘 때문일까. 사슴이 검
어 보였다. 조금 더 쳐다보고 있으려니 뿔까지 검은 색이
었다. 사슴이 눈길을 자박자박 걸어 다녔다.

앞서 폴짝폴짝 뛰어가던 아이가 혀를 내밀어 눈을 받아
먹었다. 빨간 재킷을 입은 아이의 모습이 눈 속에 떨어진
체리 같았다. 아이의 엄마가 미끄러지면 옷 버린다며 아이
의 손을 잡았다.
"아빠에게 예쁜 모습을 보여줘야지."
"아빠가 어딨어?"
"저기."
아이가 손나팔을 만들어 아빠를 불렀다. 메아리가 청아
하게 울려 퍼졌다. 눈을 맞으며 뛰어다니는 아이의 얼굴에
해맑은 웃음이 피었다. 아이는 오늘의 나들이가 마냥 신나
고 즐거운 모양이었다.
"수연아, 미끄러져."
아이의 손을 잡는 여자를 쳐다보았다. 수연! 나는 아이
의 이름으로 그녀들이 김 상병의 가족이라고 짐작했다. 큰
수연과 작은 수연. 아내도 수연 딸도 수연, 그는 사랑하는
두 여자를 모두 수연이라고 불렀다. 큰일을 겪은 탓인지,
큰 수연의 얼굴이 그의 사물함에 붙어 있던 사진보다 더

작고 홀쭉했다. 김 상병의 웃는 얼굴이 떠올랐다. 큰 수연이 작은 수연의 머리에 재킷의 모자를 씌워주었다. 눈길에 아이의 작은 발자국이 콕콕 찍혀 있었다.

아이가 나를 올려 보았다. 큰 눈과 도톰한 볼 언저리가 김 상병을 많이 닮았다. 발그레 물든 볼과 귀여운 콧등. 아이는 까만 눈으로 아빠를 보듯이 나를 바라보았다. 내가 입은 예비군복 때문인가 보았다. 아이는 아빠가 입고 있던 옷을 기억에 떠올리는 중이었다. 김 상병은 소개팅으로 만난 여자에게 첫눈에 반했다고 했다. 세 번째 만나던 날 술을 마셨고 다음 날 호텔에서 눈을 떴다며, 누가 먼저 수작을 걸었는지 모르겠다고 능청을 떨었다. 겨우 소주 반병을 마셨을 뿐인데 공교롭게도 그날 아기가 생겼다던 김 상병의 장난스런 웃음이 떠올랐다. 아이의 볼을 쓰다듬으며 말했다.

"네가 바로 소주 반병이구나."

홍살문을 지나던 큰 수연이 깜짝 놀라며 걸음을 멈추었다. 효주가 그게 무슨 말이냐고 물었다. 그런 게 있다고 했다. 작은 수연의 머리를 쓰다듬으며 아빠를 많이 닮았다고 했다. "아빠?" 누구냐고 캐묻듯이 아이가 나를 빤히 쳐다보았다.

"엄마는 큰 수연 아기는 작은 수연, 아저씨 말이 맞지?"

아이가 고개를 끄덕였다. 큰 수연이 다가와 물었다.

"우리 아기 아빠 아세요?"

"내무반 동료예요."

큰 수연이 목소리를 낮추며 그날도 함께 있었느냐고 물었다. 나는 '물론'이라고 대답하는 대신 고개를 끄덕였다. 큰 수연이 떨리는 목소리로 그날 일을 들려줄 수 있느냐고 물었고 나는 묘지 참배부터 하고 난 후에, 라고 했다. 작은 수연이 빨리 가자고 엄마를 끌었다. 큰 수연이 작은 수연에게 이끌려 휘청거리는 걸음으로 묘지를 찾아갔다. 질서정연하게 정돈된 묘역을 걸으며 비석에 기록된 글귀를 읽었다. 비석마다 화려한 조화가 꽂혀 있었다. 머리가 허연 노인이 수건을 들고 다니며 묘비를 닦았다. 눈을 쓸어내는 손바닥이 빨갛게 얼어 있었다. 비석에 이름과 사망일자, 전사한 장소가 담겨 있었다.

돗자리와 짐을 든 부인이 곁을 지나가다 나를 돌아보았다. 그녀의 눈은 나를 보는 것이 아니라 예비군이 된 아들을 보고 있었다. 눈바람이 그녀의 머리칼을 날렸다. 염색할 때가 지나서 하얗게 길어 나오는 머리뿌리와 염색이 남아 있는 검은 머리의 대조가 선명했다. 현상 너머의 세계로 치닫는 망연자실한 눈길에서 나는 이모를 보았다. 허공을 걷는 듯 부인의 발이 눈길에 미끄러렸다. 걷는 일에 집

중하는 그녀의 볼이 붉었다. 이모는 우영을 잃고 반 실신 상태에 빠져 있었다. 상심이 깊으면 육신도 앓고 마음도 앓는다. 그래서인지 이모는 기력을 회복하지 못하고 병원을 드나들었다. 묘역을 둘러싼 계룡산 줄기의 산봉우리가 저마다 하얗게 봄눈을 이고 있었다. 표지판의 화살표를 따라갔다. 효주는 공항 로비를 걷듯이 묘역을 사뿐사뿐 걸어 다녔다. 그녀는 비석 앞에 꽃다발을 놓고 숨을 고르듯 쪼그리고 앉았다. 비석에 우영의 생멸 년도가 알알이 새겨져 있었다.

묘역은 산기슭 아늑한 곳에 자리 잡고 있었다. 사병 묘역에 안장식이 거행되고 있었다. 검정색 정장을 입은 몇몇 남자와 할머니, 초등학생 두 명, 손수건으로 눈물을 훔치는 삼십 대의 여자, 그리고 군 관계자들과 동료 군인들이 지켜보는 가운데 유골 상자가 땅에 묻혔다. 하토를 하라는 진행자의 말에 할머니가 붉은 흙을 한 줌 집었다. 할머니는 아들의 유골함에 차마 흙을 던지지 못하고 오열을 토했다. "차라리 나를 데리고 가지." 두 아이와 고인의 아내로 보이는 여자가 흙을 던지는 것으로 묘지가 메워졌다. 파병 나갔다가 폭탄 테러로 죽은 병사였다. 안장식이 끝나고, 한 사람의 흔적이 묘지로 남았다.

큰 수현이 김 상병의 묘비 앞에 밥과 국, 구운 조기, 쇠고기 꼬치, 과일 등을 차려놓았다. 큰 수현은 멍한 얼굴로 아이만 꼭 껴안고 있었다. 그의 묘에 다가가 예를 올렸다. 내가 마지막으로 본 그의 추억담을 들려주었다. 전하지 못한 편지가 되고 말았지만 세상에서 마지막으로 한 일이 아내에게 생일 축하 카드를 쓰는 일이었다고 전해주었다. 그날 주호 병장이 편지를 빼앗아 낭독하지 않았으면 영원히 묻혀버렸을 편지였다. 주호가 낭독한 부분을 생각나는 대로 들려주었다. 그게 우리의 마지막 추억이었고, 김 상병이 꼼꼼하게 기록한 편지를 키스로 봉인하는 것까지 다 지켜보았다고 했다. 큰 수연이 소리 없이 눈물을 흘렸다. 그 편지 마지막 줄에 미안하다는 말이 씌어 있더라니까 묘비를 바라보던 큰 수현이 그리고 또? 하고 물었다. 허락도 받지 않고 호텔에 데려가서 미안하다고 씌어 있더라니까 큰 수연이 오열을 터뜨렸다. 엄마가 우니까 작은 수연도 따라 울었다. 그녀들을 울게 내버려두었다. 그래도 울 수 있는 사람은 다행이다. 이모는 울고 싶어도 울지 못한다. 울지 못하는 것이 얼마나 큰 고통인지 이모를 보고 알았다.

지팡이를 짚고 온 주호 아버지의 울음소리가 드높았다. '막둥아, 우리 막둥아!' 배가 잠긴 이후 많이도 울었을 텐데 아직도 눈물이 남아 있는지. 주호 아버지의 흐느낌은 끝이 없었다. 묘비를 쓸어보지만 금세 또 눈이 덮였다. 살아 있는 사람이 그들에게 해줄 수 있는 일이 고작 묘비를 닦아주는 그런 것이었다. 그날 그 바다에 무슨 일이 있었는지.

3묘역에서 30m 떨어진 장교묘역으로 갔다. 거기 유독 꽃다발이 많이 쌓여 있는 묘지가 있었다. 해군 특수전의 폭발물 제거 전문가 한주호 준위의 묘지였다. 그의 묘지 앞에서 묵념을 했다. 실종자 수색을 위해 함체의 부표 연결 작업에 투입되었던 그는 작전 중 의식불명 상태에 빠지고 말았다. 초계함 침몰 5일째 되던 날이었다. 앰뷸런스가 요란하게 경보음을 울리며 달려올 때가 오후 3시 조금 지난 시각이었다.

사고가 나고 사흘이 지나도록 실종된 수병은커녕 침몰한 함체조차 찾지 못했다. 살아 있을까, 하는 기대가 자포자기로 변해가고 있었다. 배의 뒷부분인 기관부의 지하 침실에 실종자 대다수가 갇혀 있었다.

부러진 배의 반 동강을 찾아낸 사람은 섬에 사는 어부였다. 그는 해병대로부터 함체 수색 작업에 참여해 달라는 부탁을 받았다. 어부는 평소에 꽃게를 잡고 통발을 치던 어장에서 어군魚群 탐지기에 포착된 물체를 찾아냈다. 가라앉은 함체에 부표를 연결하는 작업이 시급했다. 열여섯 명의 UDT 대원들이 고무보트 네 척에 나누어 타고 부표 작업을 시도한 것이 오후 6시 30분이었다. 보트에 이백 파운드짜리 부표 두 개와 오십 미터 길이의 로프가 실려 있었다. 밤이 되면서 조류가 거칠어지고, 얼음물같이 차가운 수온에, 한 치 앞도 볼 수 없을 정도로 어둠이 짙게 깔려 있었다. 게다가 파도를 일으켜 세우는 바람조차 매섭고 날카로웠다. UDT 대원들은 거친 파도를 내려다보며 서로 말을 잃었다. 바다의 광란에 위축된 대원들 사이에서 한 준위가 나섰다.

"내가 들어간다."

UDT 경력 삼십 년의 그가 함체에 부표를 연결하고 오겠다고 했다. 수심 사십오 미터 지점이면 제 손도 보이지 않는 시계 제로의 해역인데다 조류까지 급했다. 집어삼킬 듯 넘실대는 파도를 내려다보던 대원들이 그의 팔을 잡았다.

"조류가 드세서 위험합니다."

"걱정 마. 부표만 달고 오는 걸."

"저도 가겠습니다."

젊은 대원이 그를 따라나섰다. 한 준위 말대로 함체에 있는 사람을 구하려면 누군가는 반드시 해야 할 일이었다. 그는 잠수복을 입고 바다로 들어갔다. 함체가 잠긴 깊이로 내려가면 심해장비가 필요한데 그들에게는 달랑 산소통 하나뿐이었다. 보트에 남아 있던 대원들은 그가 작업을 끝낼 동안 가슴을 졸이며 기다렸다. 바람은 섬을 날려버릴 듯 매섭고 사나웠다. 해변으로 달려가는 파도가 성난 백마떼 같았다. 길고 지루한 시간이었다. 마침내 그들이 작업을 끝내고 검은 바다 위로 얼굴을 내밀었을 때 모든 대원들이 박수로 환호했다. 그들은 혈액 속에 녹아 있는 질소를 빼내기 위해 한 시간이나 감압실 신세를 져야 했다. 다음 날 한 준위는 선실을 뒤져 실종자를 찾아오겠다며 산소통을 메고 바다에 들어갔다. 오전이 다 가도록 그는 부표를 따라 바다를 오르내렸다. 점심식사를 마친 그는 다시 바다에 들어갈 준비를 했다. 동료들이 입술을 떨고 있는 그를 말렸다.

"체온이 너무 떨어지면 위험합니다."

"후배들이 구조를 기다리고 있을 거야."

수온은 얼음물에 가깝고, 시계는 한 뼘 거리. 유속도 빠르고 슈트조차 얇았다. 사고 5일이 지나도록 잠수부들의 생명을 지켜줄 감압 챔버 설치는 안중에도 없고, 상관들은 득달같은 재촉만 해댔다. 그는 잠수하기 전에 절단 부위의 날카로운 면에 찔리지 않게 조심하라고 후배들에게 일러주는 것을 잊지 않았다. 수심 사십오 미터면 스킨 다이버가 내려갈 수 있는 한계점을 넘는 깊이였다. 지금 그들에게 절실히 필요한 건 포화 잠수에 필요한 심해장비였다. 잠수 요원들의 안전을 위해 장비 설치를 서둘러 달라고 요구했지만 전달이 되지 않았거나 대응이 늦었거나 하는 등의 이유로 사나흘 더 늦어졌다. 세 번째 잠수에서 한 준위가 실신한 상태로 이끌려 나왔다.

의료원에 도착했을 때 한 준위의 심장은 거의 멎어 있었다. 바다의 차가운 수온에 체온을 빼앗겨 심장과 폐, 뇌의 기능이 멈추고 말았다. 음력으로 보름이었고 사리 때여서 조수간만의 차가 클 때였다. 유독 바람이 많은 봄이었다. 하루가 멀다 하고 바다가 미쳐 날뛰었다. 파도가 어른 키 높이로 일어서고, 섬은 바다의 아우성에 귀가 멀었다. 실종자 구조작업에 나선 병사들이 고무보트를 타고 바다를 맴돌았다.

군의관이 오후 다섯 시를 가리키는 시계를 보며 한주호 준위의 사망을 선언했다. 오후 다섯 시는 호흡기와 순환기를 비롯한 한 준위의 모든 신체기능이 정지된 시간이고, 그의 신체에서 호흡에 관련된 모든 보조 장치를 걷어낸 시간이었다. 섭씨 3도의 바다가 그의 체온을 25도 아래로 떨어뜨렸다. 잠수병으로 인한 사망사고가 발생하고 나서야 해군의 유일한 구조함이 도착했다. 그 구조함은 아홉 명을 동시에 치료할 수 있는 감압 챔버를 갖추고 있으며, 삼백 미터 심해에서도 구조 작업을 할 수 있는 심해구조장비까지 갖춘 배였다. 배가 더 일찍 왔어야 했다.

한 준위의 죽음 이후, 실종자 수색작업에 나섰던 쌍끌이 어선이 침몰하며 선원 예닐곱 명이 실종되는 사고가 발생했다. 섬이 통째로 눈물에 둥둥 떠다녔다. 실종자 가족들이 마침내 인명 구조 작업 중단을 요청했다. 추가 인명 피해를 막기 위한 결의였다. 실종자 구조가 선체 인양 이후로 미루어졌다. 인양 준비 사흘 만에 함미의 절단된 부분에서 시신이 발견되었다. 다음 날 또 한 명이 발견되었다.

연돌 부분의 틈새로 산소를 주입했다는 말을 듣고 사람들은 또다시 희망을 가졌다. 군 당국은 그것이 행여나 생존자가 있을지도 모르는 상황에 대비한 조치라고 했다. 실종자의 생존 가능성을 차마 믿기 어렵지만 귀를 기울이는 척했다. 낡은 고무패킹이 해치를 비집고 드는 물을 막아냈을지. 해치에서 최대 예순아홉 시간까지 버틸 수 있다는 보도에 사람들은 또다시 희망을 모았다. 마지막까지 견디다 살아 돌아오기를 두 손 모아 기다렸다.

4

고물에 앉아 하늘을 보았다. 따사로운 햇빛이 얼굴을 비추었다. 물결에 흔들리는 배의 일렁임이 딱 잠들기 좋을 정도였다. 그 일렁임의 상태를 넘어서면 멀미를 일으킨다. 배를 타려면 배에서 걷는 법을 배워야 하고 멀미에 익숙해져야 한다. 처음 초계함을 탔을 땐 가만히 서 있는 배에서도 멀미를 느꼈다. 배를 오래 타면 육지에서도 물결에 쓸려 다니는 듯 멀미를 한다던가. 예전에 우영과 함께 본 영화가 생각났다.

눈을 감고 배에서만 살다 간 천재 음악가 나인틴 헌드레드가 미친 듯이 두드려대는 피아노 소리에 귀를 기울였다. 마음의 소리는 마음의 귀로 들어야 한다. 등을 붙이고 있는 선상의 느낌이 너무 익숙해서 깜박 초계함의 침실에 누워 있는 것 같은 착각에 빠졌다. 더는 말하지 못하고, 노래 부르지 못하고, 화내지 못하고, 꿈꾸지 못하게 된 이들. 그들은 꿈꿀 자유를 잃었다.

"언제 왔어?"

선글라스를 낀 사람이 등 뒤에 서 있었다. 이모부였다.

"완전히 귀국한 거야?"

"다시 나가려고요."

"그쪽이 살기가 나은가?"

"생각 같은 걸 하지 않아도 되니까요."

선글라스를 벗자 블론드색으로 그은 낯익은 얼굴이 드러났다. 바닷바람과 햇빛에 그은 얼굴이 검은 윤기로 번들거렸다. 겉보기에 멀쩡해 보이는 그도 우영을 잃고 한꺼번에 푹 늙었다. 하얗게 세어버린 머리칼과 한층 깊어진 주름, 힘을 잃은 눈빛이 그를 스치고 간 불행을 실감나게 했다. 그가 내 곁에 앉아서 파이프에 연초를 채웠다.

기린호에 세 명의 일꾼이 나타났다. 일꾼들이 용접기와 연장 가방을 갑판에 내려놓았다. 바우 아저씨는 와줘서 고맙다며 아이스박스에 채워둔 맥주를 꺼냈다. 내게는 이모부이고 우영에게는 아버지이면서 채낚이 어선 기린호의 선장이기도 한 사람. 그는 열흘째 작업을 계속 하고 있었다. 바우 아저씨가 기어이 배를 가라앉힐 모양이었다. 낡은 배여서 손질이 필요하긴 해도 폐선 취급을 하기엔 아직 일렀다. 그저께 재계약하자고 온 보험회사 직원을 그냥 돌려보냈다. 그는 배를 바다에 가라앉힐 작정이라고 했다. 보험회사 직원은 얼른 이해가 되지 않는지 "왜요?" 하고 물었다. 그는 먼 바다를 보며 대답했다.

"내 아들이 거기 있잖아."

기린호와 함께한 세월이 십오 년인데 바우 아저씨가 배

를 가라앉히려 했다. 바다가 싫으면 차라리 배를 필요로 하는 사람에게 빌려주라는 이웃의 권유도 못 들은 척했다. 가장 아끼는 것을 바다에 가라앉히겠다는 그의 마음을 짐작하지 못한 사람들이 아깝다며 혀를 찼다. 혀를 차는 사람들에게 그는 배보다 더한 것도 바다에 묻었다고 말해주었다. 그는 국립수산과학원을 찾아갔다. 국립수산과학원은 그의 22톤급 채낚이 어선을 해중림 조성에 사용하도록 허락했다. 구경꾼들이 뿔뿔이 흩어졌다.

"바다에 우영이 있다면… 저 배를 알아보겠지?"

"기린호 이름도 우영이 지었잖아요."

"집이 필요할 거야. 물고기에게도."

"어떤 물고기가 되었을까요?"

"참돔 아니면 뼈가 훤히 보이는 은어?"

내 자식이어서 하는 말이 아니라 정말 영혼이 맑은 녀석이었다고 말하는 바우아저씨의 팔자주름이 한층 깊어 보였다. 사람이 어느 한순간에 폭삭 늙고 만다는 걸 그를 보고 알았다. 배가 없어지면 바다를 보며 파이프 담배를 피우던 그의 모습이 그리울 것 같았다.

예전에도 그는 배를 버린 적이 있다. 그의 아버지가 바다에서 실종되고 배만 돌아왔을 때, 그는 주인을 버리고 온 배를 팔아치웠다. 아버지의 배를 팔고 나중에 새로 산 것이 기린호였다. 우영이 열 살 때였다. 다시 배를 사던 날, 바우 아저씨는 아직 잠에 취해 있던 우리를 깨워서 간 절곶으로 데려갔다. 그곳은 독도 다음으로 우리나라에서 해가 가장 빨리 뜨는 곳이었다. 서해와 남해를 지나 우리나라 바다를 통째로 맴도는 여행의 시작이었다.

"저길 봐. 해가 뜨고 있어."

바다에서 해가 솟아오르기까지 얼마나 오래 지루함을 견뎌야 했는지. 바다에서 솟아오른 붉은 덩어리. 고물에 기대어 졸다 눈을 번쩍 떴다. 침을 꼴깍 삼키는 동안 해가 수평선에서 한 뼘이나 솟아올랐다. 동쪽 하늘의 어둠 사이로 붉은 빛이 어리는가 싶더니 옆으로 길게 펼쳐진 빛의 띠가 생겼다. 붉은 띠의 면적이 점차 넓어지며 그 사이에서 흰 하늘 한 뼘이 나타났다. 흰 빛이 더 희게 빛나고, 붉은 빛이 더 붉게 빛날수록 그것을 감싸고 있는 하늘과 바다는 더욱 검었다. 해가 뜨는 순간은 짧았다. 어둠이 해에게 자리를 내주었다. 빛이 둥글게 확장되며 아침 해의 향연이 펼쳐졌다. 어둠은 푸릇한 이내로 빛나고, 층층의 구름과 출렁이는 바다는 붉게 물들었다. 해를 향해 날아가는 갈매기의 날갯짓이 생기로 파닥거렸다.

"살아 있구나."

생명을 가진 모든 것이 생의 환희로 뛰는 시간이었다. 바우 아저씨는 가끔이라도 우영이 '물고기의 집'에 머물렀으면 좋겠다고 했다. 그러면 우영은 조타실에 걸어둔 파이프를 보며 어린 시절의 추억에 잠길 것이다. 선장실의 유리창을 빼고 벽에 걸려 있는 소품은 그대로 두었다. 가장 행복했던 시절에 찍은 가족사진과 어린 우영이가 가지고 놀던 로봇, 크레용으로 그린 고래 그림을 그대로 남겨두었다. 창을 깨뜨리고, 전선을 걷어내고 기름을 빼냈다. 막혀 있는 공간을 뚫어 놓아야 물고기들이 마음대로 드나든다며 벽을 모두 없앴다. 그밖에 변기와 세면기, 목재를 뜯어내고 기관실의 기름통과 엔진을 뜯어내어 필요한 사람에게 주었다. 페인트를 벗기고 바닥의 기름때를 벗기는 데 시간이 많이 걸렸다. 페인트 한 점까지 꼼꼼하게 걷어내는 바우아저씨에게 물었다.

"배가 없어도 괜찮겠어요?"

"다른 일을 할 거야."

"어떤 일을 하시려고요?"

"바다가 보이는 곳에서 빵을 구우며 살 거야."

"왜 하필 빵집이에요?"

"우영이 빵을 좋아하잖아."

바닷물을 당긴 가두리 양식장에 돔을 키우겠다던 계획

이 빵집으로 바뀌었다. 빨간 셔츠를 입고 뱃전에서 파이프 담배를 피우던 기린호의 선장이 밀가루를 개어 빵을 굽는다고 생각하니 웃음이 절로 났다. 빵집이라면 나도 도울 일이 있으리라는 기대가 이스트를 넣은 반죽처럼 부풀었다.

"주말마다 음악회도 열고, 그렇게 살 거야."

바우 아저씨의 눈시울이 붉어졌다. 지워지지 않는 그리움이 있다면 어떻게든 채우고 사는 게 옳다. 파도가 세니까 해변으로 가지 말라고 연일 방송을 해댔다. 바람은 파도를 칼처럼 높이 세우고 시퍼런 물마루를 만들었다. 바우 아저씨는 비가 오기 전에 일을 마쳐야 한다고 다그쳤다. 열흘 동안 쉬지 않고 작업했는데도 끝나지 않았다. 그는 배를 사들여 애지중지하던 그 이상으로 투명하고 깨끗한 상태의 폐선을 만드는 데 온 정성을 바쳤다. 빨간 셔츠를 입고 여기저기 간섭하고 다니는 그가 잔소리 많은 작업반장 같았다. 인부들이 해머를 휘두를 때마다 바우 아저씨는 가슴을 얻어맞은 것처럼 살살 다루라고 엄살을 떨었다.

"양쪽 벽에 사각형 구멍을 네 개씩 뚫어야 하네."

철근 구조물에 용접을 하던 인부가 말했다.

"침실을 하나쯤 남겨두지 그래요. 물고기도 호텔이 필요하지 않겠어요?"

"별 소리를 다 해."

"고기들이 그 짓을 열심히 해야 어부들이 먹고살 게 생기쥬."

"호텔 지배인으로 취직시켜줄까?"

인부들이 싱거운 농담을 주고받으며 오후의 지루함을 덜었다.

슛, 하며 물을 뿜는 소리가 들렸다. 물결이 술렁이고 먼 바다를 바라보던 물새가 날아오르는가 싶더니 뿔피리 소리 같기도 하고 빈병에서 울리는 바람소리 같기도 한 외침이 가까워졌다. 하얗게 인 물거품이 밀려왔다. 긴 물줄기를 뿜으며 크고 미끈한 것이 물살을 차고 올랐다. 둥글게 원을 그리며 폐선을 맴도는 고래의 노랫소리에 바우 아저씨가 일손을 멈추었다. 뿔피리를 부는 듯 고래의 노랫소리가 은은하게 울려 퍼졌다. 그가 망원경에서 눈을 떼며 말했다.

"혹등고래가 나타났어."

그는 멀리 분홍빛 물여울이 이는 곳을 가리켰다.

"세상에서 가장 큰 관악기야."

"무게가 얼마나 될까요?"

"사십 톤쯤?"

"사십오 톤짜리 관악기면 값이 얼마나 되죠?"

"적게 잡아도 오천만 원."

큰 가슴지느러미 때문에 '거대한 날개'라고도 부르는 혹등고래였다. 고래의 노래는 수컷이 암컷에게 보내는 사랑의 세레나데였다. 그 소리가 내게는 고택의 나무 대문이 열리는 것처럼 쓸쓸하고 중후하게 들렸다. 그는 녀석의 나이가 적게 잡아도 환갑 이상이라며 저건 성욕과 상관없이 부르는 '죽음의 아리아'라며 목소리를 낮추었다. 혹등고래가 날개 같은 가슴지느러미를 흔들며 요동칠 때마다 물보라가 일었다. 해변에 모여 있던 물새들이 부산하게 날아올랐다.

"고래 등에 무지개가 걸렸어요."

"우리 아버지가 저놈 이마에 작살을 쏘았어."

"고래는 피가 잘 멎지를 않는다면서요?"

"저놈은 보통 고래와 달라. 이마에 흉터를 가지고도 살고 있잖아."

그는 아버지의 작살을 맞은 고래가 지구를 몇 바퀴나 돌아서 이제 나타난 거라고 했다. 저놈 대신 아버지가 죽었다며, 고래를 잡겠다고 나가서 영영 돌아오지 않았다고 했다. 그의 아버지가 난바다에서 고래를 만났는지 어쨌는지 모르지만 사흘 후 주인 잃은 배가 돌아왔다.

"고래의 수명이 얼마나 돼요?"

"육십쯤? 백 살 채우는 고래도 있어."

저 고래의 이빨을 아버지에게 드리고 싶다며 추억을 더듬듯 물보라 이는 바다를 바라보았다. 그의 검정색 선글라스에 물방울이 맺혔다.

"고래는 말이다."

그가 먼 바다를 가리키며 말했다.

"저 슬프고 아름다운 목소리로 죽은 자의 영혼을 선계로 인도한다는구나."

죽음의 냄새를 맡고 나타났는지 모르지만 두 동강 난 배를 건지던 날도 고래가 물살을 헤치고 다니는 걸 보았다고 했다. 힘차게 물을 차고 오른 고래가 바지선 주위를 맴돌며 물줄기를 뿜어댔다고.

"초계함에 근무할 때 저 소리 자주 들었어요."

"세이렌처럼 불길하고 아름다운 녀석이야."

바우 아저씨가 배의 측면에 전기톱을 들이댔다. 벽을 뚫는 전기톱 소리가 귀를 찢을 듯 날카로웠다. 사고가 난 후, 그는 친구의 쌍끌이 어선을 타고 바다를 맴돌았다. 혹시 살아 있는 사람이 있지 않을까 하고. 수색에 나선 어선 열척이 드센 바닷바람에 밀려 수색을 멈추었다.

폐선 사물함에서 한 다발의 편지와 노트 한 권을 찾아냈다. 그 노트를 지금껏 열어보지 못했다. 물에 잠겨 있는 동안 글씨가 죄다 지워진 노트를 바라보기가 괴로웠다. 한 인간의 생애를 반추하기엔 너무나 협소한 기록이지만 우영의 흔적이 담긴 유일한 기록이었다. 빈 관에 넣어주려다 말고 그 편지다발과 노트를 바우 아저씨에게 주었다. 그는 우영의 노트와 편지다발을 가슴에 안으며 무덤까지 가져 갈 거라고 했다.

"서둘러주게. 오늘 내로 일을 끝내야 하니까."

그의 다그침에 일꾼들의 손길이 바빠졌다. 일꾼들은 해머와 끌을 들고 다니며 석면으로 입혀놓은 침실 벽을 깨끗이 떼어냈다. 불필요한 구조물과 창틀의 유리, 출입문까지 떼어내자 기린호는 초라한 구멍투성이의 고철로 변했다. 수족관과 작업실의 선반과 벽에 붙은 수도꼭지를 그대로 남겨 두었다. 물고기들이 수도꼭지를 보고 꽃게탕이나 라면, 여름철의 등목을 생각할 리 만무하겠지만, 우영이라면 아버지와 함께한 시간을 기억해 낼 것 같았다. 떼어낸 문짝과 폐기물을 운반용 배에 옮겨 실었다. 물고기들에겐 문이 필요 없다. 문이란 감추고, 단절하고, 스며드는 물을 막고, 바람을 막을 때나 쓰는 것이다. 바다에는 문이 필요 없다.

바우 아저씨는 배 측면의 구멍으로 머리를 들이밀었다. 그 구멍은 물고기의 통로이기도 하지만 다이버들을 위한 관광용이기도 했다. 다이버들이 충분히 드나들 수 있을 만한 크기였다. 기린호는 이제 뼈만 남은 공룡 같은 형상을 하고 있지만 물고기에게는 아름다운 성이 될 것이다. 바지선에 싣고 온 4단 높이의 철골 구조물을 갑판에 올려놓았다. 그는 가라앉을 준비를 마친 기린호를 정겹게 어루만졌다.

"내 아들을 잘 지켜주게."

기약할 수 없는 어느 날, 봄눈처럼 다시 만나자는 말이 마음에 들었다. 살아서도 만나고 죽어서도 만나고, 생이 아름다운 건 수많은 인연이 계절처럼 오가기 때문이다. 나는 바우 아저씨가 바다를 떠나지 않을 거라고 확신했다. 어부는 바다에 있을 때가 가장 행복하다. 만선의 깃발을 꽂고 씩씩하게 파도를 헤치며 달리던 기린호는 죽을 곳을 찾아가는 고래처럼 바다 밑에 천천히 가라앉았다.

5

내 생애가 끝나려고 한다. 숨결이 가빠져 금방이라도 심장이 멎을 것 같다. 수면 위로 끌어올려 숨을 내뿜는 것도 사투를 벌이듯 해야 한다. 내 몸이 이렇게 무거워 보기는 처음이다. 이러다 늙은 말이 오르막을 오르다 주저앉아 버리듯 어느 순간에 심해 깊숙이 가라앉고 말 터이다. 그건 내가 바라는 죽음이 아니다. 바다를 달릴 만큼 달렸으니 멈추는 것도 내 의지로 결정하고 싶었다. 멈춰버린 동공으로 하늘을 올려보며 제왕답게 죽고 싶다면 너무 큰 욕심일까. 나는 마지막 남은 기력을 다해서 내가 죽을 곳을 찾기로 했다. 코끼리처럼 아무도 모르는 곳에서 신화처럼 죽는 건 내 취향이 아니다.

한평생 바다를 향유하며 살았으니 더 이상 필요 없게 된 몸뚱이나마 어부에게 주고 갈 생각이었다. 고래의 죽음은 바다의 제왕답게 요란하고 웅장할수록 좋다. 제왕의 죽음을 위해 구경꾼이 최대한 많이 몰려야 하고, 풍물패는 장구와 꽹과리를 두드려 갯가를 끓는 냄비처럼 달구어야 한다. 지금 내가 남은 사력을 다해서 바다를 헤매고 다니는 건 나를 건져줄 다정하고 친절한 손길을 찾기 위해서다. 평생 궁핍을 면하지 못한 어부의 얼굴이 나로 인해 활짝 피었으면 좋겠다. 제왕의 죽음을 두고 슬픔과 기쁨을 함께 느낄 수 있는 자만이 내 죽음을 거둘 자격이 있다.

그동안 남달리 큰 몸뚱이로 인해서 죄 없는 물고기를 필요 이상으로 많이 먹고 살았다. 물론 그게 내 잘못이라고는 생각지 않는다. 세상에서 가장 큰 물고기로 태어난 건 아무렇게나 주물러 놓은 조물주의 손장난에 의한 것이지 내 의도는 아녔다. 이제 와서 누굴 탓하자는 게 아니라, 조용히 죽으려 해도 내 몸이 너무 커서 어부의 그물을 찢어놓지는 않을까 걱정이었다. 만약 나를 건지던 중 가난한 어부의 그물이 북 찢어지기라도 하면, 그게 어부의 하나뿐인 그물이고 궁핍해서 다른 그물을 살 형편이 안 된다면 나를 건져서 횡재를 하기 전에 그물만 찢어놓은 꼴이 되니, 나는 또 한 번 커다란 몸뚱이로 인해 죄 아닌 죄를 짓게 되는 것이다. 그렇게 되면 그 어부가 새 그물을 사올 동안 내 죽음이 방치되어야 하고, 지구에서 가장 큰 포유류답게 하늘을 보며 죽겠다는 내 꿈이 좌절될 위험이 있었다. 또 그사이 불법으로 고래잡이를 일삼는 무리들이 내 몸뚱이를 가로채는 것은 더욱 싫었다. 나는 어부가 좀 튼튼한 그물로 실수 없이 나를 건져주기를 바란다. 그래야 바다의 제왕답게 부두에 누워서 하늘을 바라볼 수 있으니. 내가 죽는 날엔 고단한 날개를 펴고 먹이를 찾던 바닷새들이 제왕의 주위를 맴돌며 즐겁게 끼룩거려야 하고, 파도는 잔잔했으면 좋겠고, 먼 바다는 햇빛으로 금빛 물결이 출렁거려야 하고, 하늘은 구름 한 점 없이 푸르렀으면 좋겠다. 주위를 맴돌던 바닷새의 그림자가 멀거니 뜨고 있는 눈을 살짝 가려주면 내 죽음은 비로소 완성된다.

　나를 거둬줄 어부를 찾아야 한다. 바람 때문에 바다가 휑하다. 바람이 점점 거칠어진다. 파도를 타며 한바탕 뛰어놀기 좋은 날이지만 가난한 어부의 손에 죽으려는 내 소망을 위해 바람이 좀 잤으면 좋겠다. 바람이 자기를 기다리며 파도에 나를 맡겼다. 아무리 먹어도 배가 차지 않을 것 같은 치어들이 감태를 헤치고 다녔다. 파도에 떠다니다 배를 하나 발견했다. 어부가 그물을 던지고 있었다. 어부의 그물은 너무 크지도 요란하지도 않아서 내 한몸 감싸기에 알맞았다. 물고기도 노닐지 않는 곳에 그물을 드리운 이가 누군지 궁금해서 물 위로 올라가 보았다. 어부는 오십 대 중년 부부였다. 팔뚝에 힘줄이 툭툭 불거지고 얼굴은 햇빛과 바닷바람에 그을려 갈색이었고, 바다에서 반백 년은 보낸 듯싶게 그물을 다루는 손길이 진중했다. 순하게 생긴 그의 아내는 모천으로 회귀하는 연어처럼 결의가 굳은 표정이었다. 그녀의 이마에 진 자잘한 주름과 슬픈 듯 가라앉은 눈빛이 왠지 짠해 보였다. 어부가 혼잣말을 중얼댔다.

　"우영아, 너는 집 생각도 안 나니?"

그 말을 듣고 어부의 아내가 울었다.

"너무 외로워 마라. 아비가 이렇게 돌아왔잖아."

바다에 가라앉힌 기린호의 반도 안 되는 크기지만 어부는 작은 배가 마음에 들었다. 그는 새로 사들인 배에 '기린호'라는 이름을 쓰고 아내와 아침 해를 보러 갔다. 예전에는 딸과 아들, 조카까지 다섯 명이 타고 있었지만 이제는 시간이 많이 흘러 두 내외만 남았다. 어부는 삼 년 만에 처음으로 그물을 던졌다. 새로 산 그물이 힘차게 바다로 빨려들었다. 오징어 어장으로 알려진 곳이었다. 어부는 그물을 던져놓고 아내와 마주앉아 도시락을 먹었다. 점심시간이 지났는데도 배고픈 줄 모르고 다녔다. 도시락을 다 먹도록 오징어가 잡히지 않으면 그물을 걷자고 했다. 파도가 점차 높아지고 있었다. 식사를 마친 어부가 그물을 걷었다. 어부가 그물을 걷다 말고 고개를 갸웃거렸다.

"어, 그물에 뭐가 걸렸네."

고래가 마지막 사력을 다해서 얼굴을 내밀었다. 어부의 아내가 들뜬 목소리로 환호성을 질렀다.

"고래예요, 고래!"

어부의 얼굴에 놀라움과 기쁨이 함께 떠올랐다. 고래는 그저 물에 떠 있을 뿐 거의 움직임을 멈추었다. 어부의 아내가 나를 내려다보며 물었다.

"고래가 왜 움직이지 않을까요?"

"글쎄, 전문가가 봐야 알지."

"죽었으면 어떡해. 우리가 그랬다고 오해하면?"

"그물을 끊을까?"

어부의 아내가 경매에 붙이면 큰돈을 만질 수 있다고 중얼거렸다. 사람들이 서로 가져가려고 돈을 내밀 거라니까 어부가 고래잡이로 잡혀가고 싶으냐며 아내의 헛된 꿈에 찬물을 끼얹었다. 입을 삐죽이던 어부의 아내가 내게 물었다.

"우리 우영이 네가 먹었니?"

아들이 고래 뱃속에 들어갔을 거라는 어부 아내의 판타지를 못 들은 척했다. 어부 아내는 살아 있는 고래를 처음 보았고 어부는 고래 이마에 있는 상처자국이 낯익다며 오래전에 그의 아버지가 놓친 고래 같다고 했다. 어부는 전화로 해양경찰을 불렀다. 해양경찰이 달려왔다. 어떻게 된 거냐는 해양경찰의 물음에 어부는 도시락을 먹던 중에 고래가 그물에 걸렸다고 했다. 일부러 잡은 거 아니냐는 어깃장에 고래를 풀어주려고 그물을 자르려던 참이었다고 대답했다. 해양경비정이 나를 항구로 끌고 갔다. 고래 전문가는 내 수명이 다 된 걸 금방 알아챘다. 어부는 고의적으로 고래를 잡았다는 혐의를 벗었다. 부두의 대형 크레인이 커다란 내 몸뚱이를 거꾸로 들어올렸다. 나는 거꾸로 매달린 채로 희미하게 울리는 모스부호 소리를 들었다. 봄 밤의 어느 날, 바다 깊은 곳에서 들었던 흐느낌까지 선명했다.

'어머니, 여기는 휴대폰이 터지지 않는 곳이에요.'

혹등고래의 경매로 부두에 사람들이 구름처럼 모여들었다. 바람은 점점 거칠어져 먼 바다에서 파도가 흰 말 떼를 몰고 왔다. 구름 사이로 얼굴을 내민 해가 바다를 금빛으로 물들였다. 여행을 하기에 알맞은 날이었다. 내 뒤로 흰 세일러복을 입은 수병들이 줄지어 서 있었다. 햇빛과 구분되지 않는 복장이 눈부셔서 나도 모르게 눈을 감았다. 잔인한 봄의 역사를 뒤로 하고 그들은 레테의 강에서 손을 씻으며 기다렸다. 배가 한 척 삐걱대며 다가왔다.

꽃등불

강가에 안개가 자욱했다. 한식은 하천 둑길로 지프를 몰고 갔다. 손금처럼 훤한 길인데도 둑길 아래로 굴러 떨어질 것을 걱정해야 할 정도로 안개가 짙었다. 안개는 먼지 구름처럼 하얗게 떠돌다 천천히 흩어지곤 했다. 그는 지프의 속도를 줄였다. 모래 먼지 흩날리는 사잇길로 귀여운 야생마가 달린다. 그는 들판 가득 펼쳐진 작약밭을 지나 그늘막 옆에 지프를 세웠다. 팽팽하게 줄을 당긴 그늘막이 바람에 펄렁대고 있었다. 그늘막은 일꾼들이 모여서 점심도 먹고, 꽃을 상자에 담기도 하고, 잠깐씩 눈을 붙이기도 하는 휴식공간이자 작업장이었다. 작약꽃이 피거나 지거나, 한식은 그늘막보다 지프 위에서 더 많이 지낸다. 전망대처럼 높은 곳에서 내려다보면 수많은 꽃이 그를 바라보는 관중들 같았다. 한식은 지프의 지붕에 앉아서 안개에 덮인 작약밭을 휘둘러 보았다. 그는 보았다, 강이 가까운 꽃밭 가장자리로 검은 원피스 자락이 살금살금 끌리는 것을. 앉은걸음으로 숨어 다닌다고 볼 것을 못 보고 넘어갈 그가 아니지만 모른 척하기로 했다. 트렁크에서 확성기를 꺼낸 그는 목소리를 가다듬고 꽃밭을 둘러보며 말했다.

"거기 사진 찍는 양반들, 꽃구경을 하더라도 밟지는 마소."

운무나 해돋이를 찍는다면 모를까, 사진작가가 출사를 나오기에도 이른 시간이었다. 꽃은 햇빛을 많이 볼수록 아름다우니 한나절이나 되어야 사람들이 몰려올 것이다. 먼 산 능선이 발그레 물들기 시작했다. 여명이 밝아오는 부분은 부챗살처럼 붉어지고, 부챗살 주변에는 푸른빛이 감돌며, 아직 어스름 덮인 겹겹의 스펙트럼이 그를 설레게 했다. 한식은 하루 중에서 해가 뜨기 직전의 풍경을 가장 좋아한다. 그 시간은 순식간에 지나가는 청춘만큼이나 짧아서 해가 뜨는 것과 동시에 어스름이 걷히고 만다. 찰나처럼 짧아서 더 간절한 것인지. 더구나 그 시간을 타서 자신의 밭에 꽃 도둑까지 스며들고 있으니. 해가 뜨고 안개가 흩어지면 사진기를 든 사람들이 부쩍 늘어날 것이다. 같은 얘기를 몇 번이나 되풀이하게 될 테지만, 한식은 밭 사이로 원피스 자락을 끌고 다니는 이를 위해서 별로 귀담아

듣는 사람 없는 연설을 하기로 했다. 그렇게라도 꽃 도둑과 소통이 되었으면 하는 마음으로.

"어느 한 녀석 허투루 핀 것이 없고, 혼신의 힘을 다해서 핀 꽃임더. 저 꽃이 피려고 천둥이 먹구름 속에서 또 그렇게 울더라는 시도 있심더. 이게 저절로 생긴 꽃밭이면 지가 입 아프게 잔소릴 하겠심껴. 지성들을 가득 메운 작약이 모두 지가 땀과 노력으로 길러낸 농작물이어서 하는 말임더."

그의 말을 귀담아 듣는 이는 꽃 도둑과 작약뿐이다. 그래도 상관없다. 처음부터 한 사람을 위한 방송이었으니. 해가 뜨며 안개가 서서히 흩어지고 있었다. 이슬 머금은 꽃무리가 요정 같은 모습을 드러내며 온 들판이 환해졌다. 붉은 꽃, 흰 꽃, 홑꽃, 겹꽃이 등불을 켜들고 꽃 잔치를 벌인다. 그러고 보니 작약이 모란을 조금 닮기도 했다. 간혹 작약을 모란이라거나 목단이라고 우기는 사람이 있어서, 그는 생각난 김에 일러둔다.

"들자 하니 그쪽에 작약이다, 모란이다 우기는 사람 좀 들어보소. 모란은 모란이고 작약은 작약이라. 화중지왕花中之王이란 말 들어 봤심껴?"

혼자 떠들고 있는 모습을 명선이 봤다면 날밤에 못 볼 것을 봤냐고 빈정대겠지만, 꽃 도둑이 숨어서 그의 말을 듣고 있다고 생각하면 혼잣말을 해도 신이 났다. 그는 혼 잣말을 계속했다. 꽃 중의 왕이라고, 모란의 아름다움을 극찬하지만 그가 봐온 바로는 작약꽃보다 더 아름다운 것 은 없다고, 모란과 작약이 서로 닮긴 했어도 모란은 나무 여서 겨울에도 나무인 채로 살아 있고, 작약은 풀이어서 겨울에 줄기가 말라 죽었다가 이듬해에 뿌리에서 다시 새 싹이 돋는 점이 다르다며 그는 긴 설명을 덧붙였다. 꽃 피 는 시기도 달라서 모란꽃이 지고 난 후에야 작약꽃이 핀 다. 두 꽃 모두 꽃 중의 꽃이지만 꽃이 피고 지는 시기가 앞서고 뒤선다 하여, 먼저 피는 모란을 꽃 중의 왕이라 하 고 뒤에 피는 작약은 왕을 돌보는 재상이라 한다던가. 그 렇다고 해도 그에게는 곁에 없는 모란보다 가까운 곳에서 날마다 예쁜 모습을 보여주는 작약꽃이야말로 꽃 중의 꽃 이고, 만인지상이다. 꽃송이를 날릴까 해서 예초기를 싣고 오긴 했어도 환하게 핀 꽃을 보니 그럴 마음이 싹 가셨다. 꽃송이가 휙휙 날아가면 카메라에 꽂혀 있는 저 눈들이 어 떻게 변할까. 오늘도 날이고 내일도 날이지만 시장에 내다 팔려면 꽃봉오리가 열리기 전에 꽃을 따야 한다. 그냥 두 자니 돈 썩는 소리가 들리고, 꽃을 날리자니 애처롭다. 사 진 한 장이라도 더 남기겠다고 새벽잠 설쳐가며 나대는 사 진작가들도 맘에 걸리지만 그보다는 새벽마다 꽃밭을 찾는 꽃 도둑의 발길이 끊길까 봐 더 걱정이다.

'꽃이 지고도 새벽 산책을 나올까.'

한식은 꽃 사이로 살금살금 기어 다니는 그림자를 살피며 묻고 또 묻는다. '우짜마 꽃이 지고 난 후에도 당신을 만나겠능교.' 하나로 묶은 머리채와 검정 원피스 자락을 보지 못한다고 생각하면, 금세 가슴에 커다란 구멍이 뚫리는 기분이었다. 냉큼 달려가서 도둑이야, 하고 소리치며 대바구니를 빼앗아도 되지만 그건 얼치기 바보들이나 하는 짓이다. 한식은 그녀를 한 번이라도 더 찾아오게 하는 데는 가만히 두고 보는 것보다 더 좋은 방법이 없다는 걸 알고 있다. 꽃이 있으니 꽃 도둑도 생기는 것이다. 저렇게 서툴고 감질나게 하는 도둑인 데야. 뚜껑 있는 대바구니를 든 여자의 모습은 꽃 도둑이라기보다 새벽시장을 나온 새댁 같다. 그에게는 지성들까지 방문해 준 꽃 도둑이 반갑기만 하다. 기껏해야 보름 남짓 피었다 지는 꽃. 꽃이 지고 나면 꽃 도둑도 거짓말같이 사라져버리니 애써서 꽃 도둑을 쫓을 필요도 없다. 그녀는 지난겨울 들 무렵, 이장 댁 작은방에 칩거를 한 이장 부인의 친척이었다. 길 쪽으로 창이 나 있는 여자의 방을 지나칠 때면 끊어질 듯 말 듯 피리소리가 들리곤 했다. 그게 그냥 피리가 아니고 플루트라는 악기 소리인 것을 알고는 어릴 적 성당에서 본 피아노 반주 선생님을 생각했다. 나이도 한식보다 두어 살쯤 많을까. 3년생 5년생 꽃 사이에 앉아 있는 그녀의 모습이 보이다 말았다 했다. 그렇다고 해도 여자의 움직임을 알아채지 못할 만큼 눈이 아둔하지 않아서, 그는 대바구니 가득 꽃을 담아가도록 모른 척 눈감아 주었다.

작약을 키워서 뿌리를 약재로 내다 파는 게 그의 일이었다. 그런데 올해는 1년생 2년생 약초까지 모두 캐서 팔아치워야 할 지경에 이르렀다. 여름부터 시작되는 4대강 사업으로 더 이상 농사를 짓지 못하게 된 것이 원인이었다. 그가 강가 하천을 빌려 농사를 짓고 산 지 불과 5년이었다. 5년 동안 안방처럼 드나든 땅을 내주고 나면 어디서든 농사지을 땅을 다시 사들여야 하는 것이다. 한식이 어떤 지경에 빠져 있건 꽃은 한껏 피어 제 아름다운 미모를 뽐낼 뿐이다. 4대강 공사로 지성들이 사라지고 나면 다시는 강가의 바람을 맞으며 밭을 지키는 일도, 사진작가들이 몰려드는 일도, 꽃 도둑이 이슬에 발을 적시며 꽃을 따러 다니는 일도 없을 것이다. 작약꽃이 피는 걸 두 번 다시 못 본다고 생각하면 귀하게 키운 딸을 시집보내는 마음이기도 하고, 오래 사귀던 여자와 헤어지는 기분이기도 하다.

"꽃을 잘라야 하는데."

그는 뒷짐을 지고 꽃밭을 돌며 꽃을 자를까 말까 고민했다. 사진기를 든 사람들이 시도 때도 없이 몰려드는 참이라, 제가 지은 농작물이라 해도 꽃송이를 날리는 일이 무슨 야만적인 행위로 여겨지는 것이 영 께름칙했다. 수만 송이의 꽃이 어느 것 하나 귀하지 않은 것이 없어서 한식은 '에구, 내 새끼들!' 하며 혼잣말을 중얼거렸다. 절화로 푼돈 몇 푼 만져봐야 얼마나 될까마는, 꽃값이 떨어졌다 해도 한 송이에 100원이니 따지고 보면 넓은 밭둑이 모두 돈이긴 하다. 작약의 꽃봉오리가 맺혔다 지는데 대충 20일이 걸린다. 꽃은 개화시기가 일정해서 내 꽃이 피면 남의 꽃도 피고, 질 때도 한꺼번에 진다. 가만히 내버려둬도 제풀에 지는 게 꽃이어서 20일 후에는 그나마 100원도 없다. 저온냉장으로 출하를 조정할 수 있다 해도 인건비에, 전기세까지 더하면 수고비는 떨어질까. 아무리 궁리를 해봐도 약초로 팔아치우는 게 정답이어서 그는 되도록 포클레인이 밀고 들어올 때까지 버티다 캘 생각이었다. 4대강 공사만 아니면 약초를 위해서도 일찌감치 꽃대를 잘랐을 것이다. 가장 아름다울 시기에 꽃대를 잘라서 뿌리의 생장을 도와줘야 좋은 약초를 거둘 수 있으니, 아까워도 꽃을 잘라야 하는 이유가 거기 있다.

꽃미남이 카메라를 들고 온다. 저 노인은 도무지 잠도 없다. 뇌졸중을 생각해서라도 햇살 퍼질 동안 기다렸다 나오라고 일러줘도 날이 밝기 바쁘게 나온다. 팔순 노인이 새벽잠을 설쳐가며 사진기를 들고 다니는 걸 보면, 저게 무슨 돈이 된다고 저리도 정성을 바치나 싶어 연민이 가기도 하고 놀랍기도 하다. 게다가 파랑 모자에 흰 바지, 빨간 셔츠는 또 얼마나 조화로운가. 그뿐이면 말을 않는다. 손목에서 찰랑대는 대여섯 개의 링이나 귀찌, 캐릭터 반지 등, 노인의 패션을 말하자면 입이 아플 지경이다. 한식이 꽃미남이라고 별명을 붙인 노인은 평생을 책상 앞에서 보낸 학자였다. 한식은 대학 문턱에도 못 가봤지만 사촌 중에는 노인에게 고고학을 배운 동생도 있다. 대장을 한 뼘이나 잘라내는 큰 수술을 받고 나서 노인은 귀향 후, 인생을 바꾸어 살게 되었다던가. 퇴원을 하고 노인이 가장 먼저 한 일은 대포만 한 카메라를 산 것이었다. 그때부터 노인은 꽃 사진만 찾아서 찍고 다녔다. 그의 곁에 서른도 채 되지 않은 청년 기사가 항상 붙어 있다. 청년은 커다란 우산을 들고 다니며 비와 햇빛을 가려주기도 하고, 물도 챙겨주며 노인을 아버지처럼 받든다. 무슨 사업가라는 그의 아들이 보디가드 삼아서 아버지에게 붙여준 사람이었다. 노인의 소망은 세상의 모든 꽃을 카메라에 담아서 도록으로 남기는 것이었다. 책으로 사진을 남기겠다는 발상이 또한 학자다웠다. 무슨 일이든 벌이기만 하면 곧장 책으로 연결이 되니 말이다.

무슨 사진 공모전에 당선이 되었다고 하더라만, 한식은 여태 작품 사진 찍어서 돈 벌었다는 사람을 못 봤다. 그에게 사진 찍기는 아무래도 밑천이 좀 많이 들어가는 고급취미라고 이름 붙이는 게 옳을 듯싶다. 한식이 수년간 작약을 키우며 알아낸 거라면, 진짜 사진작가와 재미로 사진을 찍는 사람을 구별하는 방법이다. 우선 사진작가는 들고 다니는 카메라가 다르고 가방 크기도 다르다. 아마추어는 떼로 몰려다니다 금방 자리를 뜨지만 진짜 사진작가는 혼자 다니고, 온종일 같은 사진을 찍어대고도 싫증 내지 않는다. 카메라를 들고 여기저기 들쑤시고 다니면 아마추어고, 꽃의 만개를 기다리며 한자리에 진득하게 서 있으면 진짜 사진작가이다. 또 있다. 남들 자고 쉬는 시간에 눈 비비며 꽃이나 안개를 찍으러 다니면 진짜 사진작가이고, 가족들 세워놓고 사진을 찍어대면 아마추어라고 한식은 나름대로 구분을 해두었다. 그런 기준으로 보면 꽃미남 노인은 실력을 떠나서 겉멋만으로도 어느 누구보다 프로다. 그는 지프에서 예초기를 꺼냈다. 하루에 열두 번도 넘게 오락가락하는 마음을 다잡기 위해서라도 꽃을 날려야 직성이 풀리겠다. 예초기의 시동을 걸자 렌즈에 눈을 꽂고 있던 노인이 달려와서 물었다.

"자네 지금 꽃을 자르려는 건가?"

"꽃을 잘라야 한 푼이라도 건질 거 아님껴."

"부탁이네. 좀 봐주게."

사흘 동안 작약꽃만 찍었는데도 아직 제대로 된 작품을 못 건졌다며 노인이 카메라에 담긴 사진을 보여주었다. 그가 보기엔 수많은 꽃 사진이 모두 그게 그것 같아 보였다. 지금 꽃을 잘라버리면 일 년을 기다려야 하는데, 일 년 후에 노인이 살지 죽을지 모르니 사람 하나 살리는 셈 치고 지금 실컷 찍게 해달라고 노인은 숫제 애원이었다. 한식은 씩 웃으며, 일 년 아니라 십 년을 기다려도 지성들에 작약꽃이 피는 일은 두 번 다시 없을 거라고 말해주었다. 그의 말에 노인이 4대강 공사 때문에? 하고 되물었다.

"여름 전에 밭이 전부 사라질 겝니더."

"아, 이런 안타까운 일이…."

노인은 탄식하며 그렇기 때문에 더욱 꽃을 잘라서는 안 된다며 목소리를 높였다.

"이건 자연에 대한 배반이오."

"어르신, 저를 원망해 봐야 소용없심더. 저도 4대강 공사 반대한 사람임더."

"그러니까 말이네. 기왕에 핀 꽃이니, 사진 한 컷이라도 더 찍게 두잔 말이지."

겨우내 꽃이 피기만 기다렸다, 개화시기가 겨우 20여 일인데 가장 아름다운 시기에 봉오리를 자르는 건 꽃에게도 못할 일이 아닌가, 제 나름대로 꽃을 피우려고 혼신의 힘을 끌어올렸을 텐데, 밭주인이라고 해서 꽃을 잔인하게 잘라버리는 건 순리를 거역하는 일이다…. 노인은 아름다움을 망가뜨리는 사람이 되어서는 안 된다며, 꽃을 자르지 말아야 할 이유를 줄줄이 갖다 붙였다. 듣다못해 한식이 버럭 소리를 질렀다.

"젠장, 꽃이 그래 좋으마 쓴 소주라도 한 잔 사주고 말리든가요."

날마다 남의 꽃을 공짜로 구경한다고 불퉁스레 쏘아붙이자 노인이 청년을 불렀다. 청년이 당장 소주를 사오겠다며 뛰어갔다. 노인뿐만 아니라 그의 밭을 찾는 사진작가들 모두 마음이 바쁘긴 할 터이다. 꽃을 볼 수 있는 시간이 길지 않은 데다, 한식이 오늘 내일 하며 꽃을 자르겠다고 겁을 주고 있으니. 잠시 후 청년이 소주와 안주, 과자 부스러기가 든 비닐봉지 두 개를 들고 왔다. 노인은 날마다 소주를 사줄 테니까 꽃은 자르지 말아달라고 부탁했다. 소주 한 잔에 마음이 풀어진 한식은 예초기를 트렁크에 넣고 말았다. 오는 정이 있으면 가는 정이 있는 것이다. 한식이 지프 지붕에 앉아서 소주를 마실 동안 노인을 비롯한 사진작가들이 열심히 사진을 찍었다. 낮술에 취하면 부모도 몰라본다더니, 술이 들어가자 세상만사가 별것 아닌 것이 되어버렸다.

"에라, 모르겠다. 내가 돈에 환장한 놈도 아니고."

그러나저러나 여름이 오기 전에 농사지을 땅을 구해야 할 텐데 걱정이다. 다시 중간 상인으로 돌아가도 밥이야 먹고 살겠지만 그 짓도 해볼 만큼 해본 뒤여서 식상해진 지 오래다. 짧은 인생에 같은 짓만 하고 살면 무슨 재미랴. 다시 작약 농사를 짓는다면 땅값이 만만찮게 들어갈 것이다. 하천부지야 헐값에 빌릴 수 있으니 땅값 부담이 적지만 농토를 구한다면 당장 땅값의 단위가 달라진다. 더구나 작약은 이어짓기를 못 하기 때문에 많은 땅이 필요하다. 설령 하천부지 경작권에 대한 보상을 받는다 해도, 그가 가진 걸 탈탈 털어야 제대로 된 땅 한 조각이나 사게 될지. 대량으로 지을 거 아니면 좀 소득이 높은 특작을 지어야 하는데 그러려면 투자비용이 만만치 않게 들어가고 소득이 생길 때까지 또다시 손가락만 빨고 살아야 할 건 뻔한 이치다. 아버지는 작은 땅으로 실속 있게 농사를 지으면 된다지만 그가 바라는 건, 지금처럼 눈이 닿지 않을 만큼 넓은 땅에 농사를 지어 대량생산해 내는 것이다. 땅을 구하지 못하면 백수가 되는 것인지. 마음 같아선 4대강 사업다 걷어치우라고 시위라도 하고 싶었다.

한식은 사람들이 밭 안으로 들어가도 고함을 지르지 않았다. 그들과 싸우는 것도 마지막이라 생각하니 너그러워졌다. '까짓, 마음껏 찍어 보라지. 내가 지은 작약꽃이 작품으로 남으면 그것도 예술에 일조를 하는 것이니. 작약꽃 아니면 저 사람들이 무슨 일로 소주까지 사쥐 가며 내 밭을 찾을까.' 하루가 순식간에 지나간다. 여자가 오후 산책이라도 나와 주면 삶이 한층 풍성하고 아름다우련만. 그녀가 달이 뜰 때 작약꽃의 향기를 맡으러 들에 나올까. 해가 조금씩 서쪽으로 기울어진다. 꽃들이 찬란하게 빛나는 지성들이 그의 눈에는 텔레비전에서 본 어느 먼 나라의 아름다운 정원을 닮았다. 자연이 이룬 경관 앞에 한식은 숙연해졌다. 저물기 전에 마지막으로 온 힘을 다해서 하늘을 물들이는 노을, 아름다움을 다하고 한 잎씩 떨어지는 꽃, 카메라를 들고 먼 산을 바라보는 노인, 다리를 절며 천천히 걷는 늙은 개. 모든 사라지는 것들이 어찌 그리도 처연하고 아름다운지.

하루의 절반을 들판에서 지내는 한식에 관한 얘기를 하려면 그의 지프를 먼저 말해야 한다. 어른 허리 높이로 자란 작약꽃이 아무리 예쁘다 해도, 산타의 망토를 잘못 입은 장난꾸러기 지프에 비할 바가 아니다. 작약꽃이 피고부터 그는 주야장천 들에서 산다. 끝없이 펼쳐진 작약밭을 한 바퀴 돌려면 차가 아니고는 생각지도 못할 일이지만 그가 지프를 산 건 호주머니에 돈이 좀 있었기 때문이고, 빨간 지프가 눈에 띄었기 때문이고, 무엇보다 여자를 태우고 다니고픈 유혹이 더 컸기 때문이다. 그렇게 단순하게 시작된 발상이 그의 삶을 바꾸어놓았다. 그가 작약을 키우게 된 건 5년 전, 빨간 지프를 사고 나서였다. 어머니는 지프보다 땅 한 평이 낫다며, 경운기나 트럭으로 만족하지 못하는 아들이 못마땅해서 혀를 찼다. 그는 출고지에서 배달된 지프에 여자 친구를 싣고 강변 들녘으로 갔다. 시간이 있고 주머니에 돈까지 있어서인지 여자 생각이 간절했다. 지프를 몰고 갈대밭으로 들어가자 여자가 즐거운 함성을 질러댔다. 갈대의 키가 높아서 지프차가 달려도 움직임이 느껴지지 않을 정도였다. 그는 갈대밭에 여자를 눕혔다. 어른 키 높이로 자란 갈대가 그들을 숨겨주었다. 밤이 늦도록 여자와 키득대며 놀았다. 여자를 바래주고 알 수 없는 충동에 이끌린 그는 강변으로 되돌아왔다.

끝도 없이 펼쳐진 갈대밭을 진지하게 바라본 건 그날이 처음이었다. 여자와 섹스를 할 때 그가 느낀 건 갈대밭이 생각보다 포근하고 부드럽다는 것이었다. 그 부드러움이 무엇인지, 거름 한 점 주지 않아도 갈대가 그렇게 무성히

자라는 이유를 알고 싶었다. 갈대밭을 헤치고 들어간 그는 여자와 섹스를 나누던 곳에서 멈추었다. 두 사람이 뒹군 곳에 짓밟힌 갈대가 둥글게 누워 있었다. 갈대가 파도처럼 출렁이며 그에게 말을 걸었다. 그는 갈대의 말을 알아듣기 위해 귀를 기울였다. 홍수가 지나간 뒤여서 갈대가 온통 잿빛이었다. 그는 땅을 헤집어 보았다. 땅이 잿빛 개흙이었다. 미끈거리는 회색빛의 찰진 흙. 한식은 하늘이 뿌리신 천연 비료를 만지며 탄성을 뱉었다.

"이거, 전부 거름밭이잖아."

그는 손가락으로 땅을 헤집고 또 헤집었다. 홍수가 지나간 그 땅이 매우 특별하다는 걸 알았다. 그는 쓸모없이 버려져 있는 하천부지를 바라보며 생각에 잠겼다. 국지성호우로 물 폭탄을 맞아 하천이 범람한 이후였다. 연약해 보이는 갈대가 무지막지한 폭우에 상처 하나 입지 않고 서 있는 것이 경이롭게 느껴졌다. 거친 물결에 휩쓸려 개흙을 덮어쓰고도 갈대는 바람과 물에 쏠렸던 몸을 일으켜 굳건하게 서 있었다. 센 것 앞에서 센 척하면 부러지고 만다는 것을 갈대는 잘 알고 있었다. 센 것 앞에서 잠시 몸을 낮추어주는 걸 갈대는 비굴하다고 생각하지 않았다. 그것은 생존을 위한 순응이었고, 이기기 위해 한발 물러서 주는 것일 따름이었다. 갈대는 힘으로 막지 못할 것이 지나갈 동안 조용히 엎드려 기다렸다. 그것이 지나가고 나서 갈대는 기지개를 켜며 눕혔던 몸을 일으켰다. 조금 상했을 뿐 그것이 갈대를 죽이지는 못했다. 상한 외관은 시간이 가고 저절로 회복이 되었다. 때때로 거칠게 쓸고 가는 자연이 매서운 독재자 같았다.

날이 밝기를 기다려 군청으로 달려간 그는 하천부지 경작권을 신청했다. 여자와 갈대숲에서 섹스를 하다 알아낸 비밀은 작약밭이 되었다. 종근 구입비용과 긴 재배기간, 토지 이용률 등을 감안하면 그다지 큰 이익이 없다 해도 아버지 말대로 한 번쯤 제대로 된 농사꾼이 되어보고 싶었다. 더구나 버림받은 땅이나 다름없는 하천부지 경작권이라면 땅값 부담도 적으니 해볼 만했다. 아버지가 그랬다. 농사꾼 등쳐먹으면 죄 받는다고. 중간 상인이 협잡꾼이나 사기꾼일 턱이 없는데도 아버지는 농사꾼이 먹어야 할 이익을 가로챈다며 그를 숫제 야바위꾼 취급했다. 그는 아버지의 바람대로 작약을 기르는 농사꾼이 되었다. 그가 하찮은 약초 한 뿌리 허투루 봐 넘기지 않게 된 것은 약초 재배를 시작하고 생긴 변화였다. 작약은 오래 묵을수록 약효가 강하고 시장성이 높기 때문에 5년, 6년, 10년까지 묵혀두는 사람도 있었다. 작약에 관해서라면 뿌리만 봐도 몇 년 생인지 알아차릴 정도였다. 약초는 투자 기간이 길어서 선뜻 달려들기 어려운 농사였다. 대개의 농민들이 가난하고 다급해서 오래 기다릴 시간이 없었다. 한식은 지성들에 작약을 가꾼 이후 5년 동안 수익 한 푼 없이 견뎠다. 생각해 보니 아내가 가버린 건 곤궁한 살림 때문이었다는 생각이 들었다. 불과 일 년만 살고 말았지만 결혼식까지 올린 사람이어서인지 가끔 생각나곤 했다. 작약밭을 보고 시집 온 여자는 작약뿌리가 굵어지기도 전에 가버렸다. 5년만 참았으면 약초 판 돈을 헤아리며 웃었을 걸. 5년을 기다려야 돈이 된다는 사실에 질렸는지 어쨌는지 아내는 도시로 가버렸다. 그는 돈을 따라간 아내를 이해했다. 오랜만에 돈을 만져보니 돈 귀한 줄을 알겠다. 어디로 가는지 몰라도, 가겠다고 할 때 아내를 잡지 않았다. 둘 사이에 아이가 있는 것도 아니고, 걸리적거릴 게 아무것도 없었다. 그녀는 기다리는 걸 싫어했다. 덕분에 그는 약초 판 돈을 혼자 다 가지게 되었다. 조금씩 살찌는 통장을 보면 햇볕 따가운 들판에서 혼자 빈둥거리고 놀아도 신났다. 끝없이 투자만 한다고 불만이던 부모님과 형제들에게 처음으로 '이제 전부 돈이다!' 하고 큰소리를 쳤다. 그런데 이제 5년간의 수고가 원점으로 돌아가려 하고 있었다. 아버지 말대로 작은 땅으로 충실하게 계획을 세워 농사를 지어야 할까. 아니면 다시 중간 상인으로 돌아가야 할까. 모르겠다, 어떡해야 할지. 꽃 도둑이 곁에 있으면 물어봤으면 좋겠다. 그녀라면 지혜로워서 좋은 답을 가르쳐 줄 것 같다.

작약꽃이 피었다는 입소문을 타고 하루가 다르게 구경꾼들이 늘어났다. 잡초만 무성하던 하천부지가 꽃밭이 되어 인근의 사진작가들은 물론이고 아이 어른 할 것 없이 꽃을 사랑하는 모든 이를 불러들였는데, 공로상을 주지는 못할망정 땅을 두고 나가라니 이 무슨 당치 않은 경우가 있는지. 꽃을 보며 그는 이참에 화훼농사를 지어볼까 하는 생각을 해보았다. 장미든 안개든, 수천만 송이의 꽃도 좋지만, 그는 더도 덜도 말고 딱 한 송이만 잘 키워서 품에 안고 싶었다. 새벽마다 작약밭으로 숨어드는 그 살아 움직이는 꽃을. 트럭이 덜컹거리며 지나가다 둑길에 멈추었다. 명선이다. 어젯밤에 마신 술이 아직 덜 깼을 텐데, 일꾼들 출근 때문에 억지로 차를 끌고 나온 모양이다. 간밤에 구판장에 작약 뿌리를 납품하고 삼거리 식당에 모여서 작목반 친구들과 술을 마셨다. 작목반 정기 총회였다. 수확을 끝내고 제주도 여행을 가자는 말이 나온 건 지난 모임에서였다. 날마다 흙 무지렁이로 땅만 파고 살 것이 아니라, 산천 구경도 해가며 살자는 안건을 낸 건 한식이었다. 사는 게 답답해서 어디론가 훌쩍 떠나고픈 욕구를 누르고 있는 참이었다. 한라산 등산을 하기로 의견을 모았다. 말이 등

산이지 산꼭대기까지 오를 사람은 다섯 명도 안 되고, 도중에 하산할 사람이 반 이상이었다. 언제나 그렇듯 함께 모인다는 사실이 중요하고, 술을 마시며 떠드는데 목적이 있고, 입씨름도 모자라서 쌈박질까지 해가면서도 하루가 멀다 하고 모이는 게 관례가 되었다. 그렇게라도 퍼마시고 떠들어야 주야장천 마셔대는 흙먼지를 씻어낼 수 있는 것이다. 3차도 모자라 4차까지 살아남는 자가 서넛 되는데 한식이 그 중 하나였다. 밤새 지치지 않고 떠들어대던 천이와 택이도 이즈음 들어 몸을 사리는 눈치였다. 사십 살도 나이라고 나이 먹은 티를 냈다. 갈증 때문에 일찍 잠을 깨서는 도로 자리에 들기도 그렇고 해서 일찌감치 밭으로 나왔다. 새벽달이 차갑고 서늘한 모습으로 떠 있었다.

속 쓰리다고 엄살을 해대는 명선에게 해장하라고 소주병을 들이댔더니 녀석이 진저리를 친다. 녀석은 항상 그놈의 술이 원수다. 술만 줄이면 한없이 좋은 친구인데, 취하면 말이 많아지고 곧잘 시비가 붙어서 쌓았던 인심을 잃고 만다. 거의 끌고 나오다시피 술집을 나올 때가 새벽 세 시였다. 했던 말을 하고, 또 하는 게 넌더리나서 도망가려다 집까지 바래달라는 말에 붙들려서 끝까지 있어 주었다. 어슴푸레 생각나는지 명선이 미안한 표정으로 물었다.

"어제 나 집에 어떻게 들어갔냐?"

"다시는 술 먹자고 하지 마라."

주먹을 들어 보이며 한식은 술 얘긴 꺼내지도 말라고 쿡 찔러주었다. 보온병에 담아온 커피를 종이컵에 부어주니까 명선은 두 번 다시 주정부리지 않겠다며 하나 마나 한 맹세를 했다. 4대강 공사와 보상 문제, 약초의 단가 등, 하루가 멀다 하고 술 마실 일이 생기는 게 문제였다. 명선이 종이컵을 구겨서 밭고랑에 던지고 갔다. 일꾼을 태우러 가는 걸 보면 오늘 약초를 캐려나 보다. 트럭이 덜컹덜컹 털털거리며 달려가고, 구름같이 인 흙먼지가 뒤를 따랐다.

밭을 휘둘러보는 한식의 눈이 꽃 도둑을 찾고 있다. 어느새 가버렸는지 살금살금 기어 다니던 그림자가 보이지 않는다. 돌아서 있는 동안 빠져나간 건지. 불과 일주일인데 밭에만 오면 습관처럼 그의 눈이 자꾸만 여자를 찾는다. 여자가 어딘가에 숨어서 겹꽃을 따고 있을 것만 같았다. 이즈음 들어 작약꽃이 요염해 보이는 건 그 여자 때문일 것이다. 그 여자가 나타나며 그의 일상이 달라졌다. 우선 작약꽃이 그 여자 같아 보이는 것이 그렇고, 이장댁을 기웃거릴 핑계를 찾고 있는 것이 그렇고, 옷을 자주 갈아입는 것이 그렇다. 명선은 그런 한식을 바람났다고 빈정대지만 사십 살 넘은 돌싱이 한눈 좀 팔면 어떤가. 그런데 야속하게도 여자는 방에만 틀어박혀 사는지 그림자도 보여주지 않는다. 어쩌다 마음 내켜 강둑을 걷는 모습이 보이긴 하지만 그런 날은 가뭄에 콩 나듯이 귀하다. 소문에 듣기로 여자는 도시에 살 때 아이들에게 피아노를 가르쳤다고 했다. 화훼시장에 작약꽃 시세를 알아보러 갔다가 먼발치로 그녀를 보았다. 그녀는 무릎 아래 내려오는 검정 원피스 차림에, 모자를 푹 눌러쓰고 있었다. 검정 원피스와 샌들, 모자의 배합이 잘 어울렸던 건 그녀가 예술을 하는 사람이기 때문이라고 생각했다. 남편에게 여자가 생긴 걸 못 참아서 약을 먹었다던가. 한식은 그녀를 두고 다른 여자와 살고 싶어 하는 남자가 어떤 사람인지 궁금했다.

여자의 발을 만진 건 어둠이 채 걷히지 않은 작약밭에서였다. 그녀는 아무도 없는 틈을 타 작약꽃을 따고 있었다. 지프 소리를 듣고 달아나던 여자가 악, 소리를 지르며 둑길에 주저앉았다. 여자에게 천천히 다가갔다. 여자가 떨리는 목소리로 말했다. "발을… 삔 것 같아요." 딴엔 놀랐는지 여자가 가쁜 숨을 몰아쉬고 있었다. 이슬에 젖은 발이 온통 흙더미였다. 그녀의 왼쪽 관자놀이에 베개 자국이 두 줄 그어져 있는 것을 마음에 새겼다. 달아나던 것과 달리 여자의 표정은 마음대로 하라는 얼굴이었다. 꼬불꼬불한 파마머리와 검정 원피스 차림이 화훼시장에서 본 그대로였다. 이장 부인의 질녀라고 들었다. 약을 털어 넣은 그녀를 이장 부인이 요양차 시골로 데려왔다는 소문이 떠돌았다. 어이없다는 듯 여자를 쳐다보던 그는 발이 부어서 걷지 못하는 여자를 두 팔로 번쩍 들어서 지프에 앉혔다. 이장댁까지 데려다 줄 생각이었다. 꽃 냄새인지 여자의 살 냄새인지 알 수 없는 향기로 한식은 거의 실신 지경에 이르렀다. 여자를 차에 앉히기도 전에 더 먼저 그의 몸이 커다랗게 부풀었다. 여자의 눈을 들여다보고, 향기를 맡고, 어린 숨소리를 들으며, 그는 자신이 아직 새벽잠에 취해서 꿈속을 헤매는 중이라고 생각했다. 햇살이 퍼져 일꾼들과 사진작가들이 들로 몰려오도록 그들은 지프에서 아침 해를 바라보았다. 그가 여자를 보며 말했다

"발목이 부러졌는지 함 봅시더."

그는 치맛자락으로 감추는 여자의 발을 당겨서 좌우로 움직여 보았다. 그렇게 귀여운 발은 처음이었다. 흙이 묻은 건 문제도 아녔다. 이슬에 발이 미끄러져 샌들 끈이 떨어지고 발까지 삔 듯했다. 그는 앞자리 의자 밑에 둔 비닐 봉지에서 소주를 꺼냈다. 그는 수건에 소주를 적셔 여자의 발목에 올려주었다. 여자가 시원하다며 뒷자리에 비스듬히 기댔다. 체념이 빠른 건지 적응이 빠른 건지, 살포시 웃기까지 하는 여자를 그는 신기한 눈으로 바라보았다.

"많이 아픔껴?"

"걸을 수 있을지 모르겠어요."

"집까지 바래주겠심더."

"제가 어디 사는지도 모르잖아요."

안다고 말하려다 말고 한식은 뻔히 알고 있는 것을 물었다.

"집이 어딤껴?"

"지금 이장님 댁에 있어요."

"이장님 친척임껴?"

"이장님 부인이 이모예요."

"꽃 훔치다 걸렸다카마 이장님이 뭐라카겠심껴."

"왜 그래요? 꽃값이 얼마나 한다고."

"사람도 사람 나름, 꽃도 꽃 나름임더."

시시해 보여도 전부 특별한 꽃이라고 말하려던 차에 전화가 왔다. 어디 있느냐는 어머니의 물음에 일꾼들 때문에 일찍 나왔다 이르곤 얼른 전화를 끊었다. 분위기 깨는 데는 일가견이 있는 분이다. 여자와 함께 있다고 하면 꼬치꼬치 캐물으며 석 달 열흘은 들볶을 것이다. 벨이 자꾸 울리는 게 거슬려서 에티켓모드로 바꾸었다. 소리가 들리지 않으니 이번엔 부질없이 떨어대는 게 신경에 거슬렸다. 휴대폰을 꺼놓았다. 겨우 조용해졌다. 그는 여자의 파란색 발톱을 골똘히 살폈다. 매니큐어가 벗겨진 엄지발톱을 슬쩍 만져도 그녀는 발을 감추지 않았다. 지금껏 여자의 발을 이렇게 자세히 본 적이 없었다. 일 년만 살다 간 아내의 발이 어땠는지, 얼굴이 어떻게 생겼는지 전혀 기억에 없다. 여자의 발이 조금 부은 듯했다. 응급실에 가자니까 여자가 기겁을 하며 병원에는 절대로 가지 않겠다고 했다. 아기도 아니고, 병원을 왜 그렇게 무서워하느냐니까 의사들이 너무 야만적이더라는 것이다. 여자가 음독자살로 겨우 살아났다는 말을 듣긴 했다. 의사가 야만적이란 말은 그 때문인 듯했다. 목으로 호스를 집어넣어 속을 씻어냈다면 모르긴 해도 두 눈 멀거니 뜨고 죽음을 맛보았을 것이다. 한식은 더 묻지 않고 여자의 발을 조물조물 만져주었다. 벌레 보듯 그를 털어내지 않아서 고마웠다. 그는 치맛자락 아래의 흰 허벅지를 보지 않으려고 발갛게 떠오르는 해를 쳐다보았다. 여자와 아침 해를 볼 수 있어서 기뻤다.

한식이 꼭두새벽부터 밭에 온 것은 농작물 도둑이 인삼밭을 송두리째 털어갔다는 방송 때문이었다. 마늘밭과 인삼밭은 물론이고 소, 염소, 과일까지 털어간다고 이장이 방송으로 주의를 줄 정도여서 은근히 신경이 쓰였다. 사나흘 연이어 밭고랑을 기어 다닌 덕분에 한 포대에 60kg 나가는 가공약초 수십 포대를 공판장에 넣을 수 있었다. 낫자루 만한 굵기부터 아이들 손목 굵기의 뿌리도 있어서 물량이 많이 늘었다. 약초를 캐고, 기계로 씻어서 자르는 작업까지 마치고 나면 날이 까맣게 저물곤 했다. 5년만의 수확이어서 일이 고된 줄도 몰랐다. 남은 약초를 모두 캐내려면 열흘은 걸릴 것이다. 피로에 절어 몸이 파김치 같은데도 기분은 그럴 수 없이 상쾌했다.

"이렇게 꽃 도둑을 만날라고 일찍 깼나 봅다."

그는 새벽달과 여자를 번갈아 보며 어물쩍 말을 건넸다.

"너무 도둑 도둑 그러지 마세요. 꽃값을 드림 되죠."

"그러슈. 꽃값은 꽃으로만 받슴다."

여자가 의미심장한 표정으로 그를 바라보았다. 약초도둑이 염려되어 새벽 어스름을 살펴 밭에 나오긴 했어도 그냥 휘둘러보고 차에서 눈을 붙일 생각이었다. 아내가 도시로 나간 이후 자주 그렇게 차에서 자곤 했다. 밭고랑 사이에 어떤 그림자가 서성이는 걸 보고 그는 틀림없는 약초도둑이라고 생각했다. 곡괭이라도 휘둘렀으면 어쩔 뻔했냐니까 여자가 설마, 하는 얼굴로 그를 바라보았다. 농사는 커녕 세상물정을 모르는 사람이어서 한마디 덧붙였다.

"내 밭 말고는 어디에도 들어가지 마소. 성질 더러븐 놈한테 걸리마 망신 당하는 기라요."

그의 불퉁스러운 말에 여자가 알겠다는 듯 고개를 끄덕였다. 사람 놀라게 하지 말고 그냥 꽃을 달라고 했으면 맘껏 꺾어가게 했을 걸. 어차피 돈 되기도 늦었고, 여름이 되기 전에 송두리째 파헤쳐야 할 밭이어서 아까울 것도 없었다. 도망가는 중에도 꽃을 안고 있는 여자의 정성이 갸륵했다. 꽃 때문에 그 꼴을 당하고도 정신을 못 차렸는지 여자는 겹꽃만 골라서 몇 송이 따달라고 부탁했다. 그는 대답도 않고 아무 꽃이나 따서 여자 무릎에 한 아름 안겨주었다. 여자는 그 꽃을 대바구니에 정성스레 담았다. 사십 살이 넘도록 남자에게 그렇게 많은 꽃을 받아보긴 처음이라는 여자에게 그가 물었다.

"정말로 궁금해서 묻는데 그 꽃으로 뭐 합니껴?"

"꽃으로 그림도 그리고 부케도 만들고, 그러면서 시간을 보내요."

지루해서요, 라는 말이 바늘처럼 가슴에 꽂혔다. 아침 해가 내리쬐는 들녘에 낯선 여자와 함께 있다는 사실이 믿기지 않아서 그는 자신이 꿈을 꾼다고 생각했다. 다음 날이면 허무한 꿈으로 되돌아간다 해도 꿈꾸는 순간만은 행복하고 싶었다. 여자의 취한 듯 붉은 얼굴을 바라보는 순간만은.

"왜 그렇게 쳐다봐요?"

여자의 물음에 한식은 꽃을 씹으며 맛이 씁쓰름하다고 했다. 그러자 여자는 꽃의 쓴맛은 첫사랑의 맛이라고 일러주었다. '첫사랑의 맛?' 처음 들은 말이었다. 여자와 많이 친해진 느낌이었다.

"작약꽃은 달이 뜰 때 향이 가장 진합니더. 오늘 밤…."

대문 앞에서 기다리고 있으면 태우러 가겠다고 해도 여자는 그저 웃기만 했다. 그는 달이 뜰 때, 라고 다시 한번 다짐하듯 반복했다. 아내가 가버린 이후 여자를 이렇게 가까이에서 느껴 보긴 처음이었다. 그의 온몸이 여자를 갈망하고 있었다. 도시로 가겠다는 아내를 말리지 못했다. 아이가 생기기 전에 헤어진 것을 다행으로 여기고 싶지만 아내는 처음부터 아이를 가질 생각이 없었던 게 분명했다. 벌써 5년이나 지난 일이었다. 사람들이 몰려오는 것을 보고 여자를 이장댁까지 바래주었다. 그는 발이 계속 아프면 병원까지 태워주겠다며 전화번호를 일러주었다.

"일 년에 한 번씩 쓰는 물건인데 빌려도 될 걸."

그가 트랙터를 끌고 나오자 어머니는 기어이 한마디 하고 만다.

"고마하이소. 같은 소리 하기 지겹지도 않습니꺼?"

어머니는 트랙터 할부금이 끝나도록 잔소리를 그치지 않았다. 꼭 필요한 거라고 말해도 소용없었다. 어머니에게 트랙터나 포클레인은 빌려 쓰는 그런 것이었으니. 어머니는 트랙터 한 번 빌려 쓰는 게 얼마나 어려운 줄 몰랐다.

트랙터가 있으면 사람이 없고 사람이 있으면 트랙터가 없고. 남의 형편 살피다 때를 늦추기 일쑤였다. 농사꾼답게 연장은 갖추고 살아야 한다는 것이 농사꾼으로서의 생활 철학이었다. 그는 새로 산 트랙터로 동네 밭을 죄다 갈아주고 다녔다. 트랙터 사용료를 받으러 다니는 건 어머니 몫이었다. 사용료 달라는 소리가 나오지 않아서 그냥 땅만 갈아주었다. 돈으로 지불하는 사람도 있고, 거름이나 쌀로 대신하는 사람도 있어서 어머니는 날마다 신이 났다. 비싼 농기구 산다고 말릴 땐 언제고, 사람들이 트랙터를 쓰려고 그를 찾아다니는 것이 자랑스러운가 보았다. 그는 트랙터를 사용할 땅을 보러 다녀야겠다고 마음먹었다. 남의 땅이 아닌 제 땅을.

아버지는 약아빠진 장사꾼이라고 못마땅하게 여겼지만 중간 상인일 때에도 그는 아버지가 생각하는 것처럼 그렇게 농부들을 많이 후려 먹지는 않았다. 남보다 한 푼이라도 덜 남긴다고 사람들이 오히려 그를 좋아했다. 그렇다고 해도 땀 흘리지 않고 남이 지어놓은 농산물을 사들여 팔아먹을 때는 돈 귀한 줄도 몰랐고, 약초 뿌리 귀한 줄도 몰랐다. 돈은 벌어들이는 만큼 쓰는 것이었고, 농부의 수고에 아랑곳없이 몇 푼이라도 더 남겨먹는 게 목적이었고, 약초나 농작물은 환전이 될 물건에 불과했다. 그때는 돈도 흔했고, 팔아먹을 농산물도 흔했다. 중간 상인이 농사꾼으로 바뀌고부터 돈 귀한 줄도 알고, 사람 귀한 줄도 알고, 땅 귀한 줄도 알았다. 그를 변하게 한 건 아버지였다. 단한 번이라도 농사를 지어보고 중간 상인이 되든지 사기꾼이 되든지 알아서 하라는 아버지의 호통이 없었으면 아직도 그는 남이 지어놓은 농작물만 넘보고 다닐 것이다. 타고난 농부였던 아버지의 걱정을 덜어주려고 시작한 농사가 그를 바꾸었다. 덕분에 그는 아버지를 찾았고 아내를잃었다. 아내가 일 년만 살고 가버린 건 그가 작약밭에 투자만 하고 돈을 벌어들이지 못한 탓이었다. 아내는 농사를싫어했다. 일꾼들 새참 해주는 것도 싫어했고, 햇빛에 그을며 밭에서 일하는 것도 싫어했고, 시골에 사는 것 자체를 싫어했다. 지나고 나서 생각하니 아내가 떠난 게 그에게는 홍수가 지나가는 것처럼 피할 수 없는 일이었다.

달이 뜨기를 기다리던 그는 전지가위를 들고 다니며 꽃을 따기 시작했다. 겹꽃만 따서 상자에 차곡차곡 담으며그는 누군가를 위해서 따는 것이 처음이자 마지막이었으면 좋겠다고 생각했다. 홑꽃으로 그림을 그리고, 겹꽃으로 부케를 만들면 된다. 꽃이 지기 전에 그녀가 자신을 위해 작약꽃 부케를 만들었으면 좋겠다. 그가 아내를 잊었듯이 그녀 또한 다른 여자와 살겠다고 한 남자를 잊으면 얼마나 좋을까. 작약꽃 부케를 든 그녀 곁에 서 있고 싶다. 어리석은 소망이라고 해도 어쩔 수 없다. 분홍색, 빨간색, 흰색의 작약꽃이 모란 같기도 하고 카네이션 같기도 하다. 상자 가득 꽃을 담은 그는 달빛이 비치는 길을 달렸다. 발목이 아파서 꽃을 따러 오지 못하는 여자의 창 앞에 차를 세웠다. 차 소리를 듣고 여자가 창을 열어주길 기다렸다. 클랙슨을 울려도 캄캄하게 불이 꺼진 창은 밝아지지 않았다. 그는 대문을 밀었다. 여자의 방에 불이 꺼져 있었다. 여자의 방문 앞에 꽃 상자를 놓고 나왔다. 달이 높아질수록 꽃등불은 점점 밝아지고 그의 소망 또한 간절해지건만, 여자는 그와 함께 작약밭에 비치는 달을 볼 생각이 없나 보다. 어느 때보다 달이 아름다운데.

지금, 여자는 방문 손잡이를 잡고 어떤 생각을 하고 있을까?

"눈을 떠 보세요."

의사가 겁내지 말고 눈을 뜨라고 했다. 햇빛 같은 강렬한 빛이 와락 달려들 것 같은 느낌 때문에 눈을 뜨기가 두려웠다. 시간이 얼마나 흘렀는지. 일곱 살 이후 태양과 달, 강을 비롯한 모든 것이 내게서 자취를 감추었다. 눈으로 봐야만 존재를 느낄 수 있는 것들이 나를 떠난 순간, 세상은 빛을 몽땅 잃고 말았다. 시간이 나와 다른 방향으로 흐르는 동안 화석 속에서 숨을 멈춘 씨앗이 되어 나는 다만 거기 머물러 있었다.

'눈이 부실 거야.'

잃었던 세계를 되찾는다고 생각하니 가슴이 설레고 심장이 쿵쾅거리며 뛰었다. 물소리, 비행기소리, 새가 우짖는 소리를 눈으로 직접 보게 되었다. 그건 잃었던 내 유년의 신화가 돌아오는 것이고, 지팡이의 도움 없이도 내 마음대로 세상을 뛰고 걷고 달릴 수 있다는 말이었다. 눈을 뜨고 가장 먼저 해야 할 일은 창고에 처넣었던 거울을 꺼내는 것이었다.

"겁내지 말고 천천히 눈을 뜹니다."

의사의 말에 아침 햇살을 상상하며 눈꺼풀을 들었다. 겹겹의 안개를 헤치고 다가오는 빛. 그 빛을 맞아들이기 위해 안개가 걷히기를 기다렸다. 해가 뜨면 안개는 순식간에 증발해 버린다. 애초에 존재하지 않았던 것처럼. 실망스러울 정도로 사물이 흐릿하지만 내 앞에 사람이라고 여겨지는 물체가 여럿 서 있는 것이 보였다. 안개가 걷히며 사물이 조금씩 윤곽을 되찾았다. 의사는 맑은 유리창을 들여다보듯 깨끗하게 보려면 시간이 좀 지나야 한다고 했다.

"보이니? 엄마가 보여?"

목소리의 주인이 내 팔을 잡고 흔들었다. 새된 목소리가 아녔으면 그녀가 내 엄마라는 사실을 모를 뻔했다. 실체보다 목소리로 기억되는 사람. 내 지각이 인식하지 못한 게 어디 엄마뿐이랴. 나는 아직 내 얼굴도 모른다. 일곱 살 이전의 엄마는 잘 익은 무화과처럼 볼이 붉고 단단했는데, 지금 내 앞의 그녀는 늙어가는 중이었다. 초등학교와 중학교, 고등학교 교실까지 따라다니며 헌신적으로 나를 돌본

여인. 눈을 뜨면 가장 먼저 보고 싶었던 사람이었다. 그러나 내 눈은 기뻐서 어쩔 줄 모르는 엄마와 아빠, 의사, 간호사를 지나 벽 쪽의 희미한 그림자를 먼저 보았다. 거기바이크 패션을 한 남자가 서 있었다. 두 팔을 늘어뜨린 채구름인 듯 실체감이 없는 모습으로. 사람들에게서 멀찌감치 떨어져 있어서 자칫 옆 병동에서 구경 온 사람인가 하는 생각이 들기도 했는데, 어쩐 일인지 무작정 그가 눈에 띄었다. 그저 눈에 띄었다기보다 내 눈이 그를 찾아냈다고하는 편이 옳을 것이다. 그는 누구인가. 시야가 흐려서 표정을 읽지 못했지만 막연히, 그가 나를 보기 위해 거기 서있었다는 느낌을 받았다. 그게 인사였는지, 그가 두어 번고개를 끄덕였다. 나도 모르게 눈을 감았다. 영문 모를 저릿함이 나를 휘감았다.

"왜 그래? 눈이 아파?"

엄마가 대답을 다그쳤다. 눈을 떠보니 그가 사라지고 없었다. 울음을 참을 때처럼 눈이 뻐근하고 더워지는데도 가슴은 건조한 상태인 그 느낌을 서먹함이라고 해야 할지 감동이라고 해야 할지. 눈으로 사물을 본다는 게 이처럼 느닷없는 맞닥뜨림에 익숙해지는 것임을 어렴풋이 이해했다. 엄마에게 물었다.

"방금 나간 사람 누구야?"

"아무도 나간 사람이 없는데."

"어떤 남자가 저기 서 있었어."

내 손이 가리키는 곳에 흰 벽이 서 있을 뿐, 아무도 그를 본 사람이 없었다.

*

내게 눈을 준 이가 어떤 사람이냐는 물음에 엄마는 텔레비전 채널을 돌리며 글쎄, 하고 말끝을 흐렸다. 본래 기증자가 누군지 알려주지 않는다고 했다. 누군가를 어떤 사람이라고 한마디로 표현하는 것이 엄마에게는 상당히 어려운 문제였던 것 같다. "그 사람…." 드라마 재방송을 보던 엄마가 마침내 입을 열었다.

"경륜 선수가 아닌가 몰라. 일곱 명의 목숨을 구했다는데."

"그리고?"

"네가 수술 받던 날 신문에 그런 기사가 났어. 내 짐작이야."

엄마도 나만큼이나 그를 모르고 있었다. 예약 시간보다 일찍 집을 나섰다. 병원까지 천천히 걷고 싶었다. 앙상한 나뭇가지와 겨울을 재촉하는 바람의 기세에 사람들의 걸음이 빨라졌다. 길모퉁이에서 걸음을 멈추고 거리를 바라보았다. 나뭇잎이 마구 뒹구는 거리 저편에서 누군가가 나를 따라오고 있었다. 큰길까지 나오기 전에 미행의 기미를 알아챘지만 대수롭잖게 생각했다. 집 앞에서 나를 기다리고 있었는지 알 수 없지만 그가 열 걸음 정도의 거리를 유지하며 따라오는 것을 모른 척했다. 해칠 사람으로 보이지는 않았다. 내가 걸음을 멈추면 그도 멈추고, 내가 거리를 바라보면 그도 나처럼 우두커니 서서 거리를 바라보았다. 연필로 형체만 그려놓은 것 같은 사람. 어딘가 모르게 남들과 달라 보이는 사람이었다. 우리가 언제 만난 적이 있었는지 궁금했다. 그가 나를 알고 있는지, 내가 그를 알고 있는데도 못 알아보는지. 그에게 다가가서 물었다.

"절 따라온 거 맞아요?"

내 물음에 그가 고개를 끄덕였다.

"왜요?"

"우리 한 번 본 적 있는데 생각 안 나?"

"병실?"

그가 고개를 끄덕였다. 각막이식 수술 후, 처음으로 눈을 뜨던 날 그가 병실에 있었다. 어느 순간 그는 그림자처럼 사라졌고, 나는 금방 그를 잊었다. 일곱 살 이후 처음으로 눈을 떴기 때문에 모든 게 낯설고 서먹할 때였다. 그에게 물었다.

"예전부터 알던 사이였어요, 우리?"

그가 알아맞혀 보라고 했다. 어릴 때 함께 놀았느냐고 해도 고개를 저었고, 맹아학교 선생님이냐고 해도 고개를 저었고, 친척이냐고 해도 내처 고개만 저었다. 혹시 나를 짝사랑했느냐는 물음에 그가 하하 웃음을 터뜨렸다. 가족도, 친구도, 애인도 아닌 그가 나를 따라다닌다는 사실이 의구심을 더했다. '왜?' 나는 풀어야 할 숙제를 안은 채 커피숍으로 들어갔다. 그가 내 뒤를 따라 들어왔다. 작은 화분이 오종종 놓여 있는 창가에 앉았다. 팔이 닿을 만큼 가까이 앉아 있는데도 안개에 가린 듯 그가 아득하게 느껴졌다. 잠시 쿠바 음악에 귀를 기울이며 카푸치노를 마셨다. 병실에서 만나기 전까지 우리는 전혀 모르는 사이였다고 그가 말했다. 그런데도 그는 내가 눈을 뜨는 게 보고 싶었다고 말했다.

"우린 서로 잘 모르는 사람들인데 어째서 그런 게 궁금해요?"

"그게 내 눈이었으니까."

"아!"

하마터면 찻잔을 떨어뜨릴 뻔했다. 몸 하나로 일곱 명을 구했다는 사람. 지금 그를 바라보는 건 내가 아니라, 그의 눈이 나를 통해서 그 자신을 보고 있었다. 한 달에 보름달이 두 번 뜨는 날이면 달의 기운으로 간혹 이상한 일이 벌어진다고 그가 농담 같은 진담을 했다. 세상에는 내가 모르는 일이 온통 널려 있으니 그럴 수 있겠다고 생각했다. 오늘이 바로 그날이고, 그게 달의 조화 때문이라니. 눈을 뜨자마자 자신을 가장 먼저 봐준 것이 기뻤다며 그가 장난꾸러기 소년처럼 환하게 웃었다.

"일부러 보려고 봤던 거 아녀요."

"알아. 보이지 않는 힘에 이끌렸다는 걸."

"그런데 왜 물어보지도 않고 마음대로 말을 놓아요?"

"내가 오빠니까."

생크림이 혀에 부드럽게 녹았다. 커피숍에서 음악을 들으며 커피 마시는 날이 오기를 얼마나 꿈꾸었던가. 엄마는 내 나이에 맞는 경험을 얻게 해주려고 어디든 데리고 다니려 했다. 사람을 만나는 게 싫어서 엄마의 호의를 거절할 수밖에 없었다. 마주보고 있는 사람 얼굴도 보지 못하고, 얘기를 나누는 것이 허공에 대고 혼잣말을 하는 것 같고, 자동차가 나를 향해 달려오는 것 같고, 사람들의 시선이 느껴져 걸음을 똑바로 걸을 수 없고, 길을 더듬거리고 다니는 내가 어둠 속에서 꿈틀대는 벌레 같다고 말할 수는 없지 않은가. 그보다 무서운 건 길에 비켜 다녀야 할 장애

물이 너무 많다는 사실이었다. 마트에 생리대 사러 가다가 오토바이에 부딪치기 전에는 혼자 잘 다녔다. 오토바이에 부딪쳐 다치고 나서부터는 혼자 외출할 생각을 버렸다.

커피숍을 나와서 걸었다. 걸음을 멈추고 어느 집 담을 넘어온 나뭇가지에 팔을 뻗었다. 닿을 듯 말 듯 연노란 열매가 손끝을 스쳤다. 벽돌을 딛고 올라섰다. 열매 두 알을 땄다. 그가 열매 안의 씨앗을 깨물어 보라고 했다. 도토리 같은 씨앗을 톡 깨물자 고소한 맛이 났다. 개암나무 열매를 오독오독 씹어 먹었다. 그 고소한 맛 때문에 개암나무에 '깨금'이라는 이름이 붙은 거라고 그가 일러주었다. "손 내밀어요." 내 말에 그가 손을 내밀었다. 나는 열매 한 알을 그의 손에 놓았다. 열매가 그대로 땅에 떨어졌다. 그가 떨어진 열매를 내려다보며 말했다.

"우리 집 마당에도 개암나무가 있어."

열매를 따는 사람이 없어서 개암이 마당에 멋대로 뒹굴고 있다며, 채 떨어지지 못한 열매가 겨울 내내 나뭇가지에 매달려 있을 거라고 했다. 나뭇가지에 매달린 열매를 보는 게 슬프더라는 그에게, 목소리를 높여 씩씩하게 말해주었다.

"그게 뭐가 슬퍼요, 따면 되지."

"딸 수 없게 되었으니 하는 말이지."

"집을 가르쳐주면 제가 열매를 딸게요."

"어떻게?"

"기다란 장대로 때려서."

그가 후후 소리를 내며 웃었다. 버스를 타면 한 시간 안에 닿을 수 있는 거리라며 그가 개암 따러 갈래? 하고 물었다.

"거기 누가 살아요?"

"할머니와 어머니."

"낯선 사람이 가면 이상하게 생각하지 않겠어요?"

"반가워하실 걸."

그곳이 어딘지 모르지만 무조건 가겠다고 했다. 그가 내게 세상을 보게 해주었으니 나도 그를 위해 뭔가를 해주고 싶었다. 그는 집에 가기 전에 내가 꼭 도와줘야 할 일이 있다고 말했다. 그게 무엇이냐니까 따라가 보면 안다며 앞서 걸었다. 지하철을 향해 걷던 중 가로수에 앉아 재재거리는 새를 보았다. 새는 나뭇가지를 옮겨 다니며 명랑하게 우짖었다. 손차양으로 해를 가리고 새 이름이 뭐냐고 물었다. 그가 직박구리, 라고 일러주었다. 새가 사뿐 몸을 들어 가볍게 날아갔다. 서양 산딸기나무와 검정색 윤노리나무의 열매를 좋아하는 텃새라며, 직박구리가 날아간 곳을 가리켰다. 푸른 하늘이 눈 안에 가득 들어왔다. 시려서 눈물이 나는데도 나는 하늘을 계속 올려보았다. 그동안 가장 많이 보고 싶었던 게 하늘이었다. 빗방울이 떨어지는 하늘, 해가 뜨는 하늘, 구름 낀 하늘, 그리고 구름 한 점 없는 푸른 하늘. 내게 있어서 하늘은 창고에 던져둔 거울이나 다름없었다.

지하철을 탔다. 손잡이를 잡고 그와 나란히 서 있었다. 지하철의 캄캄한 유리에 홀로 서 있는 내 모습만 비쳤다. 졸거나 신문을 읽거나, 휴대폰을 들여다보는 사람들을 싣고 지하철은 맹렬한 속도로 달렸다.

"여자 친구에게 프러포즈를 하려 해."

"꽃 주고 사랑 고백하고 그런 거 말이에요?"

"영상으로 고백만 할 생각이야. 순간이동이라서 오래 못 있거든."

"그것 때문에 돌아왔어요?"

"미리 예약해 뒀던 거였어."

"어떻게 도와드려요?"

"지혜를 호텔 이벤트홀로 오게 해줘."

채 거두지 못한 사랑의 완성을 기꺼이 도와주겠다고 약속했다. 누구에게나 사랑을 고백할 권리는 있는 것이다. 설령 죽은 사람이라 해도.

"블루문이 뜨네."

그가 하늘을 가리켰다. 푸른 하늘과 흰 구름 사이로 달무리를 거느린 달이 둥근 얼굴을 내밀었다. 바람은 나뭇가지를 흔들고, 자동차는 물결처럼 흐르고, 파란 신호등과 빨간 신호등이 번갈아 바뀌었다. 버스를 기다리는 사람, 손수레에 실린 샛노란 감귤과 사과, 붉은 제라늄 꽃, 강아지를 안은 여자의 귓밥에서 대롱거리는 은색 귀걸이. 그들과 섞여 있는 내가 잘못 날아든 돌멩이 같았다. 언제쯤이면 이런 서먹함이 가시게 될지.

그가 은행건물 앞에서 걸음을 멈추었다. 화단 가장자리의 넓은 대리석에 앉았다. 은행을 찾는 사람들이 차를 마시거나 얘기를 하며 쉴 수 있는 곳이었다.

"삼 년 동안 하루도 빠짐없이 기다렸어. 여기 이렇게 앉아서."

"사랑을 하면 그렇게 바보가 되나요?"

"머잖아 알게 될 거야. 사랑이 사람을 어떻게 변화시키는지."

"오빠 같은 사람을 만났으면 좋겠어요."

그가 풋 하며 웃음을 날렸다. 달빛을 보며 나는 하얗게 눈이 쏟아졌으면 좋겠다는 생각을 했다. 차가운 달빛을 받으려는 듯 그가 두 손을 펼쳤다.

"은가루가 쏟아지는 것 같아."

그가 달을 올려보며 말했다.

"지혜를 처음 만난 날 눈이 펑펑 쏟아졌어. 내가 먼저 사귀자고 했어."

은행 문을 바라보던 그가 지혜가 나온다고 귓속말을 했다. 은행 문이 열리며 한 무리의 은행원들이 몰려 나왔다. 그가 검정색 슈트를 입은 여자를 가리켰다. 여자가 대리석 바닥을 또각또각 울리며 걸어왔다. 검정색 슈트 때문일까, 창백하고 싸늘해 보이는 얼굴이 무리들 중에서 유난히 돋보였다.

"지혜 씨, 잠깐만."

건물을 나오던 남자가 그녀를 불렀다. 숨을 헐떡이며 다가온 남자가 여자의 어깨에 손을 얹었다. '김 대리 어지간히 치근대는군.' 그가 못마땅한 듯 얼굴을 찌푸렸다. 여자가 한 걸음 떨어져 걸으며 김 대리의 손을 피했다. 김 대리는 거절당한 손으로 앞머리를 쓸어 넘기며 스크린 골프 치러 가려느냐고 물었다. 상사와 시간을 보내는 건 근무시간의 연장이라며 여자가 재치 있는 말로 거절했다. 그 말에 김 대리가 헛웃음을 터뜨렸다. 상사가 아니라 동료라고 말을 고쳐주며, 골프가 싫으면 저녁을 사겠다고 했다.

"약속 있어요."

김 대리는 여자의 변명을 예상했다는 듯 얼른 말을 이었다.

"할 말이 있으니까 잠깐 시간 좀 내줘요."

망설이던 여자가 시간을 아끼자며 네거리에 우뚝 서 있는 호텔을 향해 걸었다. 그는 여자가 약속을 기억하고 있다며 아이처럼 좋아했다. 그 호텔에서 이벤트 영상을 찍을 때만 해도 여자와 평생을 함께할 꿈에 부풀어 있었다며 그가 서글프게 웃었다.

그들이 호텔 스카이라운지로 올라갔다. 엘리베이터가 30층에 멈추는 걸 보고 호텔 사무실로 갔다. 그의 이름을 대자 이벤트 팀 직원이 화려하게 장식해 둔 뜰을 보여주었다. 빨간 나무 그네가 있고, 오솔길을 따라 양쪽으로 색색의 초가 놓여 있었다. 나무는 금 부스러기를 뿌린 듯 전등불빛이 반짝거리고, 풍선과 꽃이 장식된 테이블에 와인과 꽃이 준비되어 있어 당장이라도 사랑의 음악이 파도처럼 넘실거릴 것 같았다. 직원이 파일을 열자 건물 벽에 설치된 스크린에 그의 얼굴이 환하게 떠올랐다. 그가 흡족한 미소를 지었다. 직원이 시간을 잘 지켜달라고 당부했다.

스카이라운지로 올라갔다. 여자와 김 대리가 창가에 앉아 있었다. 도심의 밤풍경이 한눈에 들어오는 자리였다.

그들의 얘기가 들릴 만한 곳에 앉았다. 김 대리가 웨이터를 불러 와인과 과일샐러드를 시킬 때 나는 치즈돈가스와 병맥주 두 개를 주문했다. 혼자 왔느냐는 웨이터의 물음에 친구가 올 거라고 했다. 나는 병맥주 하나를 그의 앞에 놓아주며 어쩌면 그 어느 때보다 가슴 아픈 밤이 될 것 같은 예감을 했다. 실내에 〈지킬 앤 하이드〉의 주제음악 흐르고 있었다. 잠이 잘 오지 않는 밤에 이불을 감고 들었던 음악이었다. 맥주병 마개를 땄다. 김 대리가 여자의 잔에 와인을 따르며 물었다.

"요즘 왜 그렇게 침울해요? 검은 옷만 입고."

김 대리의 물음에 여자가 가라앉은 목소리로 대답했다.

"뱀을 키웠는데, 자동차가 뱀의 머리를 밟고 지나갔어요."

김 대리가 뜨악한 얼굴로 여자를 바라보았다. 술맛이 떨어진다는 얼굴이었다. 뱀을 아기 만지듯 쓰다듬고 뽀뽀도 했는데 이젠 만지지 못하게 되었다며 여자가 슬픈 표정을 지었다. 김 대리가 뱀은 질색이라며 진저리를 쳤다. 그러자 핸드백에 손을 넣었다 꺼낸 여자가 뱀이다, 하며 대리 앞에 뭔가를 던졌다. 대리가 깜짝 놀라며 자리에서 일어났다. 장난감 뱀이었다. 술잔이 출렁거려 술이 쏟아졌다. 술기운에 얼굴이 발그레 달아오른 여자가 깔깔대며 웃었다.

은행에서 나올 때의 싸늘하고 냉연한 표정의 여자는 간 곳이 없었다. 순식간에 다른 사람이 되어버린 여자의 변신을 나는 다소 뜨악한 얼굴로 지켜보았다. 지금 이 순간, 여자는 허물을 벗은 뱀이었다.

그가 내게 귓속말을 했다. 지혜의 남동생이 뱀을 키웠는데 입대하며 누나에게 맡겼다고 했다. 그런데 뱀이 죽었나 보다고. 처음 볼 때와 많이 다르다고 하자 카멜레온처럼 수시로 색깔이 바뀌는 여자라고 그가 빙글거렸다. 여자가 술을 비우면 대리는 금방 잔을 채웠다. 두 사람 모두 갈증이 난 것처럼 술을 급하게 마셨다.

"뱀이 죽었다고 검은 옷만 입고 다닐 건 뭡니까."

"사랑하는 뱀이 죽었는데 그럼 예쁜 옷을 입고 마네킹처럼 웃으라구요?"

"사무실에서는 그렇게 해줘요."

"명령인가요?"

지혜의 도전적인 어투에 김 대리는 팀장의 명령이라고 부러지게 대답했다. 그녀의 표정이 쌜쭉해졌다. 슬플 때에도 화려한 옷을 입고 조화 같은 웃음을 지으라면 상사의 명령에 따를 수밖에 없다고 이죽거렸다. 김 대리는 여자의 잔을 채워주며 요즘 기분이 너무 가라앉아 있는 것 같아서 해본 소리라고 둘러댔다. 여자가 술잔을 빙글빙글 돌리며 말했다.

"입술에 닿는 뱀의 감촉이 얼마나 차갑고 매끄러운지 모르죠."

"정말 뱀과 키스를 했단 말입니까?"

"물론이에요."

"죽은 뱀의 기를 받아서 그런가. 어쩐지 차갑고 으스스한 것이."

김 대리는 여자의 흰 손을 당기며 오늘 밤 유난히 섹시해 보인다고 엉너리를 떨었다. 그들은 손을 잡은 그대로, 상사의 허물을 들추고 동료들의 연애스토리를 주고받으며 시간을 보냈다. 그러는 사이 와인 병이 비었다. 여자의 얼굴과 목에 홍조가 떠올랐다.

"뱀을 안으면 어떤 기분이 들까?"

슬그머니 말꼬리를 놓는 김 대리의 농담에 여자가 목젖이 보이게 깔깔댔다. 그가 내게 여자를 그만 일으켜야 한다고 말했다. 김 대리가 여자의 눈꽃 목걸이를 만졌다. 눈꽃 목걸이에 매달린 보석 아래로 자세가 흐트러진 여자의 가슴 골짜기가 보였다. 김 대리의 시선이 거기 머물렀다. 김 대리가 술잔을 들고 여자의 곁으로 자리를 옮기자 질투에 사로잡힌 그가 두 사람 사이를 비집고 들며 여자에게서 김 대리의 손을 떼어냈다. 아무리 열심히 떼어내도 그의 손은 김 대리와 여자의 몸을 지나다니기만 했다. 그가 여자의 어깨를 마구 흔들었지만 그녀는 아무것도 느끼지 못했다. 김 대리가 여자의 목걸이를 만지며 말했다.

"죽은 뱀보다는 살아 있는 사람의 체온이 정겹지 않아?"

"물론이죠."

"그런 의미에서 뱀을 추모하는 건 오늘로서 그만!"

김 대리가 선언을 하듯 여자의 오른손을 마주잡고 팔을 번쩍 들었다. 취기가 오른 여자의 눈에 물기가 촉촉했다. 이벤트 시간이 임박했다. 취기로 얼굴이 붉은 여자를 그가 낙심한 듯 바라보았다. 김 대리가 여자의 귀에 입을 대고 속삭였다.

"우리 자러 가자."

"난 아무하고도 자고 싶지 않아요. 뱀이 죽었기 때문에."

"쉿, 뱀 얘기는 그만."

김 대리의 투박한 손이 여자의 입을 막았다. 그가 눈을 감고 있는 여자에게서 김 대리의 팔을 떼어내려 애를 썼다. 그러나 그의 손은 허공을 긋기만 했다. 그가 자신의 무력한 손을 내려다보았다. 대리가 여섯 번째 잔을 채울 때 여자가 시계를 보더니 잠깐 실례한다며 자리를 떴다. 여자가 화장실로 가는 걸 보고 엘리베이터를 타고 내려왔다.

그가 주춤대며 따라왔다.

"저대로 둬도 괜찮을까?"

그의 목소리가 불안에 떨었다. 술에 취한 여자가 이벤트홀로 오든 김 대리에게 돌아가든 그건 그녀의 선택이라고 냉정하게 말해주었다.

"죽음이 뭔지 아니?"

그가 텅 빈 손을 펴며, 죽음은 사랑의 욕망을 비롯한 모든 것을 빌린 물건 돌려주듯이 내려놓고 가는 것이라고 말했다. 그 중에서 가장 내려놓기 힘든 게 사랑이고, 신이 인간에게 준 많은 선물 중에서 가장 잔인한 것이 사랑이라고 했다. 속속들이 알진 못해도 그의 침울한 표정으로 사랑의 속성을 짐작은 할 것 같았다.

여자가 약속을 잊지 않았다면 이벤트홀로 올 거라고 말해주었다. 혹시 여자가 안 오면 어쩔 거냐니까 그는 틀림없이 올 거라고 큰소리를 쳤다. 애써 태연한 척 하지만 그는 쳐다보기 안쓰러울 정도로 초조해했다. 모래처럼 흘러내리다 못해 금방이라도 바람에 날려 흩어질 듯 위태로웠다. 나 역시 힘을 잃기는 마찬가지여서 여자가 약속을 지킬 거라는 그의 장담을 믿지 못했다.

직원이 내게 남자 파트너가 오지 않느냐고 물었다. 조금만 더 기다려보자는 내 말에 직원이 말없이 물러났다. 사랑을 고백할 남자가 먼저 와서 기다리는 게 아니고 여자가 남자를 기다리는 것으로 보일 테니 이상하기도 할 것이다. 나는 선만 그어놓은 밑그림 같은 그에게 물감을 뿌리고 색을 입히면 어떤 것이 될까 상상을 했다. 직원의 눈에 내가 바람맞은 여자로 보인다고 생각하니 웃음이 났다. 만화책을 다섯 권쯤 읽고 남을 시간이 지나자 여자가 소리 없이 나타났다. 여자가 일렁거리는 촛불 사이로 걸어 들어왔다.

나는 직원에게 시작하라고 신호를 보냈다. 남자를 찾는 직원에게 영원히 못 올 길을 떠났기 때문에 더 기다려도 소용없다고 말해주었다. 직원이 영상을 켜자 자막에 그의 모습이 떠올랐다. 꽃을 들고 걸어오는 그의 모습이 사춘기 소년처럼 수줍어 보였다. 여자가 아, 하며 걸음을 멈추었다. 호텔 뜰에서 찍은 영상이었다. 영상 속의 그가 떨리는 목소리로 사랑을 고백했다. 화면 속의 그가 무릎을 꿇고 꽃다발을 바치자 여자는 울어야 할지 웃어야 할지 모르겠다는 표정을 지었다.

"이런 법이 어딨어. 행복하게 해주겠다더니 이게 뭐야. 약속이 틀리잖아."

이런다고 감동할 줄 아느냐며 여자가 영상을 보며 흐느꼈다. 여자가 뭐라거나 말거나 그는 제 할 일을 하겠다는 듯이 사랑의 노래를 불렀다. 나는 운하를 대신해서 탁자에 놓여 있는 꽃다발을 여자에게 안겨주었다. 눈물 가득 담긴 눈으로 올려보는 여자에게, 보이지 않지만 운하가 지금 곁에 있다고 말했다. 누구냐고 묻는 여자에게 눈을 잘 보라며 얼굴을 가까이 가져갔다. 얼마 전에 운하, 라는 경륜선수의 각막을 이식받았다고 하자 여자가 손으로 입을 막으며 놀라움을 감추지 못했다. 여자가 내 얼굴에서 눈을 떼지 못했다. 눈물이 흐를 듯 눈이 더워졌다. 그러다 여자가 지친 듯 얼굴을 내렸다. 내 감정과 상관없이 눈물이 한 방울 흘러내렸다. 여자를 바라보는 눈이 심히 고통을 느낀 거라고 생각했다.

"운하 씨 눈이라고요?"

"지금도 여전히 곁에 있다고 말해 달랬어요."

"언제 그렇게 말했어요?"

"방금."

여자가 쓴웃음을 짓고는 다시 한 번 내게 누구냐고 물었다. 나는 다만 그의 각막을 받은 사람에 불과하며, 이상한 일이지만 눈을 뜨던 날과 오늘, 그가 내 눈에 보였다고 말했다. 믿거나 말거나 그 이상한 현상이 블루문 때문이고, 오늘이 지나면 두 번 다시 오지 못한다던 말도 전해주었다. 여자는 하늘에 UFO가 나타났다는 말을 들은 듯 시큰

둥하게 대꾸했다.

"오면 뭐해요. 보이지도 않고 느낄 수도 없는데."

"꼭 몸이 와야 오는 건가요?"

여자가 꽃다발을 들며 말했다.

"지금 내겐 꽃다발을 쥐어줄 사람이 필요하다구요."

여자는 이벤트만 하고 떠났어도 덜 아쉬웠을 거라며 꽃다발에 얼굴을 묻었다. 꽃다발을 껴안고 있는 여자의 어깨가 몹시 추워 보였다. 영상 속의 운하가 사랑의 노래를 열심히 부르지만 여자의 쓸쓸함을 달래주지는 못했다. 잘 부른다기보다 진심이 담겨 있어서 마음에 와닿는 노래였다. 여자가 노래를 따라 불렀다. 노래를 부르며 여자는 분홍색 리본에 묶여 있는 장미꽃의 빨간 꽃잎을 온통 뜯어놓았다. 그러다 여자가 영상에 떠 있는 그를 쳐다보며 말했다.

"영상을 찍을 때의 그 마음만 받을게. 혼잣말이 너무 쓸쓸해."

미안하다며 달아나던 여자가 촛불 사이로 걸어가다 발을 헛딛고 쓰러졌다. 초가 넘어지고 불이 꺼졌다. 발목을 삐었는지 여자는 내 손을 잡고도 일어서지 못했다. 와인을 너무 많이 마셨다. 여자가 휴대폰을 열어 김 대리에게 이벤트홀로 와달라고 말했다. 김 대리가 숨을 헐떡이며 뛰어와서는 여자를 들쳐 업었다. 김 대리에게 업혀가던 여자가 눈물이 번진 얼굴로 뒤를 돌아보았다. 어둠 속에 외롭게 서 있던 그가 빈 자루처럼 흘러내렸다. 여자의 얼굴에 괴로움이 스쳐갔다. 여자를 태운 김 대리의 승용차가 호텔 마당을 빠져나가자 그는 스머들 듯 어둠 속으로 사라지고 말았다.

*

길목에 산딸기나무 가로수가 길게 줄을 짓고 있었다. 산딸기나무 가로수를 따라간 마을 안쪽에 단아한 모습의 고옥이 서너 채 자리 잡고 있었다. 그의 집은 전나무 숲이 우거진 산자락에 포근히 안긴 듯이 놓여 있었다. 집 앞의 개울에 맑은 물이 흐르고, 담 너머로 개암나무 우듬지가 우뚝 솟아 있었다. 개암나무는 담벼락에 붙어 서서 집 마당과 동네의 길목을 함께 내려다 보았다. 주소가 적힌 쪽지를 들고 대문을 기웃거렸다. 열린 대문으로 겨울초를 뜯는 할머니와 누렁이가 보였다. 개암나무 열매가 나무에 매달려 시들거나 땅에 떨어진 채로 마르고 있었다. 헐벗은 나뭇가지에 새가 앉아 지저귀고 있었다. 새가 개암나무 열매를 쪼고 있었다.

대문을 열고 들어갔다. 기다리고 있었다는 듯 대청마루

에 앉아 있던 그가 나를 맞았다. 내가 지을 수 있는 가장 밝은 웃음으로 그에게 다가갔다. 내가 올 것을 알고 있었을까. 발소리마저 조심스럽도록 집 안에 한낮의 정적이 감돌았다. 개가 컹컹 짖어댔다. 겨울초를 뜯는 할머니 발치로 베이지색 치맛자락이 넓게 펼쳐져 있었다. 가까이 가서 할머니를 불렀는데도 인기척을 느끼지 못하고 있었다. 개 짖는 소리를 듣고 안채에서 중년 부인이 나왔다. 그가 "엄마!"라며 울먹이는 얼굴로 중년 부인에게 다가갔다. 앞치마에 젖은 손을 닦던 그의 어머니가 손님이 오셨네, 하며 마당으로 내려왔다. 조용히 하라며 펄쩍 뛰어오르는 개를 나무라곤 겨울초를 뜯는 할머니를 일으켰다.

"어머님, 나물 해먹기 전에 겨울초가 다 없어지겠어요."

할머니는 두 손 가득 겨울초를 내밀며 손톱에 물을 들여달라고 졸랐다. 할머니의 치맛자락에서 겨울초가 흘러내렸다. 세월의 풍파에 찌든 주름투성이의 얼굴에 검버섯이 거뭇거뭇했다. 할머니가 나를 보며 물었다.

"누구세요?"

할머니에게 나를 어떻게 소개해야 할지 몰라서 운하의 친구라고 했다. 현상 너머의 어떤 그림자를 보는 듯 할머니의 눈길이 웅숭깊었다. 운하의 친구라는 말만으로 어머니의 눈시울이 붉어졌다. 할머니가 나를 보며 누구냐고 또 물었다.

"어머님, 운하 친구래요."

그의 어머니가 할머니의 귀에다 큰 소리로 일러주었다. 그의 어머니가 내 손을 끌며 안으로 들어가자고 재촉했다.

"비가 오려는지."

먼 산 능선이 구름에 가려 보이지 않았다. 구름에 갇힌 그 산에 비가 오나 보았다. 간간이 차가운 빗물이 흩날렸다. 그의 어머니가 약차를 끓여오고 곶감과 호두를 담아왔다. 생각지도 않은 내 방문이 어리둥절할 텐데도 그의 어머니는 어떻게 아는 친구냐고 묻지도 않았다. 내가 먼저 입을 열었다.

"오늘 운하 씨 부탁으로 깨금 따러 왔어요. 점심은 주실 거죠."

"물론이지요. 점심이야 주고말고요."

"운하 씨가 그랬어요. 서리가 내리기 전에 깨금을 따야 한다고."

그의 어머니가 벽에 걸린 사진을 쓸쓸한 얼굴로 올려보았다. 벽에 자전거를 탄 그가 활짝 웃고 있었다. 그의 어머니는 운하가 살았을 땐 문턱이 닳도록 드나들던 친구들 모두 잘 지내는지 궁금하다며 활짝 열린 대문을 바라보았다. 나를 그의 친구들 중의 한 명이라고 여기는 눈치였다. 아들 친구들의 소식이라도 듣고 싶어 하는 어머니의 마음은 알지만 미안하게도 나는 운하에 대해서 아는 것이 하나도 없었다. 생각다 못해 내가 물었다.

"어머니에게 운하 씨는 어떤 아들이었어요?"

"어릴 때는 내 아들, 자라선 좋은 친구, 성인이 되어선 남편 같고 아버지 같은 사람이었어요."

"그 중 어떤 아들이 가장 마음에 들었어요?"

"남자친구 같은 아들이죠. 함께 산책하고, 영화 보고, 음악 얘기를 나누는 그런 친구 말이에요."

아들을 좋은 남자 친구라고 말하는 어머니의 얼굴에 웃음이 떠올랐다. 내가 그녀에게 물었듯이 운하가 내게 어떤 친구였냐고 물을까 봐 겁이 났다. 그에 대해서 좀 많이 알고 있으면 그녀를 얼마나 행복하게 해줄 수 있을까, 하는 아쉬움이 들었다.

나는 마당의 개암나무를 가리키며 얼마나 오래된 나무냐고 물었다. 할머니는 여전히 겨울초를 쥐어뜯고 있었다. 반찬을 해먹기 위해서 키우는 겨울초라기보다 할머니의 장난감 대용으로 키우는 텃밭 같았다.

"백 년쯤 되나?"

운하의 할아버지 때부터 있었던 나무라며, 어머니는 나

무의 수령을 100년으로 어림잡았다. 개암나무 열매를 처음 보았다니까 그의 어머니가 소리 없이 웃었다.

"도시 사람들이 가엾어. 깨금을 모르고 살다니."

그의 어머니를 따라서 할머니는 영문도 모르고 웃었다. 그의 어머니에게 개암을 따도 되느냐고 물었다. 그러자 어머니는 담에 기대어놓은 사다리를 가리키며 함께 따자고 했다. 그녀가 소쿠리를 두 개 가져왔다. 아들을 추억할 빌미가 생긴 것이 기쁜 듯 어머니의 손이 나뭇가지를 빠르게 옮겨 다녔다. 어릴 때 운하가 개암을 너무 많이 먹어서 똥을 누지 못하고 울어댄 얘기를 해주었다. 나는 그녀가 준 소쿠리를 들고 다니며 손에 닿는 것만 땄다. 나뭇가지가 넓게 퍼지고 키가 낮아서 사다리가 없어도 개암을 딸 수 있었다. 나무에 기대어놓았던 자전거에 개암이 후두둑 떨어졌다. 그의 어머니가 씨앗을 깨뜨려 먹으며 혼잣말을 중얼거렸다.

"누가 많이 따나 시합을 하곤 했어요. 그 애와."

"저랑 해요. 처음 해보는 일인데도 재밌어요."

소쿠리가 가득 차도록 우리는 말없이 열매만 땄다. 그러다 어느 순간 어머니는 넋을 잃은 듯 먼 산을 바라보았다. 정확히 어디라 말할 수 없는 곳을 바라보는 어머니 곁에서 운하 또한 그렇게 바라보았다. 자식을 가슴에 묻는다는 게 맘껏 울지도 웃지도 못하는 저런 것인지. 마침내 어머니는 소쿠리를 내려놓고 마른걸레로 자전거의 안장을 닦았다. 어머니의 말에 의하면, 그가 자전거를 처음 탄 것은 생후 두 번째 맞은 생일부터란다. 두 번째 생일날, 아버지에게 세 발 자전거를 선물 받았다. 네 번째 생일에 보조바퀴가 달린 자전거를 탔고, 여섯 번째 생일에 보조바퀴를 떼어낸 두 발 자전거를 타기 시작했다. 자전거는 생각처럼 똑바로 서지 않았다. 그의 아버지가 뒤에서 잡아주었다. 비틀거리며 마당을 맴돌았다. 세 발 자전거를 탄 운하가 선연하게 그려졌다.

자전거는 전체가 검정색인데 양의 뿔을 연상시키듯 핸들만 흰색이었다. 자전거 주인은 죽고 자전거만 멀쩡한 채로 돌아온 게 너무 싫은데 할머니 때문에 못 버린다고 그의 어머니가 말했다. 어쩔 수 없이 할머니가 돌아가실 때까지 자전거를 나무에 세워두게 생겼다며 그걸 아무렇지 않게 바라보는 것이 지독한 형벌 같다고 했다.

"자전거를 보고 있으면 금방이라도 운하가 나타날 것만 같아."

희미한 그림자 같기도 하고, 안개 같기도 한 그가 어머니의 치맛자락을 만지작거렸다.

'엄마, 이제 떠날 시간이에요.'

그의 어머니가 언제부터 알게 된 친구냐며 내내 참았던 질문을 던졌다. 무심한 척하지만 그녀는 보통의 어머니들이 그렇듯 며느릿감을 탐색하는 눈길로 나를 바라보았다. 소용없게 되었지만 그래도 그녀는 아들을 가졌던 어머니였다. 어머니의 진지한 눈빛을 마주한 순간 나는 말을 해버릴 결심을 했다.

"일곱 살부터 지금까지 제가 눈뜬장님이었어요. 각막염을 앓았거든요."

"그랬어요? 지금은 괜찮아 보이는데."

"네, 각막을 기증받았거든요."

그녀가 자전거를 닦던 손을 멈추고 놀란 눈으로 나를 바라보았다. 뭔가를 예감한 눈빛. 그녀는 긴장된 표정으로 다음 말을 기다렸다. 내 말이 그녀에게 어떤 고통을 줄지 몰라서 얼른 말을 꺼내기가 두려웠다.

"지금은 아주 잘 보여요. 운하 씨가 눈을 주었기 때문에…."

그의 어머니가 걸레를 떨어뜨렸다. 금방 떨어진 개암이 마당을 굴렀다. 할머니가 개암을 주워 흙을 불었다. 내 눈을 들여다보는 어머니를 위해 나는 되도록 눈을 크게 떴다. 그의 어머니가 떨리는 목소리로 말했다.

"이렇게도 오는구나, 내 아들이!"

그녀의 두 눈 가득 눈물이 담겼다. 나는 눈물이 흘러내리는 것을 가만히 지켜보았다. 어머니를 바라보는 그의 눈이 고통을 느끼고 있었다. 내가 아닌 그가 울고 있어서 더욱 가슴이 아팠다. 그의 눈이 어머니를 보며 울고 있었다. 자전거처럼 나무에 기대어 있던 그가 어머니의 등을 쓸었다. "엄마, 괜찮아. 다 지나간 일이야." 그녀는 귀한 선물을 받았다며 와주어서 고맙다고 몇 번이나 인사를 했다.

"죄송하고 고마워요. 저만 세상을 맘껏 보고 다녀서."

"이렇게 와준 게 어딘데. 마음이야 꿀떡 같지만 내 아들의 것이니 보여 달라고 어떻게 그러겠어요."

아들에게 그러듯 그녀는 두 손으로 내 얼굴을 싸안았다. 나는 그녀 앞에 앉아서 이제는 내 것이 된 그의 눈을 실컷 보게 해주었다. 한 번 깜박일 때마다 불이 일듯이 눈알이 화끈거리더니 내가 아닌 그의 눈이 쉬지 않고 눈물을 흘렸다. 그녀는 밭일로 거칠어진 손으로 내 볼을 타고 흐르는 눈물을 씻어주었다. 그 눈물로 아들을 잃은 어머니가 조금이라도 위로받기를 바랐다.

"봉선화 물을 들여 달라니까."

할머니가 마구 쥐어뜯은 겨울초를 내밀며 봉선화 물을 들여 달라고 떼를 썼다. 어머니는 사기그릇에 겨울초를 담고 방망이로 콩콩 찧었다. 바투 앉은 할머니의 손톱에 봉선화 아닌 겨울초를 얹고 비닐을 친친 감으며 어머니가 물었다. 또 와줄 거냐고. 꼭 오겠다고 약속했다.

"운하는 왜 이리 안 오노."

마중이라도 가려는지 지팡이를 짚고 나서는 할머니의 머리 위로 한 잎씩 빗방울이 흩날렸다. 문 밖 저 멀리 버스가 오는 것이 보였다. 빗줄기가 굵어지고 있었다. 버스를 타기 위해 돌아갈 채비를 차렸다. 손자를 기다린다며 할머니가 대문까지 나와서 쪼그리고 앉았다. 나는 조그맣게 움츠린 할머니의 몸피에서 아이의 상태로 돌아간 시간의 역류를 보았다. 늙은이는 가장 힘이 적게 드는 자세를 취한다는 말이 있다. 삶의 부분마다 생명을 소진시키며 어린이로 돌아가기 때문에, 그 무구함이 늙은이로 하여금 순응의 자세를 취하게 만든다던가.

빗줄기가 굵어지며 사위가 비안개에 서려 뽀얬다. 그의 어머니는 좋은 날 골라서 오래 놀다 가라고 했다. 그러겠다고 약속했다. 버스정류장까지 따라오겠다는 어머니와 대문 앞에서 헤어졌다. 길마중을 나오기에는 비바람이 너무 차가웠다. 그가 할머니와 어머니를 마주보고 서 있었다. 내 눈에는 그들이 마지막 수인사를 나누는 것으로 여겨졌다. 서로 헤어져야 할 사람들. 이별은 가깝고 사랑은 화인처럼 가혹하고 아프다. 버스가 정류장에 멈추었다. 차창에 빗물이 줄줄 흘러내렸다. 그들의 모습이 차창에서 점차 멀어졌다. 나는 창에 머리를 기대고 꿈결처럼 스쳐가는 창밖 풍경에 나를 맡겼다.

정말, 꿈을 꾼 것인지.

내가 없는
그곳에

1

100년 만의 폭염이라고, 방송은 연일 신기록을 보도하기에 바빴다. 40도를 오르내리는 폭염이 한 달째 계속되고 있었다. 채소는 밭에 선 채로 녹아내렸고, 저수지 바닥이 하루가 다르게 넓어졌다. 가뭄까지 겹쳐서 삼라만상이 타들어 가는데도 비 소식은 없고 날이면 날마다 해가 쨍쨍했다. 산은 좀 시원할까 해서 올라갔더니 나무 잎사귀 한 잎 흔들리지 않았다. 괜히 올라왔다고 후회하며 내려오던 금자는 낙엽을 밟고 뒷머리까지 박아가며 넘어졌다. 다행히 정신은 멀쩡해서 혹시 꼬리뼈가 부러진 건 아닐까 걱정하며 누워 있었다. 심장이 심하게 펄떡거리는 것 말고는 괜찮았다. 속이 쓰린 듯 가슴팍이 따갑기도 했다. '위가 안 좋은가?' 뱀이라도 나오면 어쩌나 걱정되어 몸을 살살 추슬러 보니 꼬리뼈는 멀쩡했다. 불행 중 다행이라 생각하며 걸으려는데 왼쪽 발목이 시큰거려 막대기를 짚고 내려왔다.

"우째 꿈자리가 뒤숭숭하더라니."

들깨를 사다 기름을 짜려면 장으로 가야 했다. 마침 오일장이었다. 짚고 다니던 막대기를 버리고 마을버스를 탔다. 빈자리가 없어서 출구 가까이에 있는 봉을 잡고 서 있었다. 빈자리가 나나 휘둘러보다 팔순 구순의 늙은이들이 수두룩해서 그냥 서서 가기로 했다. 육십 대 중늙은이는 명함도 못 내미는 세상이었다. 정류장에 설 때마다 빈자리가 날까 둘러보지만 차만 더 복잡해졌다. 버스가 딱 졸기 좋은 속도로 달렸다. 정류장에 한 번 들를 때마다 손님이 늘어났다. 학교 앞을 지나던 버스가 과속방지턱을 넘으며 펄쩍 뛰었다. 차가 심하게 쿨렁거려 금자는 잡고 있던 봉에 얼굴을 부딪쳤다. 광대뼈가 아픈 건 둘째 치고 시큰거리던 발목이 충격으로 따끔거렸다. 금자는 발목을 잡고 주저앉았다.

"아이쿠, 다리야!"

차를 세운 기사가 깜짝 놀라서 뛰어왔다. 어디 어떻게 부딪쳤느냐, 많이 아프냐, 병원에 데려다 주겠다며 애쓰

는 폼이 꽤나 선량한 사람이었다. 약값이나 달라고 할 참
이었는데 절뚝거리는 걸 보더니 기사가 병원 앞에 차를 세
우고 금자를 들쳐 업었다. 기사는 배차 시간 때문에 바쁘
다며 전화번호만 남기고 갔다. 금자는 기사의 등판때기를
보며 아버지를 생각했다. 어릴 때 아버지 등에 업혀보고는
처음이었다. 남편이 두 명이었지만 그녀를 덥석 업어준 사
람은 없었다. 예고 없이 닥친 불운치고는 그리 나쁘지 않
았다.

의사가 사진을 찍어보더니 인대가 늘어났다며 반깁스를
해주었다. 엎어진 김에 쉬어간다고, 병원까지 왔으니 산
에서 다친 다리를 치료하기로 마음먹었다. 삼 주 동안 발
을 쓰지 말라고 해서 입원하기로 했다. 실손보험에 가입해
놓고 오 년 동안 한 번도 못 써먹었다. 기사에게도 의사에
게도 산에서 낙엽 밟고 미끄러졌다는 말은 하지 않았다.
그냥 얘기를 하지 않았을 뿐이지 달리 악의는 없었다. 다
쳤을 때 깨끗이 낫도록 치료를 해야지 그렇지 않으면 다친
발목을 자꾸 다치게 된다지 않는가. 이참에 보험회사에 청
구해서 입원비나 타 먹을 참이었다. 인간사가 파도 같아서
불운도 형태가 다양하다. 고동을 줍거나 버섯을 따다 생각
지도 않게 죽음을 맞는 사람이 있는가 하면 살무사에게 물

리고도 응급실에서 게임만 하다 오는 사람도 있고, 산속에서 길을 잃고 헤매다 은인을 만나는 기적 같은 일도 있는 것이다. 금자가 오늘 일어난 여러 가지 불운 끝에 마음착한 기사를 만난 건 그나마 다행이었다.

"읍내 고모는 아흔 살인데도 잘만 다니더구만."

기사가 전화로 진료는 잘 받았느냐고 물었다. 인대가 늘어져서 반깁스를 했다니까 기사는 운전경력 30년에 과속방지턱을 넘다 입원한 손님은 처음이라고 했다. 병원으로 온 기사가 반깁스한 다리를 물끄러미 쳐다보더니 다른 데서 다쳐놓고 덤터기 씌우는 거 아니냐며, 안전사고 위장이 탄로 나면 구속이라고 으름장을 놓았다.

"나 그런 사람 아이니더."

"다리를 다칠 상황이 아닌데 깁스를 하고 있으니 말이죠."

"설마 의사가 거짓말을 하겠니껴?"

"의사가 아니라 아주머니가 거짓말을 했는지도 모르죠."

"사람을 우째 보고 뺄소리 하니껴."

어쨌든 버스를 타고 가다 다쳤다니까 치료비는 주겠다며 기사가 합의서에 도장을 찍으라고 했다. 금자는 복숭아뼈에 염증이 생겨서 수술해야 하기 때문에 합의서는 퇴원

후에 쓰자고 했다. 기사는 정색을 하며 봉에 살짝 부딪친 걸로 무슨 수술까지 하느냐고 화를 냈다. 금자도 지지 않고 대들었다.

"인대 늘어나고 복숭뼈에 염증이 생깄다 안 카니껴."

"봉에 슬쩍 부딪친 걸로 만병을 다 고칠 참이우?"

"말을 이래 정 떨어지게 하마 합의 못 해주니더."

"상식적으로 생각해 보세요, 이게 말이 되는지."

"멀쩡한 사람을 사기꾼 맹거는 건 말이 되니껴."

"하루 벌어서 먹고 사는 사람 괴롭히마 벌 받아요."

한 시간 실랑이 끝에 봐주는 척하며 금자는 우선 합의금으로 칠십만 원만 달라고 했다. 기사가 온라인으로 돈을 부치겠다는 걸 현금으로 달라고 했다. 통장에 넣어두면 대출이자로 다 빠져나가기 때문에 통장에 돈을 넣지 않는다. 다음 날 버스기사가 합의금을 들고 왔다. 금자는 합의서에 도장 찍으라는 기사에게 차라리 보험회사에 사고접수를 시켜달라고 했다. 보험회사에 접수시켜 주면 천천히 치료를 받겠다고. 그러자 기사의 얼굴에 난감한 기색이 떠올랐다. 기사는 사고접수가 들어가면 일자리를 잃게 될지 모른다며 현금으로 합의를 보자고 했다. 혼자 사는 춘자의 말이 얼른 떠올랐다. 촉탁으로 일하는 기사들은 사고가 접수되면 재계약이 어려워지기 때문에 웬만큼 큰 사고가 아니면 개인합의를 본다고 춘자가 자세히 일러주었다. 춘자는 의자에 앉아 있다 버스가 모퉁이를 돌 때 슬쩍 굴러 떨어져서 이백만 원이나 해먹었다. 춘자를 악질 사기꾼이라고 욕을 하던 것이 남의 일 같았다. 금자는 버스가 과속방지턱을 넘을 때 길게 생각할 틈도 없이 발목을 잡고 뒹군 자신을 보고 스스로도 깜짝 놀랐다.

세상에 더러운 돈과 깨끗한 돈이 있다며, 남을 등쳐먹는 것보다 더러운 돈은 없다고 춘자를 따끔하게 쏘아붙인 자신이 과속방지턱을 넘다 부딪친 것으로 입원까지 하게 될 줄 몰랐다. 춘자의 공돈이 그렇게도 부러웠을까. 자의든 타의든 그녀는 지금껏 돈과 무관하게 살아왔다. 돈 욕심이 있었으면 두 번째 남편의 집을 나올 때 위자료를 알뜰히 챙겼을 것이다. 첫 번째 남편은 가진 게 인물뿐인 사람이었고, 두 번째 남편은 그녀에게 살림을 맡기지 않았다. 빈손으로 그 집을 나왔는데도 아무것도 아쉽지 않았다. 아무리 생각해도 돈의 문제가 아닌 게 분명했다. 아들에게 빼앗기긴 했지만 금자에게는 남편이 남겨준 유족연금도 있고 남 부러울 것 없이 살던 집도 있었다. 자신이 죽고 없어도 밥 굶지 말고 살라며 남편이 통장을 쥐어주었다. 그 유언을 저버리고 시어머니와 연석이 통장을 빼앗아 갔다. 집에서 쫓겨난 그녀의 수중에는 쌀 한 봉지 살 돈도 없었지만 그녀는 아무 걱정하지 않았다. 튼튼한 몸만 있으면 얼마든지 살 수 있다고 큰소리치던 그녀가 지금 합의금 우려내자고 기사와 실랑이 벌이는 상황을 스스로도 이해하기 어려웠다.

'밑져야 본전인기라.'

그녀는 70만 원에서 한 푼도 더 못 주니까 알아서 하라는 기사에게 200만 원을 채워주기 전에는 도장 못 찍는다고 억지를 썼다. 가진 게 없으면 배짱이 는다더니, 더 이상 잃을 게 없으니 겁날 것도 없었다. 기사가 차라리 보험 접수시키겠다며 화를 내고 갔다. '주는 대로 받을 걸 그랬나.' 되돌아 가기에는 너무 멀리 와버린 걸 알지만 끝까지 가보기로 했다. 내친걸음이었다. 춘자 말로는 버티고 있으면 기사가 다시 온다지 않던가. 이렇건 저렇건 실비보험 들어뒀고, 입원비 치료비를 혼자 옴팡 뒤집어쓸 일은 없으니 밑져야 본전이었다. 정 안 되면 연석을 불러서 연금통장 내놓으라고 하면 된다. 연석이 통장을 순순히 내놓을 리 만무하지만 금자도 쉽게 포기할 생각은 없었다. 어떤 식으로든 매듭지어야 할 일이었다. 시어머니보다 오래 살기만 하면 통장을 손에 쥘 날이 올 테지만 구순에 가까운 나이에도 기가 펄펄한 시어머니를 이겨낼 재간이 없어서 쫓겨났으니. 시어머니보다 더 무서운 사람은 그녀의 세 딸들이었다. 그녀들에게 아버지의 여자는 죽은 전처 한 사람뿐이었다.

언젠가 초코파이 얻어먹으려고 들어갔던 도서관에서 '화 다스리기' 라는 강의를 들은 적 있다. 화를 못 다스리면 사람이 광기에 미쳐 날뛰게 되고, 화가 미치지 못하는 곳까지 상대가 멀리 달아나 버리면 분노가 제 살까지 뜯어먹는다는 말을 듣고 소름 끼쳤던 기억이 났다. 강의가 지루했지만 초코파이를 얻어먹으려고 끝까지 참고 들었다. 그날 금자는 '화' 의 정체를 제대로 이해했다. 시댁에서 쫓겨나던 날 금자는 분노를 이기지 못해 마당 가득 남편의 옷과 그녀의 옷을 쌓아놓고 기름을 부었다. 불이 활활 타오르는 동안 아무도 그녀의 곁에 근접을 못 했다. 불은 두시간 동안 타오르다 꺼졌다. 바람에 재가 날리는 것을 보며 빈 몸으로 그 집을 나왔다. 금자와 시댁의 인연은 그것으로 끝이었다. 그날 남편의 묘소에서 울며 쏟아낸 원망을 어떻게 말로 할까.

사흘 후, 기사는 돈 봉투와 합의서를 내밀며 도장부터 찍으라고 했다. 70만 원이었다. 그 돈 받고는 어림도 없다고 했다. 기사는 한숨을 폭 쉬며 돌아갔다. '촉탁은 일자리 잃을까 봐 현금으로 사고를 수습한다더라.' 춘자 말이 맞았다. 금자는 콧노래를 흥얼대며 기사가 사들고 온 음료수를 병실 환자들에게 하나씩 돌리고 화장실에 들어갔다. 손을 씻다 거울에 비친 자신을 쳐다보았다. 거울에 늙은 여자의 욕심 사나운 얼굴이 비쳤다. 그녀에게 물었다. '와카노, 치매 오나?' 심장이 쿵덕쿵덕 뛰었다. 설마 산에서 넘어질 때 머리를 부딪친 건 아닐 텐데. 금자는 스스로도 자신의 행동을 이해하기 어려웠다. 재혼이지만 딴에는 공무원 남편 만나서 반듯한 가정을 가진 여자 행세를 하고 살았는데 제 속에 이토록 천박한 영혼이 똬리를 틀고 있는 줄 몰랐다. 제 아무리 합의금이 탐나서 그런 게 아니라고 발뺌해도 기사가 주고 간 돈이 그녀의 빈 가슴을 채워준 건 사실이었다. 마음으로는 기사를 그만 괴롭혀야지 하면서도 지금껏 한 번도 본 적 없는 영혼이 툭 튀어나와서 '그 돈 받고는 합의서에 도장 못 찍어.' 하고 악을 써댔다. 하루하루 벌어먹고 사는 사람 어지간히 괴롭히라는 기사에게 몇 푼 아끼려다 직장 잃으면 더 손해 아니냐며, 한 달 안 벌은 셈치고 돈을 더 가져오라고 닦달했다.

"돈이 암만 좋아도 이러는 거 아닙니다."

"내가 우쨌는데."

기사의 설득을 못 들은 척했다. 입 꾹 다물고 대꾸도 안 해주니 기사가 쉬는 날 다시 오겠다며 돈을 놓고 갔다. 금자는 기사의 뒷모습을 보며 조금 미안한 생각이 들면서도 이상하게 가슴이 뻥 뚫리고 속이 후련한 걸 느꼈다. 그가 괴로워할수록 속에 차 있던 화가 조금씩 삭는 느낌이었다. 그의 등이 따뜻하고 듬직했던 게 잘못일까. 등에 얼굴을 붙인 채로 언제까지나 그렇게 있고 싶었던 마음을 돌아보면 저도 모르게 얼굴이 화끈거렸다. '외로웠나 보네.' 기사가 주고 간 돈을 지갑에 넣으며 혼자 중얼거렸다. 점심을 거르고 장 구경에 나섰다. 9일이었다. 길만 건너면 시장이어서 환자복을 입은 채로 갔다. 환자복 입고 돌아다니는 사람을 보면 꼴사납다며 눈을 흘기곤 했는데 입장이 바뀌고 보니 뻔뻔스러워 보이던 그 모습이 바로 삶에서 한 걸음 비켜 앉은 자의 태연함인 것을 알았다. 흥을 보거나 말거나 상관하지 않는 태연함.

솥뚜껑을 엎어놓고 전을 굽고 있었다. 금자는 얼른 다가앉아 배추전과 호박전을 구워달라고 했다. 금방 구워낸 전을 호호 불며 먹고 나니 살 것 같았다. 한참 걸어가노라니 어묵장수가 꼬치에 어묵을 끼우고 있었다. 퉁퉁 불은 어묵을 간장에 찍어서 두 개나 먹었다. 국물까지 먹었는데도 허전한 속이 가시지 않아서 설렁탕 가게에 들어갔다. 대접 가득 담아주는 설렁탕에 밥을 반 공기 말아서 국물까지 깨끗이 비웠다. 그제야 속이 뜨끈해지며 열이 오르고 포만감으로 트림이 끄윽 올라왔다. 시장 한편에 서 있는 손수레 찻집에 가서 믹스커피도 마셨다. 그만큼 먹어도 이만 원에서 잔돈이 남았다. '68만 원으로 뭘 하지? 아껴뒀다 맛있는 거나 사먹을까.' 그렇게 쓰기엔 기사의 한숨과 애원이 너무 아까웠다.

"늙은이한테 돈이 무슨 소용이고. 쓸 데도 없는데."

딸 지원이 곁에 있으면 옷이라도 사주겠는데 너무 멀리 떨어져 있었다. 가끔은 처음부터 딸이 없었다는 생각이 들 때가 있다. 금자의 유일한 피붙이건만. 나중에 지원이 시댁에 갔다가 엄마가 없는 걸 알면 얼마나 실망하고 슬퍼할까. 세상에 없는 엄마가 보고 싶다. 환갑이 지난 여자에게도 엄마가 필요하다. 금자는 엄마가 좋아하던 호떡을 사먹으며 저도 모르게 눈물을 찔끔거렸다. 엄마는 호떡 대신 술빵을 쪄주었다. 이불 속에서 형제들과 술빵을 한 점씩 떼어먹으며 긴 겨울밤을 넘겼다. 이런 장터에서 엄마를 만나면 얼마나 반가울까 싶어 금자는 저도 모르게 주변을 두리번거렸다. 시집살이가 고추 당초처럼 매운 조선시대에도 며느리의 외출이 허락된 날이 있었다. 추석 명절 이후 농한기에 단 하루 외출을 허락받은 며느리가 시댁과 친정의 중간쯤 되는 곳에서 친정어머니를 만나 맛있는 것도 먹고 얘기도 나누며 회포를 풀던 '반보기' 라는 풍습이었다.

그런 눈물겨운 만남으로 정을 풀고 나면 며느리는 다시 기나긴 기다림의 시간을 견딜 수 있었다. 그렇게라도 그리운 사람을 만날 희망이 있으니 장날이 얼마나 기다려졌을까. 기다림이 없는 삶보다 무력한 건 없으니.

 연석에게서 전화가 왔다. 금자는 반가운 마음에 얼른 전화를 받았다. 연석은 '어무이, 잘 계세요?' 한마디 묻고는 '내가 어무이를 잘 모셔야 하는데 그러지 못해서 미안해요. 돈 많이 벌면 큰 집을 사서 함께 살아요.' 정이 뚝뚝 떨어질 것 같은 말씨로 어미 마음을 흔들어 놓았다. 장가들어서 아비가 되더니 그사이 철들었나, 하고 고개를 갸웃거리고 있으려니 연석이 슬그머니 본론을 끄집어냈다.
 "어무이, 돈 가진 것 있으면 백만 원만 빌려줘요."
 돈 빌려달라는 말에 금세 싸늘히 식어버린 금자가 마침내 벼르고 벼른 한마디를 던졌다.
 "돈은 묵고 죽을라 캐도 읍다. 근데 연금통장은 언제 줄끼고?"
 "그걸로 가게 월세 막는데 어떻게 드려요."
 "3년만 쓴다 칸 거로 잊었나볘."
 "은밀히 말하면 어무이가 가질 통장은 아니잖아요."
 그러면 그렇지. 그 못된 기질이 어디 가나 했다,며 금자는 쯧쯧 혀를 찼다. 연석은 앞으로도 연금통장을 내놓을 생각이 없었다. 후처로 들어갔지만 십오 년 동안 가족으로 살았으니 어머니 대접을 할 법하건만 시댁 식구 누구도 금자를 식구로 받아들이지 않았다. 연금통장을 안 빌려주면 세 식구가 길거리에 나앉아야 한다며 3년만 쓰고 준다 할 땐 언제고 어무이가 가질 통장이 아니라니, 듣다못해 금자가 물었다.

"내가 너한테 남이로?"

"그게 아니라… 월세도 못 낼 형편인데 통장을 달라니까 말이 헛나갔어요."

연석은 장사가 안 된다고 한참 동안 우는 소리를 늘어놓고는 음주운전 단속반에 걸려 면허증을 빼앗겼다고 했다. 그사이 돈 냄새를 맡았는지. 운전면허증 찾은 지 얼마나 되었다고 또 음주운전이냐니까 연석은 술을 먹는 사람이면 한두 번쯤 하게 되는 실수라고 둘러댔다. 그러다 큰 사고라도 나면 뒷감당을 어떻게 할 거냐는 말이 채 끝나기도 전에 웬 잔소리냐고 소리를 지르며 전화를 끊었다.

"서른이마 철들 날도 지났구마는, 너거 할매나 니나 우째 그 모양이고."

금자는 끊긴 전화에 대고 못다 한 말을 다 했다. 엄마가 버스에서 무슨 일을 벌인 줄 아느냐며 발목에 깁스도 하고 우울증 치료약까지 먹는다고 털어놓았다. 엄마도 어디 가서 아들 자랑 손자 자랑을 하고 싶은데 아들은 돈이 필요할 때만 엄마를 찾는 것 같다며 마음에 재워두었던 불만을 끄집어냈다.

"가족을 개 쫓듯이 내몰고 너거는 잘 살 줄 알았제."

저희들은 금자를 잠시 집안일을 도우러 온 도우미 정도로 봤는지 몰라도 금자는 연석을 제 자식으로 여기며 보살폈다. 남편이 죽은 이후 시어머니는 물론이고 세 딸과 연석까지 금자를 굴러들어 온 돌멩이 취급하며 백안시했다. 어른이 된 연석은 더 이상 금자를 필요로 하지 않았다. 영원히 닿을 수 없을 성싶게 멀리 떨어진 연석의 마음을 어떻게 돌려놓으면 좋을지 몰랐다. '헛살았다.' 금자는 제 설움에 겨워 한참을 훌쩍거렸다. 미움도 정이라고, 울다 생각하니 연석이 오죽하면 금자에게 손을 벌릴까 싶어 마음이 짠했다.

"다 뺏어갈 땐 언제고 부끄러버서 우째 손을 벌리노."

백만 원? 그까짓 돈이 뭐라고 어미와 아들이 서로를 피할 수 없는 구석으로 몰아붙이는지. 우연히 남편과 인연이 닿아 엄마와 아들의 인연을 맺고 살았다. '너거는 그까짓 몇 푼 땜에 나를 길거리에 내쫓았지만 나는 가족을 그렇게는 안 버린다.' 연석이 가게 자리 잡을 동안 3년만 유족연금을 쓰게 해달라고 조를 때 냉정하게 연석의 청을 거절했으면 유족연금이 제 것이 되었을까, 금자는 가끔 그런 생각을 했다. 딸은 엄마가 온전한 대접도 못 받으면서 소처럼 일만 하고 사는 게 보기 싫다며 멀리 외국으로 가버렸다. 금자는 딸을 그리며 혼잣말을 중얼거렸다.

"재혼도 니 하나 잘 키울라고 한 기라."

금자의 엄마는 스물둘에 혼자가 된 청상과부였다. 그녀는 남편 없는 시집살이를 길쌈하며 견뎠다. 하나뿐인 딸을 두고 팔자를 고칠 만도 한데 엄마는 욕망도 없는 사람처럼 베만 짜고 살았다. 동네 점바치가 재혼을 말리더라며, 죽을 때까지 팔자 센 년 소리를 들을까 겁나서 못 갔다고 했다. 연어는 모천으로 돌아와 알을 낳고 죽는다. 알에서 깨어난 새끼는 죽은 어미 살점을 떼어먹고 자라서 먼 바다를 향한다. 어미는 죽어서까지 육신 공양으로 자식을 돌보라는 운명을 타고나는지. 어째서 자식은 엄마의 입장을 이해해 주면 안 되는지.

'그렇게는 살지 마소.'

버스 기사의 목소리가 귀에 쟁쟁했다.

"애들 아부지 살았을 때는 지도 이래 안 살았니더."

금자의 불운은 첫 남자를 만나던 날부터 시작되었다. 금자에게는 첫사랑이었고 그에게는 잠깐의 불장난이었던

걸 나중에 알았다. 그에게 아내가 있는 줄 꿈에도 짐작 못
했다. 헤어지던 날, 그는 작은 방 하나 얻을 돈을 주며 미
안하다고 했다. 그와의 사이에서 태어난 딸을 안고 연석의
아버지를 만났다. 두 번째 남편과 재혼할 때 연석은 여드
름이 돋은 고등학생이었다. 부끄러운 듯 얼굴을 붉히며 웃
는 연석이 너무나 사랑스러워 재혼을 잘했다고 생각했다.
연석에게 좋은 엄마가 되어주고 싶었다. 시어머니에게 생
활비를 받아쓰면서도 불만 없이 살았다. 어디서 굴러왔는
지도 모르는 여자를 못 믿는 게 당연하다고 생각했다.

　첫 남자가 방 얻으라고 준 돈을 둘도 없는 친구 팽자에
게 빌려주었다. 며칠만 쓰고 준다는 말에 속아서 쌈짓돈을
내주었더니 팽자는 금자의 돈도 못 갚고 병들어 죽었다.
부도를 내고 어느 구석에 숨었는지 팽자의 남편은 아내가
죽었는데도 나타나지 않았다. 팽자가 살았을 때 돈 받으러
갔다가 혼자 앓고 있는 친구가 가엾어서 비싼 전복죽을 사
다 먹었다. 팽자가 마지막으로 먹은 전복죽이 바로 저승밥
이었다. 팽자가 미안하고 고맙다며 눈물을 흘렸다.
　금자의 불운은 남편의 죽음으로 이어졌다. 시어머니가
팔자 사나운 년이 자기 아들을 잡아먹었다며 금자의 머리
채를 잡았다. 딸을 캐나다로 보낸 게 얼마나 다행이었는

지. 딸에게는 그 집을 나왔다는 말을 하지 않았다. 인간 사이의 믿음은 씹다 만 껌 같은 것이고, 인간 사이의 배신이 대부분 가까운 사람에 의해 저질러진다는 사실을 몰랐다.

버스 기사가 사흘 후에 다시 왔다. 칠십만 원 더 줄 테니 합의서에 도장 찍어달라고 애원했다. "겨우 칠십만 원?" 하니까 기사가 앞서 칠십만 원을 줬으니까 백사십만 원 아니냐며 제발 그만하자고 했다. 합의서 빨리 받아오지 않는다고 아내와 회사가 양쪽에서 들볶는데 죽을 지경이라며 체머리를 흔들었다. 약값만 더 얹어달라니까 기사가 호주머니를 뒤집어 보이며 버스 몰아서 무슨 떼돈을 버는 줄 아느냐고 소리를 질렀다. 사기를 쳐도 사람 봐가며 치라고 고함을 지르자 병실 사람들이 다 쳐다보았다.

마음 같아서는 재수술이 끝날 동안 경과를 봐가며 합의하고 싶지만 기사의 마누라까지 나서면 시끄러워질 것 같아서 한발 양보하기로 했다. 기사 마누라가 나선다고 겁날 건 없지만 여자끼리 싸우면 늙은 쪽이 무조건 손해다. 젊은 여자에게 욕을 얻어먹어도 손해, 머리카락을 뜯겨도 손해, 말로 싸워도 손해. 시끄러운 건 질색이다. 버스에서 다친 다리도 아니고, 실손보험 믿고 푹 쉬었으니 그만하면 되었다. 집에 가봐야 기다리는 사람도 없지만 병원생활이 너무 심심하다. 금자는 길게 시간 끌어봐야 험한 꼴만 보겠다 싶어서 합의서에 서명하고 지장을 찍었다. 두 번 나누어 받은 합의금을 합쳐봐야 이백만 원이 안 된다. 약값을 더 얹어주지 않는다고 쏘아붙이자 누구는 속이 없어서 당한 줄 아느냐며 사람 그만 괴롭히라고 기사가 발을 쿵쿵 울렸다. 병실 사람들이 금자를 멸시의 눈길로 쳐다보았다. 갑자기 민망해진 금자는 늙은이를 너무 몰아붙인다며 제 설움에 겨워 눈물을 보였다. 기사는 합의서를 호주머니에 넣으며 울 사람이 누군데 눈물타령이냐고 따갑게 쏘아붙였다. 금자는 사람을 다치게 해놓고 겨우 몇 푼으로 때운 건 잘한 일이냐고 대들었다. 기사는 합의서까지 받았으니 막보자고 마음먹었는지 곱게 늙으라며 숫제 삿대질까지 해댔다.

"비 오는 날 조심해서 다니소. 벼락 맞아 뒈질지 모르니까."

한마디 던지고 바람처럼 사라지는 기사의 등에 대고 금자도 한마디 쏘아붙였다.

"줄 돈 주면서 생색은 와 내노. 피장파장인데."

기사가 가고 나자 어디선가 혀 차는 소리가 들렸다. 창쪽의 여관 주인이 벽을 향해 돌아누우며 한마디 했다.

"사는 것도 여러 질이네. 공돈이 얼매나 무서븐 줄 모르고."

"지랄한다, 뭐 안다고 나서노."

"똥인지 딘장인지 꼭 묵어봐야 아나."

"나므 일에 와 지랄이고."

금자는 혼잣말을 궁시렁거리며 밖으로 나갔다. 등에 꽂히는 눈살이 따가웠다. '백날 떠들어봐라, 욕이 배 따고 들어가나.' 에어컨 바람을 너무 쐬면 땡볕이 그립다. 온몸에 스며드는 해의 뜨거움이 정겹다. 거리가 한산하다. 함부로 나돌아 다닐 엄두를 못 낼 더위다. 여관 주인을 더 세게 쥐어박지 못한 것이 한이다. 길게 싸워봐야 입담 센 여관 주인을 무슨 수로 당하랴. 흉볼 테면 많이 보라며 금자는 배짱을 내밀었다. 그까짓 돈이 뭐라고 이래 망가지노. 남편의 목소리가 귀에 들릴 듯 가까웠다. 이런 꼴 안 보게 좀 오래 살지 그랬능교. 기사에게 받은 돈으로 백화점에 가서 가방을 살까 아들 음주운전 벌금을 막아줄까 저울질하다 허리에 차는 안전복대에 집어넣었다. 늙어가는 여자에게는 남편보다 돈이 더 귀하고 늘그막에 믿을 건 돈뿐이다. 여관 주인을 비롯한 병실 사람들을 다시 쳐다보는 게 불편해서 퇴원하기로 했다.

"맘을 바로 쓰라고? 너거는 우짜마 그래 당당하노."

알고 보면 다들 적당히 속고 속이며 사는 게 인생 아닌가. 간발의 차이일 뿐 진실 앞에 서면 더한 사람도 덜한 사람도 없이 다들 고만고만하다고 금자는 자신 있게 말했다. 집으로 돌아온 금자는 기사가 주고 간 합의금을 방바닥에 부채처럼 깔아놓았다. 예순이 되도록 남의 것은 쌀 한 톨 넘겨보지 않았고, 일벌레처럼 몸이 닳도록 바동거리며 살았는데도 남은 건 빈 지갑과 외로움과 늙은 몸뚱이뿐이다. 착하게 살면 복을 받는다는 말은 동화 속에나 나오는 달콤한 속임수였다.

시어머니가 곳간 열쇠를 남편에게 넘겨주었다. 금자는 일 년에 쌀이 몇 가마니 들어오고 나가는지도 모른 채 주는 것만 받아썼다. 그들 모자가 곳간 열쇠를 움켜쥔 불문율이 너무도 당연한 것처럼 이어져 금자는 안살림을 넘겨볼 염도 못 냈다. 언젠가 아이들 용돈 받듯이 생활비 받아 쓰는 게 지겨워서 경제권을 넘겨달라고 한 적 있다. 어째서 아내에게 경제권을 넘겨주지 않느냐니까 남편은 '집안 전통'이라며 금자의 요구를 무시했다. 한바탕 말다툼을 벌이려다 치사해서 그만뒀다.

그녀에게 안살림을 맡기지 않는 것 외에는 다정한 사람이었다. 그가 죽으며 집안의 모든 경제권이 아들에게 넘어가는 것을 보고 금자는 남편을 향한 믿음을 버렸다. 그에게 금자는 그저 집안일을 꾸려가는 여자일 뿐이었다. 남편이 죽고 나자 그의 형제들이 몰려와 제사와 선산이 있는 땅 문서를 가져갔다. 시어머니와 연석이 유족연금 통장을 내놓으라고 압박했다. 금자는 다 집어던지고 집을 나오며 말했다. "더러워서 나가준다. 잘 묵고 잘 살아라." 인간에 대한 믿음이라곤 쥐똥만큼도 없는 집에 더 머물 이유가 없었다.

"자유다!"

전통의 족쇄를 훌훌 벗어던진 금자는 두 팔을 둥둥 걷어붙이고 친정 가까운 사과밭으로 갔다. 늘 일손이 부족한 곳이었다. 제 힘으로 돈을 벌어보는 게 꿈이었다. 엄마도 없고 사촌도 없는 곳이 되었지만 외가댁 산소가 가까웠다. 금자는 마늘밭 양파밭 사과밭에서 일하며 남편의 식구들을 잊었다.

"아따, 내 세상이네. 사람 귀한 줄 모르는 그놈의 집구석 진즉 나올 걸."

금자는 쫓겨난 것이 아니라 제 발로 걸어 나왔다고 자신을 다독였다. 누구의 간섭도 받지 않는 홀가분한 삶이 시작되었다. 외로운 것만 빼면 다 괜찮았다. 산에서 미끄러져 다친 다리라고, 기사에게 정직하게 털어놓지 않은 것만 빼면 한 점 부끄러움 없는 삶이었다.

"살다 보마 맑은 날도 있고 흐린 날도 있는 기지."

기사가 그랬다. 그렇게 살지 말라고. 발목이 시큰거려도 사방 천지 편안하게 기댈 곳 없는 팔자에 그런 트릭도 못 하고 살까. 그 집을 나오는 것으로 불운한 삶의 고리를 끊은 걸 다행으로 여겼다. 끓는 속을 삭여가며 참아준 기사에게 어떻게 고마움을 전해야 할지 모르겠다. 일자리 놓치지 않으려고 끝까지 금자를 참아낸 기사가 존경스러웠다. 연석도 사업이니 뭐니 허세 그만 떨고 예전처럼 기업에 들어가서 착실하게 일이나 배웠으면 좋겠다. 말다툼을 했을망정 기사가 찾아와 말동무를 해주는 게 좋았다.

"사람을 함부로 덥석 업고 그러이 당하고 살제."

버스 봉에 부딪친 상처에 연고를 발라주던 손길은 또 어떤가. 그의 선한 눈빛이 남편의 것인 듯 포근해서 망령된 짓을 벌이고 말았다. 발목을 잡고 아고 나 죽네, 하고 주저앉을 때의 기분은 금자 자신도 잘 모른다. 아이들이 관심을 받으려고 억지 울음을 터트리는 것처럼 그냥 한 번쯤 그러고 싶었다. 기사가 처음 본 사람을 덥석 업어버리니 방정맞은 여편네 소갈머리로 에라 모르겠다, 기댄 거라고, 금자는 변명처럼 혼잣말을 뇌까렸다.

2

우주 밖을 다녀온 듯 세상이 갑자기 생소하게 느껴졌다. 한참을 둘러보고서야 은행이 눈에 들어오고 시장으로 가는 길목이 눈에 들어왔다. 늘 보던 건물이 갑자기 달라 보일 수 있다는 사실이 놀라웠다. 군수 마누라는 맹장염으로 사흘 입원했다 퇴원하는데도 아들 며느리 딸 사위가 모두 마중을 나오더구먼. 후처이긴 하지만 종부로 십오 년을 살았는데 개미 새끼 한 마리 마중 나오지 않았다. 어느 날 길에 엎어져 죽어도 그녀를 안다는 사람이 없어서 무연고자로 처리될 것 같았다. 군청 마당의 벤치에 앉아서 지나가는 차를 보았다. 펄럭이는 깃발이 노을에 붉게 물들었다.

"지은아, 우째 지내노? 엄마 좀 델고 가마 안 되것나."

캐나다로 딸을 만나러 가려면 부지런히 돈을 모아야 했다. 한 달 만에 돌아온 방이 낯선 여관처럼 썰렁했다. 전등을 켜자 바퀴벌레가 구석구석으로 숨기 바빴다. 선득한 냉기에 어깨를 움츠렸다. 습기 때문인가? 문을 활짝 열어놓고 바퀴벌레 약을 뿌렸다. 냉장고를 열어보니 찬밥 한 덩어리가 얼어 있었다. 병원 밥이 그리웠다. 침대에 가만히 앉아 있으면 주방 식구들이 식탁을 펴서 식판을 올려주었다. 썰렁하기 짝이 없는 방 안을 휘둘러 보려니 안방 창 아래 자리 잡고 있던 남편의 작은 책상이 떠올랐다. 남편은 그 책상에 앉아서 가계부를 썼다. 그는 저세상에 가서도 계산기를 두드리고 있을 것 같다. '내가 그렇게 의심스럽더니껴?' 재혼하자고 죽자 사자 매달린 사람이 누군데.

"사람이 그러는 거 아이니더."

금자는 냉동실에 얼려둔 밥으로 누룽지를 만들었다. 누룽지가 만들어질 동안 죽은 바퀴벌레를 쓸어내고 한 달 동안 쌓아둔 먼지를 닦았다. 집도 사람처럼 잠시만 외면하면 금세 생기를 잃고 벌레집이 되어버린다. 청소를 마치고 텔레비전 채널을 이리저리 돌려가며 시간을 보냈다. 영화는 날이면 날마다 총이나 쏘아대고, 드라마는 재벌가에 입성하기 위한 서슬 푸른 여자들의 야망 타령으로 온통 쑥대밭이다. 욕을 해가며 막장 드라마 재방송을 두 편 보았다.

이렇게 쓸쓸한 날 아들이 찾아와서 족발이라도 내밀면 모자 사이의 묵은 마음이 싹 가실 텐데. 친아들은 아니지만 금자에게는 정나미 떨어지게 쌀쌀한 연석이 하나뿐인 아들이었다. 사람의 인연이 매정하게 끊는다고 끊어지는 것이면 얼마나 간단하랴. 그러지 못해서 저도 돈 빌려달라고 전화를 했겠지. 전화 한 통 하지 않는 딸도 매정하기는 마찬가지여서 비행기 표 사서 딸에게 가겠다는 생각을 금방 접었다. 잠결에 전화벨 소리를 들었다. 연석이었다.

"어무이, 애들을 일주일만 봐주세요."

마누라와 장모가 유럽 여행을 가기 때문에 아이들을 봐줄 사람이 없다고 했다. 음주운전 벌금 빌려달라고 떼쓰다 성질내며 전화 끊은 걸 잊은 목소리였다. 금자는 아무 일도 없었던 것처럼 능청스레 전화를 한 연석이 밉지 않아서 그러마고 대답했다. 아이들을 언제 보여주나 기다리던 참이었다. 한달음에 달려가 유치원에서 나오는 손자손녀를 맞았다. 사랑은 엄마가 안 오나, 하고 주위를 두리번거렸다. 금자는 다정한 목소리로 엄마 대신 할머니가 마중을 나왔다고 했다. 그러자 사랑이 뽀로통한 얼굴로 말했다.

"할머니 아니야. 우리 할머니는 엄마랑 여행 갔어."

"여행 간 할머니는 외할머니이고 내가 진짜 할머니야."

"거짓말. 엄마가 모르는 사람 따라가면 안 된댔어."

사랑이 울자 민규도 덩달아 울었다. 아이들을 달래다 못해 연석에게 전화를 했다. 연석이 열 밤만 자면 엄마가 오니까 그때까지 안동할머니와 친하게 지내야 한다고 사랑을 설득했다. 그러자 사랑이 시무룩한 얼굴로 알았다며 앞장섰다. 민규도 사랑의 손을 잡고 따라갔다. 큰 아이만 잘 다스리면 작은 아이는 누나를 따라오게 되어 있다. 길에서 사랑이 친구를 만났다. 두 아이가 친구를 따라 놀이터로 뛰어갔다. 금자는 서둘러 두 아이를 따라갔다. 놀이터에 아이들이 많이 모여 있었다. 아이를 따라온 젊은 엄마들이 수다를 떨며 놀았다. 사랑이 낯선 사람 보듯이 금자를 힐끔 돌아보았다. 금자는 아이와 눈이 마주칠 때마다 고개를 끄덕이며 웃어주었다. 아이가 다치지 않을까 노심초사하며 지켜보는 동안 두 아이가 다른 애들보다 발육이 늦은 걸 알아챘다. 키도 작고 몸이 약해서 잔기침도 잦았다. 생각해 보니 금자가 처음 만났을 때 연석도 그랬다. 아들 내외가 장사한다고 아이들 밥을 잘 거둬 먹이지 않은 탓이라 짐작했다. 금자는 아이에게 해먹일 음식을 머리에 떠올렸다. 연석이 쇠고기 장조림을 잘 먹었다. 금자는 아이들을 데리고 마트로 갔다. 마트에서 고기와 메추리알, 꽈리고추, 부추를 한 단 샀다. 아이들이 마트를 마구 뛰어다녔다. 두 아이에게 귤을 쥐어주고 집으로 오던 중에 순댓국집 유리문에 종이쪽지가 붙어 있는 것을 보았다.

'설거지할 사람 구함'

금자는 눈이 번쩍 뜨여서 순댓국집 문을 밀고 들어갔다. 국밥집 안주인이 상냥하게 그녀를 맞았다. 웃으며 다가간 금자는 혹시 일할 사람을 찾느냐고 물었다. 국밥집 안주인이 금자를 아래위로 훑어보더니 나이가 많다며 고개를 저었다. 금자는 국밥집 안주인의 말에 기죽지 않고 고급 한

식당에서 30가지 반찬을 하며 15년 동안 일한 경력을 들먹였다. 종부 경력도 경력이어서 일을 못했으면 그만큼 오래 썼겠느냐고 큰소리쳤다. 65세를 62세라고 속였다. 62세면 한창 일할 나이라며 열흘 후에 올 테니까 그때까지 생각해 보라고 했다. 내일 당장 사람이 필요하기 때문에 열흘 후에는 와봐야 소용없다고 했다. 금자는 애들 엄마가 유럽 여행을 하고 열흘 후에 온다며 그사이 다른 사람을 구하면 어쩔 수 없는 일이라고 했다. 금자는 가게에 들어온 김에 사랑과 민규를 나란히 앉히고 순대를 먹기로 했다. 먹고 죽은 귀신은 때깔도 곱다지 않던가.

순대 껍질을 벗겨주자 아이들이 맛있게 먹었다. 김치를 물에 씻어서 찢어주었더니 맵다고 하면서도 사그랑 사그랑 잘도 씹어 먹었다. 순대 한 접시가 금자와 아이들 사이의 거리감을 지웠다.

"우리 아가들, 순대 맛이 어뗘?"

"맛있어요."

"순대 첨 먹었쪄?"

"네."

"순대 묵고 싶으마 야그해. 여게가 할머니 일터여."

사랑과 민규가 방긋 웃으며 고개를 끄덕였다. 아이들을 데리고 아들의 집으로 갔다. 결혼했다는 소문만 들었지 아들의 신혼집에 처음 와보았다. 벽에 걸린 결혼사진도 처음 보았고, 코딱지만 한 사랑이의 양말과 팬티도 처음 빨아보았다. 모든 게 너무나 새로워서 눈물 나게 감격스러웠다. 금자는 메추리알을 삶아서 손자 손녀와 이마를 맞대고 껍질을 벗겼다. 두 아이의 이마에 메추리알을 두드려 껍질을 벗기려니 저희들도 번갈아 금자의 이마에 알을 깨고는 깔깔대고 웃었다. 쇠고기 장조림을 해놓고 검정 쌀을 한 줌 집어 넣어 밥도 안쳤다. 청소기를 돌리다 금자는 아이를 불러서 함께 밀고 다녔다. 걸레를 빨아서 먼지를 깨끗이 닦아냈다. 청소란 게 끝이 없는 노동이어서 손을 대기 시작하려니 때가 낀 싱크대가 보이고, 싱크대를 닦고 나니 먹지 않는 음식으로 미어터지는 냉장고가 보였다. 곰팡이 낀 음식, 먹다 남은 음식 찌꺼기, 일회용 식품을 쓰레기 봉지에 싸서 버렸다.

시어머니에게 생활비를 타 썼지만 금자는 연석에게 아무 음식이나 되는대로 먹이지 않았다. 아들에게는 최고의 음식을 먹이려 애썼고, 영양가가 많은 걸 아껴두었다 연석에게 먹이곤 했다. 이제 그 아들이 자라서 두 아이를 낳았고 그 아이에게 밥을 해 먹이는 자신이 지금 꿈같은 시간을 살고 있다고 믿었다. 일찌감치 저녁을 먹이고 두 아이

를 깨끗이 씻겨서 재웠다. 아이들 곁에 잠시 누워 있으려
니 연석이 일을 마치고 들어오는 기척이 들렸다. 냄비 뚜
껑 들추는 소리가 들리는 것으로 보아 배가 고픈 모양이었
다. 밥도 있고, 연석이 좋아하는 장조림까지 해두었으니
굳이 밖에 나가보지 않아도 찾아먹을 터였다. 아들은 자식
노릇을 못해도 어미는 끝까지 어미여야 제대로 된 어른 노
릇이라고 생각했다.

열흘 후, 며느리와 안사돈이 여행에서 돌아오는 날 두
아이를 유치원에 보내고 집으로 왔다. 그날 금자는 시골로
갔다. 그녀는 '사후관계 종료신고서'를 군청에 제출했다.
언젠가는 하려던 일이었다. 그녀를 쫓아내던 날 시어머니
가 말했다. 꿈에도 자기 아들 옆에 묻힐 생각 말라고. 사후
이혼을 마치고 금자는 남편의 무덤을 찾았다. 소주 한 잔
따라놓고 사후관계 종료신고서로 그와의 모든 관계가 끝
났음을 알렸다. 시어머니를 비롯한 시댁 식구들 모두가 원
한 일이었다고 말해주었다. 그녀는 남편과 마지막 술잔을
나누는 것으로 완전히 남이 되었다. 연석이 알면 서운해
할지 모르지만 사후이혼으로 모든 가족관계가 끝났다고
해도 아이들에게는 언제까지나 안동할머니로 남아 있을
수 있다고 말해줄 생각이었다. 쫓겨난 신세가 아니라 떳떳
하고 당당하게 살아가는 안동할머니로 아이들 앞에 서고

싶은 꿈을 이룬 셈이었다. 산을 내려오려니 바늘로 찌르듯 가슴팍이 따가웠다. 길섶의 바위에 앉아 숨을 가누었다.

'어제 국밥 묵고 체했나?'

주먹으로 가슴을 퉁퉁 쳤다. 종다리 두 마리가 쭈르르쭈르르 소리를 지르며 날았다. 높이 나는 종다리 위로 눈이 부시게 푸른 하늘이 넓게 펼쳐져 있었다.

"너거는 안 덥나?"

하늘을 올려 보는데 해가 어찌나 부신지 눈이 따가웠다. 시큰하게 매운 코끝을 문지르는데 발치에 붉게 피어 있는 며느리밥풀꽃이 눈에 띄었다. 입술처럼 두 갈래로 갈라진 꽃잎의 아랫입술에 밥알 같은 흰 무늬가 두 개 있어서 며느리밥풀꽃이라는 이름이 붙었다. 며느리밥풀꽃도 두 가지다. 꽃며느리밥풀꽃은 꽃잎의 아랫입술에 두 개의 흰 밥풀무늬가 있고 새며느리밥풀꽃에는 흰색 무늬가 없다. 몰락한 양반집으로 시집을 간 며느리가 밥이 잘 되었는지 맛을 보다 시어머니에게 들켰다. 밥을 훔쳐 먹었다고 매를 맞던 며느리가 아랫입술에 밥풀 두 알을 붙인 채로 죽었다. 며느리의 무덤에 꽃이 피었는데 그게 바로 꽃며느리밥풀꽃이었다. 금자는 입술 같은 꽃잎을 따서 꼭꼭 씹었다. 가느다란 실뱀이 기어갔다. 뱀이 타원형의 긴 머리를 간들거리며 금자를 쳐다보았다. 뱀과 눈이 마주쳤다. 긴 혀를 날름거리고는 서둘러 땅 속으로 들어갔다. 금자는 엉덩이를 털고 일어섰다. 좋다리 소리가 높고, 나락은 익어가고, 과일이 충실하게 몸을 키울 무렵이었다. 금자는 가슴이 자주 따끔거리는 걸 노년이 시작되는 징조로 여겼다. 계절이 바뀔 때 흔히 앓게 되는 감기 정도로. 근래에 들어 자주 일어나는 증상이지만 모른 체했다.

집으로 돌아온 그녀는 장을 봐서 된장을 끓이고 생나물까지 무쳐서 반찬통에 가득 담아두었다. 그녀는 이제 독거노인이고 나라의 도움도 받을 수 있었다. 65세가 되었으니 지하철도 공짜로 탈 수 있고, 사후이혼으로 호적정리까지 했기 때문에 더 이상 시댁 일로 마음 부대낄 일도 없다고 생각하니 콧노래가 절로 나왔다. 양재기에 생나물과 고추장, 된장을 떠 넣어 척척 비볐다. 들기름 향기가 감칠맛나게 입맛을 돋우었다. 인생이 뭐 별거라고, 훌훌 섞어 먹는 비빔밥과 같은 것을.

"세상사 마음묵기 대로지 뭐 겁날 끼 있다꼬 떠노."

그녀가 살아본 바로는 완전한 불운도 없고 완전한 행운도 없다. 걱정한다고 달랑 혼자가 된 사정이 달라지지 않고 겁낸다고 가슴을 죄는 두려움이 없어지지 않으니, 씩씩하게 무소의 뿔처럼 헤쳐 나갈 수밖에. 사후관계 종료신고서를 넣고 오던 날 연석에게 전화했다. 서류 정리도 끝났고 아버지와 완전히 갈라섰다니까 연석은 죽은 사람과 이혼해서 뭐 하느냐고 물었다.

"생활보호대상자가 될라믄 호적에 아무도 없어야 한대서."

가족관계는 끝났지만 그래도 엄마가 보고 싶으면 언제든 전화를 하라니까 연석은 말없이 듣기만 했다. 금자가 먼저 전화를 끊었다. 홀가분했다. 이러면 될 걸 끈을 놓으면 죽는 줄 알고 바둥거렸다. 죽은 사람과 이혼해서 뭐 하느냐고? 이혼은 혼자가 된 몸에 날개를 다는 일이었다. 제사나 묘사가 다가와도 걱정할 필요 없고, 봄부터 가을까지 양파밭 마늘밭 사과밭 고추밭을 마음대로 찾아다닐 수 있고, 밭일이 없는 겨울에는 식당에서 그릇을 씻으며 세월을 보내면 되고, 그러다 돈이 좀 모이면 비행기 표 사서 캐나다로 딸을 찾아가면 된다. 갑자기 몸이 너무 가벼워서 무엇부터 해야 할지 모를 지경인데도 한편으로는 금자에게 함부로 하던 시어머니나 세 딸들과 가족관계가 완전히 끝난 것이 너무나 후련했다.

"내 발로 나왔으이 니들끼리 잘 묵고 잘 살으라."

재산 나누자고 할까 봐 전전긍긍하는 꼴을 더 보지 않아도 되었다. 시체 태우는 값으로 15만 원만 있으면 된다지만 지갑에 백오십만 원을 넣어 베개 속에 감추었다. 방을 뒹굴다 혼자 죽어도 베개 속에 있는 돈으로 누군가 장례야 치러주겠지. 장례비 말고는 돈이 있어도 쓸 곳이 없다. 하루 세 끼 무얼 먹든지 배만 부르면 되고, 좋은 옷 있어봐야 입고 으스댈 곳도 없고, 지하철을 타면 차비도 안 드는 지공세대여서 빈손으로 다녀도 아무 걱정이 없다. 외국 여행 다녀왔다는 늙은이들의 자랑을 들어보면 어디를 다녀왔는지 지명도 모르고 뭘 봤는지도 모르기 일쑤다. 그저 다녀왔다고 좋아하는 그것, 늙은이의 여행이 오죽하랴. 가도 그만 안 가도 그만. 늙음이 좋은 건 가진 것을 다 내려놓아도 살아지는 것이다. 금자는 갑자기 모든 게 어리둥절해졌다. 그동안 무엇을 위해 살았고, 재혼을 왜 했는지 모르겠다는 생각이 들었다. 사랑? 남편을 사랑했던가? 사랑은 모르겠고, 딸이 어른이 될 동안 의지하고 살 사람이 필요했던 것 같다. 지나고 나서 생각하니 굳이 재혼을 하지 않아도 혼자 힘으로 잘 살아냈을 것을. 가족 없이 혼자 월남한 춘자도 살아내는데.

심한 간질병 때문에 이혼 당한 춘자는 생활보호 대상자로 보호받으며 혼자 살고 있다. 그녀는 돈을 벌면 고향사람의 통장에 돈을 맡긴다. 제 이름으로 입금해 두면 세무조사로 생활보호대상자에서 탈락시킬 게 뻔하다며 돈을 모두 남의 명의로 저축해 두었다. 어느 날 통장 명의 주인이 춘자에게 물어보지도 않고 돈을 몰래 찾아 썼다. 나중에 그 사실을 알게 된 춘자가 죽네 사네 한바탕 난리를 쳤지만 이미 날아간 돈은 돌아올 줄 몰랐다. 궁지에 몰린 통장 주인이 은행에서 잠만 자는 돈을 필요한 사람이 좀 쓰면 어떠냐고 대들었다. 사실 춘자는 혼자 살기 때문에 돈 쓸 곳이 없었다. 생활보호대상자여서 아프면 병원비가 공짜인데다 나라에서 쌀까지 대준다. 게다가 돈이 아까워서 쓸 줄도 모르고 다람쥐 꿀밤 모으듯이 돈을 통장에 넣기만 하니 잔고가 쌓일 수밖에. 그 일이 있고 난 후 통장 명의를 다른 이름으로 해두었던 모양이다. 그러자 이번에는 그 사람이 밀린 물건 대금을 못 줘서 끙끙대다 춘자 돈으로 부도를 막았다. 춘자는 돈 내놓으라고 한 달을 따라다니다 화병이 나서 드러누웠다. 그래도 날아간 돈은 돌아올 줄 몰랐다. 그 후 춘자는 세상에 믿을 놈 아무도 없다며 돈이 생기면 오만 원짜리로 바꾸어 복대에 넣고 다녔다.

금자는 아침 일찍 깔끔하게 머릿수건까지 둘러쓰고 출근을 했다. 주인보다 먼저 와서 식당과 주방 청소를 깔끔하게 해놓았다. 식당주인이 와보고는 첫날부터 고생했다며 자판기 커피를 빼주었다. 커피를 마시던 중에 첫 손님이 들어왔다. 금자는 물수건과 컵을 갖다 주고 주문을 받았다. 서빙을 하기엔 나이가 너무 많지만 그게 오히려 손님들에게 집밥의 이미지를 줄지도 모른다고 생각했다. 같은 밥이라도 손님의 호감에 따라서 집밥이 되기도 하고 맛집이 되기도 하니. 순댓국 가게로 바뀌기 전에는 반찬이 열두 가지나 되는 한식집이었다. 처음에는 손님이 많았다. 차츰 양념을 줄이고 반찬 가짓수를 줄이는가 싶더니 손님도 줄었다. 반찬은 많은데 입에 맞는 게 없어서 손님들이 하나둘 떨어지다 순댓국집이 되었다.

　하루 일을 마치고 금자는 기분 좋게 집으로 돌아와 자리에 누웠다. 식당 일 하루 만에 순댓국 냄새에 질렸다. 온종일 고기를 삶고 썰며 국 냄새를 맡고 나니 속이 울렁거려 소화제를 먹었다. 가슴이 찌르르 아팠다. 갑자기 일을 너무 무리하게 한 탓이라 여겼다. 적응이 되면 괜찮겠지. 입원해 있을 때는 괜찮았다. 등을 붙이자마자 곯아떨어질 줄 알았는데 드라마를 채널별로 다 봤는데도 눈만 말똥거렸다. 전등만 끄고 텔레비전을 혼자 떠들게 내버려두었다. 텔레비전에서 나오는 푸르스름한 불빛이 조명 역할을 해주었다. 너무 어두우면 가위에 눌린다. 사람 온기가 그립다. 남편이 죽고 부쩍 무섬증이 일었다. 어두워서 무섭고, 얘기 나눌 사람이 없어서 무섭고, 긴 밤 내내 불면에 시달리는 것도 무서웠다.

간신히 잠이 든 금자는 가슴을 죄는 통증 때문에 눈을 떴다. 오른손으로 명치 부분을 문지르며 끄윽끄윽 트림을 해댔다. 급한 대로 서랍을 뒤져 동네 약국에서 타온 위염약을 털어 넣고 물을 마셨다. 소리를 줄여놓은 텔레비전에서 드라마 배우들이 벙어리처럼 입만 벙긋거리고 지나갔다. 밤이 되어도 더위는 여전했다. 선풍기가 더운 열기를 훅훅 뿜어냈다. 뒤척이다 겨우 잠이 들었나 싶자 시커먼 그림자가 다가와 목을 졸랐다. 가위에 눌려 바동거리다 기절하듯이 잠들었다. 죽음을 체험한 느낌이었다.

다음 날 금자는 병원으로 갔다. 의사에게 체했는지 속이 따갑다고 했다. 의사가 몇 가지 질문을 하고는 검사부터 해보자고 했다. 심전도 검사와 위내시경 검사, 가슴 사진까지 찍으며 검사를 마쳤다. 단순히 위염이면 다행이지만 혹시 죽을병이라도 걸렸으면 어쩌나 하는 걱정으로 간이 조마조마한 하루를 보냈다. 검사결과를 보러 갔더니 의사가 청천벽력 같은 소리를 했다.

"심근경색증입니다."

의사는 당장 시술을 해서 심장으로 통하는 혈관을 뚫어주지 않으면 생명이 위험하다고 했다. '시술을 해야 한다고?' 금자는 어쩌면 좋을지 몰라서 아무 준비도 없이 왔다고 둘러댔다. 의사는 돈 준비라면 시술이 끝난 후에 걱정

해도 된다고 했다. 의사가 당장이라도 수술실로 끌고 갈 것 같아서 금자는 벌떡 일어나 신발을 신었다. 지금 바깥에 나가면 길에서 쓰러질지도 모른다며 의사가 퇴원을 말렸다. 금자는 아무렇지도 않다며 위염약이나 처방해 달라니까 심근경색이 얼마나 위험한 병인데 위염 타령이냐며 화를 냈다.

"아픈 사람은 난데 선상님이 우째 화를 내니껴?"

"위험한데 그냥 가시려니까 염려가 되어서 그러죠."

"이때꺼지 잘 살았는데 매깝시 쓰러져 죽기야 하겠니껴."

"심근경색은 골든타임을 놓치면 끝입니다."

"걱정해 줘서 고맙니더. 수술을 받을라카마 맘도 돈도 준비가 필요하니더."

대뜸 시술부터 하자는 통에 금자는 가슴이 철렁 내려앉았다. 입만 벙긋하면 죽을병을 줄줄이 엮어내는 게 의사지. 저거야말로 심각한 직업병 아닌가. 진료실을 나가려는 금자를 가로막으며 의사가 각서를 쓰라고 했다. 무슨 각서를 쓰느냐고 물었더니 길에서 엎어져 죽어도 병원에 책임을 묻지 않겠다는 각서라고 했다. '별 얄궂은 각서도 다 써보네.' 금자는 그게 뭐 어려운 일이냐며 시원하게 각서를 써주었다. 준비를 해서 다시 오겠다 이르고 금자는 씩씩하게 걸어서 병원을 나왔다. 의사는 부리나케 달아나는 금자를 붙잡지 못했다. 시술이란 말만으로 가슴이 뛰고 손발이 싸늘해졌다. 이럴 때 딸이 가까이 있어서 '엄마, 아무 걱정 마. 내가 꼭 지키고 있을게.' 하고 말해주면 얼마나 마음이 놓일까. 병원 가까운 약국에서 역류성 위염 약을 달라고 했다. 처방전 없이 살 수 없는 약이라며 약을 주지 않았다. 생각다 못해 활명수 두 병을 사먹었다. 그거라도 마시고 나니 살 것 같았다.

컵라면에 물을 부어 편의점 앞 야외탁자에 앉았다. 테이블에 누군가 마시고 간 소주병이 놓여 있었다. 병을 들어보니 소주가 한 잔 정도 남아 있었다. 금자는 옳다구나, 하고 병째로 들이마셨다. 술이 목구멍을 넘어가며 가슴을 찌르르 울리는가 싶더니 금세 편안해졌다. 아파트 통행거치대가 팔을 들었다 놓았다 하며 차를 안으로 들여보냈다. 아이들이 부지런히 편의점을 드나들었다. 금자는 멍하니 앉아서 바쁜 걸음으로 지나치는 사람들을 쳐다보았다. 아들과 의논해야 할까. 가족관계는 끝났지만 그런 의논 정도야 못할까. 지금 당장 심장 스탠트 시술을 해야 한다는 걸 그냥 왔다고 하면 아들이 뭐라고 할까. 거리에 어둠이 깔리며 찬바람이 일기 시작했다. 금자는 컵라면을 건져먹다 말고 약국으로 갔다. 약사가 텔레비전을 보며 하품을 하고 있었다. 약사가 천천히 일어나며 무슨 약을 줄까 하고 물었다. 금자는 활명수 두 병을 달라며 혹시 혈압을 재볼 수 있겠느냐고 물었다. 그러자 약사는 혈압을 재는 등의 의료 행위는 약국에서 할 수 없다며 많이 아프면 응급실로 가보라고 했다. 병원에 갈 줄 몰라서 안 가는 게 아닌데 남의 속도 모르고 뻔한 소리나 하는 약사가 미웠다. 이래저래 편하게 자긴 틀린 밤이었다. '우짜마 좋노.' 금자는 남편 사진을 보며 물었다.

"밤에 혼자 일을 당하마 누가 구해주니껴?"

자신이 남편처럼 갑자기 죽을지도 모른다는 사실이 실감나지 않았다. 남편은 근무 중에 심장마비로 세상을 떠났다. 책상에 엎드려 있는 것을 동료들이 발견하고 119를 불러 응급실로 갔지만 병원에 도착하기 전에 숨을 거두었다. 남편은 동료들에게 발견되고도 생명을 못 구했다. 금자는 밤새 뒤척이다 새벽녘에 겨우 잠이 들었다. 눈을 떠보니 아침이었다. 살아서 아침을 맞은 것이 꿈같았다. 몸이 개운했다. 일어나서 팔을 휘젓고 몸을 움직여도 아무렇지 않았다.

"봐라, 아무 일도 없잖아. 의사 허풍은 사라호 태풍급이라카이."

걱정으로 얼룩진 밤을 잊기로 했다. 밤이나 낮이나 덥기는 매한가지지만 구름이 살짝 덮이는 것으로 보아 어쩌면 비가 올지 모른다고 생각했다. '한바탕 쏟아져라마.' 금자는 식당에 출근했다. 기분 좋게 일을 했지만 첫날처럼 무리하게 움직이지는 않았다. 그녀는 설거지 담당이지 서빙이 아니였다. 주방에 들어오는 빈 그릇을 씻기에도 바빠서 홀에 나가지 않았다. 첫날 안주인에게 신임을 얻으려고 몸을 아끼지 않고 설쳐댄 덕분에 급성심근경색이란 진단까지 받고 보니 슬슬 몸의 눈치가 보였다.

'쓰러지마 나만 불쌍치.'

몸도 칭찬과 위로를 필요로 한다. 구박받는 아이처럼 천하게 취급할수록 기가 떨어지고 쇠약해지는 게 몸이다. 기분 좋은 하루를 보내고 아들과 통화도 했다. 장사 잘 되느냐고 묻는 대신 아기들 잘 있느냐고 물었더니 아이들이 안동할머니를 찾더라고 했다. 언제 시간 나면 집에 와서 아기들과 좀 놀아주고 족발도 먹으러 오라는데, 헛말인 줄 알면서도 코끝이 찡했다. 연금통장을 빼앗아가고 금자를 객식구 취급한 냉대를 까맣게 잊고 금방 마음이 너그러워졌다. 쉰 소리라도 주고받으니 사는 것 같았다. 사람의 정이란 게 말과 말로서 이어가는 것인데, 그동안 입을 너무 닫고 살았나 싶기도 했다. 돈이 드는 것도 아닌데 아낄 게 따로 있지. 내친김에 인심을 푹 쓰자며, 아들이 잘 살아야 엄마 마음이 편하다고 말해주었다. 그러자 금자의 진심이 통했는지 어쩐 일로 연석이 어머니 건강이나 잘 챙기라고 걱정을 해주었다. 음주운전 벌금은 어떻게 되었느냐고 물으니 벌어서 해결했다며 부담 갖지 말고 애들 보러 오라고 했다. 아내에게 술 끊는다는 약속까지 하고 벌금을 냈다는 말에 금자는 등을 두드려 주는 마음으로 칭찬해 주었다.

"제법 여문 소리를 한다이."

"애들이나 좀 봐줘요. 애들이 안동할머니만 찾는데."

"너거 장모 있는데 내가 와."

"허리가 아프대요. 아이들 봐서 그렇다고."

"아가들은 지금 누구랑 있노."

"저거끼리 노니더. 도우미 아줌마가 밥은 챙겨 먹였다고."

장사한답시고 아이들을 내던져 놓은 게 마음에 걸리는지 연석의 목소리가 젖었다. 금자는 짠한 마음에 하마터면 혀를 찰 뻔했다. 아직 저녁 뉴스 전이라 얼른 가면 두 시간은 애들과 놀아줄 수 있을 것 같았다. 아들이 장사를 마치려면 아직 두세 시간은 더 걸릴 터였다. 금자는 얼른 옷을 챙겨 입고 잰걸음으로 달려갔다. 아이들이 뛸 듯이 기뻐했다. 저녁 먹은 게 부실했던지 고구마를 삶아주니 잘도 먹었다. 아이들은 배만 부르면 잘 논다. 아이들을 씻겨서 재우려니 며느리가 왔다. 아이들이 깰세라 발소리를 죽여 집을 나왔다. 돌아오는 발길이 가벼웠다.

'풀고 사는 게 맞지, 마음은 서로 풀고 살라고 있는겨.'

몸은 고단한데도 마음이 그럴 수 없이 푸근해서 잠이 잘 올 것 같았다. 자려고 누워 있으니 소변이 마려웠다. 밤새 깨지 않고 푹 자려면 요강을 비워야 했다. 일어나서 화장실로 간 금자는 슬리퍼를 신고 발을 내딛는 순간 몸이 공중으로 붕 뜨고 말았다. 뭔가 둔탁한 것이 부딪치는 소리를 듣긴 했는데 전원을 끈 듯 모든 기억이 끊기고 말았다.

*

"금자야! 금자 집에 있나?"

대문 두드리는 소리가 멀리서 들렸다. 대문을 흔들고 전화벨이 울려도 응답이 없자 춘자가 중얼거리며 돌아섰다. "춘자야, 나 여기 있어." 애타게 부르는 금자의 목소리는 입 밖으로 나가지 못했다.

"이 시간에 뭐 하고 돌아댕기노."

춘자가 툴툴거리며 갔다. 방 안 가득 고인 정적 사이로 날벌레의 날갯짓이 분주했다. 날이 더워서 날벌레가 더 극

성맞게 끓었다. 댓돌에 말리려고 늘어놓은 고추가 더위에 썩다 못해 녹았다. 폭염에 녹아내리는 게 고추뿐일까. 고랭지 배추도 녹고, 인삼도 녹고, 사람도 아이스크림처럼 녹아내릴 지경이니 무슨 냄새가 안 날까. 사흘 전에 담근 고추장까지 부글부글 기어오르는 참이다. 보리밥에 빨간 고추장 한 숟가락 떠 넣고 비비면 맛있을 텐데.

미처 다물지 못한 여자의 입 속으로 날벌레가 날아들었다. 입을 다물어주고 얼굴에 손수건이라도 덮어주면 좋으련만 금자는 입을 벌리고 자는 여자 곁에 쪼그리고 앉아서 텔레비전을 본다. 텔레비전 채널은 JBC에 고정되어 있다. JBC는 온종일 저 혼자 오락방송을 하거나 드라마를 하다 뉴스를 했다. 날벌레의 수가 점점 많아졌다. 여자의 입은 깊은 동굴이 되었다. 밤이 되자 문 열리는 기척도 없이 시커먼 그림자가 방으로 들어왔다. 금자 앞에 남편이 서 있었다. 미끈하게 양복을 차려입고 중절모까지 쓴 모습이 살아 있을 때의 모습 그대로였다. 금자는 너무도 반가워 벌떡 일어나며 말했다.

"왔니껴. 하마나 올까 하고 눈 빠지게 기둘렸니더."

"암만 지달려도 안 와서 와봤어."

"사람이 저러고 있는데 우애 가니껴."

"저 숭한 꼴을 뭐 하러 보노. 져다 버리거나 끌어 묻거나 산 사람이 알아서 할 일이라."

남편이 "따라오소." 하고 앞장서서 방을 나가자 금자가 마지못한 듯 뒤따랐다. 온 방 안에 하얀 쌀밥 같은 벌레들이 꼬물거리며 기어 다녔다.

"저런 꼴 볼라꼬 그리쿰 바동거리미 살았나 싶으니더."

"한평생 잘 살고 가마 됐지."

"사는 듯이 살았던 적이 없니더."

그녀는 남편을 원망스레 처다보았다. 그녀에게는 삶이 온통 불운의 연속이었다. 그 중 가장 나쁜 불운이 남편의 이른 죽음이었다. 하다못해 팔십은, 칠십은, 환갑이라도 채울 줄 알았다. 불운은 밤손님 같은 것이어서 다가오는 기척도 없다. 소리 없이 다가와 휘몰아치면 끝이다. 저러고 누워 있는 여자를 보니, 수만 갈래의 길을 징검다리 건너듯 건너뛰며 살아도 도무지 피할 수 없는 것이 있는 모양이라고 생각했다. 누군가 창으로 불빛을 비추었다. 문밖에서 아들의 목소리가 들렸다.

"어무이, 어무이!"

아무 대답이 없으니 아들이 담을 넘어 들어와 대문을 열었다. 집주인과 경찰이 들어오며 온 집 안에 불이 밝혀졌다. 집주인은 살다 이런 꼴은 처음이라며 냄새 때문에 손전등을 들고 내려갔다가 기절하는 줄 알았다고 호들갑을 떨었다. 집주인은 늙은이들에게 집을 빌려준 게 잘못이라고 내내 같은 말을 되풀이했다. 아들은 곧장 마루로 올라가서는 방을 들여다 보며 외쳤다.

"어이구 어무이, 이게 우짠 일인교."

여자는 목욕탕 문턱을 베고 네 활개 뻗은 모습으로 누워 있었다. 119가 사이렌을 울리며 달려왔다. 텔레비전이 저 혼자 떠들고 있었다.

시간이고, 시간의 역사인

두 번째 소설집 『봄의 신부』는 無에서 시작되었다. 인간의 삶과 죽음, 있음과 없음, 존재와 부재의 공통어를 찾다가 無를 찾아내기에 이르렀다. 無는 없음을 뜻하고, 완벽하게 비어 있는 상태의 0을 말함이 아닌가. 그리스에서 시작된 0의 기원은 없는 것을 나타내려는 의문에서 시작되었다. 0은 신의 언어이며, 없다고 말하는 순간 있는 것이 되고 마는 숫자였다. 없다고도 있다고도 단정하기 어려운 죽음처럼. 그 기호 속에 인간의 역사가 숨 쉬고 있다.

'죽음' 이란 화두가 나를 여기로 이끌었다. 예고 없이 닥치는 불행 앞에 우리는 얼마나 속수무책이었던가. 천안함 사고와 대구지하철화재참사를 비롯한 사회적 참사로 많은 사람들이 함께 아파하며 서로의 버팀목이 되어

주었다. 좀 늦었지만, 이제는 말할 수 있을 것 같아서 대구지하철화재참사와 천안함 사고를 소설에 담아서 세상에 내보낸다. 대구지하철화재참사를 소설에 담기까지 17년이라는 시간이 흘렀다. 장편소설도 아닌 경장편소설 한 편 쓰는 게 그리도 힘들었을까? 필력이 부족한 탓임을 알고도 그 소재에서 벗어나지 못했다. 내가 태어나고 자란 내 고향 사람들의 얘기여서 더 쓰기가 어려웠을 것이다.

죽음이 무엇인지.
無에서 생성된 개체가 긴 생애를 거쳐 마침내 발현이 시작되는 곳에 이르게 되는 그것, 영원회귀. 삶의 도정에서, 혹은 완성되는 극점에서 맞게 되는 그 본성으로의 회귀는 인간의 시작이기도 하고 끝이기도 하다.
『봄의 신부』는 불현듯 세상을 떠나야 했던 이들을 위

한 레퀴엠Requiem이다. 2003년 2월 18일 대구지하철 1호선에서 홀연히 사라진 192명의 희생자들과 2010년 3월 26일 천안함 사고로 세상을 떠난 46명의 젊은 영령들에게 드리는 진혼곡이자 숭고한 미사라는 마음으로 소설을 썼다. 눈물로 얼룩진 잔인한 봄이었다. 더 잘 쓰지 못해서 죄송하다는 말씀을 드린다. 글을 쓰며 가장 염두에 둔 것은 이제라도 편안히 잠드셨으면 하는 바람이었다.

'I am⋯.'

그들의 떨리는 목소리가 채 가시지도 않았는데 어느새 17년이 지났다. 그들이 무엇을 위해 살았고 어떤 가치를 추구하며 살다 갔는지, 시간은 아무것도 말해주지 않는다. 비어 있는 그들의 자리에 돌처럼 굳어버린 숫자 0과 영원회귀라는 숙제가 남아있다. 삶과 죽음을 하나로 만든 순간의 응축 그 영원 속에 인간의 삶이 존재한다. 영원 속으로 사라진 그들을 어떤 이름으로 불러야 할지 모르겠다.

지켜드리지 못해서 죄송하다는 말이, 공허한 울림으로 흐려지지 않기를….

2020년 여름에
이곡동 작업실에서